②

月光變奏曲

Moonlight

青逸

目錄

第一章

在初禮沉迷於校對阿鬼的《聽聞》，這裡刪刪、那裡減減，搞得暈頭轉向之中，她眼巴巴盼望了一天的QQ頭像終於搖晃起來，扔開紙本稿迫不及待地點開來，繭果然發來一張構圖草稿——

點開之前，初禮看了眼電腦右下角的時間，時間剛剛好，距離下班還有十分鐘，理論上的確是準確的「下班之前」。

初禮點開「草稿」，隨即非常驚訝地發現草稿的完成度似乎已經不能用「草稿」來形容，原本以為的「草稿構圖」應該只是一些凌亂的線條，有人物輪廓、姿勢和大致站位構圖。

但是繭發過來的明顯是就快完成的線稿。

而繭娘娘不愧是繭娘娘，畫的人物還是讓人放心的。只見畫中人物身材修長、面容英俊，微微垂首、長髮披散，劍眉星目、鼻若懸膽，他坐在一塊巨石上，微側身大概是在拭劍，幾縷頭髮從他英俊的面頰邊緣垂落……

初禮鬆了口氣，隨後又蛋疼起來：說好的雙人跨頁，這只有一個人是怎麼回事？而且不是草稿嗎？直接給線稿，到時候要改怎麼辦？

猴子請來的水軍：怎麼完成度這麼高？

破繭：畫著來了感覺就繼續畫了，嘿！

初禮：「……不是在誇妳好嗎！」

猴子請來的水軍：完成度這麼高，如果構圖要改可能會很麻煩喔。

破繭：咦？

初禮：「咦什麼咦！難不成妳不想改？」

破繭：不是我不想改圖，首先我看過《洛河神書》，這個畫面存在於我腦中很久；其次根據晝川大大給的人設和場景，現在我畫的這個姿勢和神態也非常符合也非常有感覺……要改的話，不一定會有現在的好呢。

猴子請來的水軍：……

猴子請來的水軍：好吧，改不改的問題先放一旁不提，咱們先來確定一下，那天說好的不是雙人跨頁嗎？怎麼只有一個人，還有一個人呢？

破繭：妳也說了光這一個人物線稿完成度很高，所以另外一個人就沒來得及畫啊，位置應該就站在他身後吧……我替妳圈出來，話說一個下午的時間怎麼能夠畫那麼多啊？

初禮：「……」

還變成是我逼著妳趕稿囉？

妳要是畫的是草稿肯定來得及啊朋友！

我們說好的也只是草稿啊——如果不合適能直接改掉的那種草稿！

這再整理下就能直接上色的完成度很高的線稿當然來不及畫完……

初禮無奈，叫來隔壁正在收拾東西、準備下班回家的阿象——阿象本身是美術專業出身，雖然現在不畫畫了但基礎知識都在，所以通常繪者交上來的稿子，看圖的那些什麼色彩啊構圖啊透視啊比例啊，還有她負責設計的書的用圖部分，于姚都交給她全權把關。

這會兒阿象走過來，看了眼草稿：「透視是對的，人物也算是藺這個繪者拿手的美型，本身沒什麼問題，就是怎麼才一個人，不是約雙人跨頁嗎？而且不是草稿嗎？這線稿再整理下都能開始鋪色了怎麼回事？」

「……老師以一種『藝術家的靈感來之不易妳懂個屁』的語氣告訴我，畫著高興就描起了線。」初禮停頓了下繼續道，「還有，另外一個人頭說來不及畫了，應該是站在他身後的位置。具體什麼姿勢，自己腦補。」

阿象沉默了下。

她想了想後緩緩道：「讓她畫完兩個人頭草稿給妳看——我看著這人是朝著左邊的一個『〉』符號折疊形……一般這種人物朝向，會導致書名只能放在左邊，這是非常不好的。因為書本在進報刊亭或者書店時，會以向右堆疊的方式堆疊，妳的書名如果放在左邊，妳猜會發生什麼情況？」

初禮想了想平日裡路過報刊亭時的情景，猶豫了下突然恍然道：「會導致書名被其他疊在它上面的書擋掉——啊，那怎麼行！」

阿象點點頭：「所以美編這邊會默認將書本標題放在居中或者右側——妳要跟藺

說清楚，必須是這樣的，她如果不想改稿那就是我們要把整張圖進行水平翻轉，但是一般功夫不到家的繪者的作品翻轉後會醜到炸，而且人物的髮型和服裝和慣用手也會有bug……」

初禮抬著頭，看著阿象頭一次話那麼多，滔滔不絕地用平坦無起伏的聲音說著這些年做設計積累下來的知識，頭一次覺得阿象的形象那麼高大！

她一邊點頭應著「好好好」，一邊轉頭將阿象說的各種注意事項告訴繭，好不容易把字敲完發送出去，再抬頭，繭的頭像已經變黑了。

不是下線了，就是線上對其隱身了。

初禮翻了個偌大的白眼，把要改的原因和注意事項事無巨細地留言給了那個彷彿進了靈堂的黑白頭像。留完言之後，她直接關了QQ準備下班回家。根據歷史經驗教訓，想要得到繭的正式回答，她接下來恐怕又要經歷新一輪的漫長等待。

下班回家的路上，初禮問：「如果繭最後的草稿不過，咱們能不能換人？」

阿象：「來不及了，妳打開官方微博看一眼。」

初禮用手機登錄《月光》官方微博，發現官博已經把繭下午交的草稿打了個薄薄的馬賽克發出去，並配字：你們猜，這位男神是——

下面一堆「哇繭大大」、「哇洛河神書」、「哇繭要替晝川畫封面了嗎期待期待」……

做為官方微博長期掌控者，初禮一臉懵逼：「誰幹的？」

阿象：「夏老師總指揮，老苗進行實地操作，美其名曰：預熱一波。」

初禮：「……預熱什麼？預熱前就沒人想通知一下我這個責編？」

初禮：「就沒人想通知一下我這個可憐的、可能催不到稿子的、認為繪者可能會換人的責編？」

阿象：「沒有。」

初禮：「……」

一個小時後。

初禮回到晝川家，用鑰匙打開院子大門，一抬頭就看見屋簷下一人一狗在無聲話別。男人手中拖著一個行李箱，還是一身黑且戴著墨鏡……

初禮默默看了眼天邊幾乎快要沉沒山頭的夕陽，又默默地收回目光，強行讓自己不要用大驚小怪的語氣說：「老師準備去機場了啊，這天都快黑了……」

你踏馬戴著墨鏡幹啥啊？

又沒辦過簽名會，微博也不肯放照片，誰認識你啊，搞得神祕兮兮的幹麼，又不是胡歌！

晝川摸摸二狗腦袋，抬起頭從墨鏡後面瞥了初禮一眼，「嗯」了聲也不知道是聽明白初禮話裡有話沒，只是自顧自叮囑道：「我不在家，妳和二狗都老實點兒，按時吃飯睡覺，別上房揭瓦似地到處撒歡。」

初禮：「……」

怎麼撒歡？牽著二狗在你枕頭上撒尿？

在初禮沉默的注視中，晝川拎著行李箱出來，嗓音低沉：「狗罐頭不夠了打電話給我或者妳先買了等我回來報銷；週五帶二狗去換藥拆線；我不在的時候房客守則三十條依然生效，雙足行走類雄性生物不許帶回家——公雞也不行，妳住口，妳敢頂嘴？」

初禮：「……」

住口就住口。

初禮閉上嘴點點頭，把到嘴邊的話嚥回去表示自己並不想浪費口舌反駁他。

此時晝川走到她旁邊停下來，摘下墨鏡，用茶色的瞳眸盯著她，片刻後突然沒頭沒尾道：「……早上的訊息我看見了。」

初禮：「我就隨便抱怨下……」

「早就讓妳別用繭，人品有問題的繪者，毛病自然也會很多，難道妳還指望一個表裡不一、為了蹭人氣亂拉CP罵自己粉絲噁心的人對待編輯如皓月明亮尊敬？都告訴妳了妳還不信，現在知道錯了吧——活該。」

初禮記得她小時候上學，冬天死活不願意穿衛生褲，結果感冒了，那個時候她媽就是一邊強行灌她藥一邊用這種語氣罵她。關鍵字換一換簡直一模一樣，就像她媽穿越了似的。

初禮：「……您摘下墨鏡就是為了說這個？」

晝川：「摘下墨鏡是為了看清楚妳臉上的悔恨——沒錯，就是現在這個表情，非常標準的，悔恨。」

初禮抬起手摸了把面無表情的臉：「老師慢走，錢包手機鑰匙。」

晝川不屑：「又不是三歲小孩。」

初禮：「身分證。」

晝川臉上的不屑停頓了下，三秒後被放空取代，再三秒後他把行李箱往初禮手中一塞，轉身匆忙往房間裡走去。

初禮伸長了脖子無語地看了一會兒，關上院門，把行李箱交給二狗看管，跟著走回屋裡換上那雙醜得要死的毛茸拖鞋對裡面喊：「老師，找著沒？」

「要是找著了我還留在屋裡下蛋啊？」

瞧這氣急敗壞的，又不是我把你身分證藏起來了……

初禮放下包，踩著拖鞋踢踢踏踏地往書房走，「身分證這麼重要的東西不放錢包裡，你放哪去了？怎麼什麼東西都能亂放——」

「妳有空奚落人不如幫我一起找。」從隔壁房傳來嫌棄的聲音。

初禮進了書房，看了眼書桌，筆記型電腦、菸灰缸、新開的一包菸草、打火機、手稿子、鋼筆、墨水瓶散落一桌……初禮嘆了口氣，一邊收拾桌子一邊在這凌亂得像是垃圾堆的東西裡翻找起來，瞥了眼手稿，上面寫了一些大概是小說設定的東西。

……新文？

初禮拿起來看了眼，發現晝川這次好像不是單純地寫東方幻想，破天荒地要寫東方幻想言情。這篇文居然還有個女主角，叫什麼「鹿葵」，不過只有一個名字，這個名字的旁邊又畫了個非常古風、像是劍匣之類的東西……

初禮怕晝川以後鬧著要找這些手稿，也不敢亂扔，將之整理好放在桌邊。收拾好桌面，她把桌子上所有的資料書逐一拎起來抖了抖，當她抖到一本厚厚的詞典時，只聽見「啪答」一聲，一張四四方方的小塑膠片掉下來。

初禮：「嗯？」

哪有人把自己的身分證當書籤用夾字典裡的？

撿起身分證，她急急忙忙走出書房，把還在房間裡翻箱倒櫃的大神叫出來。

晝川看見初禮手上的身分證，眼神一亮，接過來：「謝了。」

初禮敷衍地點點頭：「大爺、大媽跟前好好表現。」

晝川重新戴好墨鏡，這次出門顯得有些匆忙，走到院子門前，推開門後不知為何卻停了下來。他回過頭，看了眼此時此刻依靠在門邊、腳上穿著他買的毛茸茸拖鞋、抱著手臂專心致志目送他離開的小姑娘，忽地心中一動……

他挑了挑眉，沒過腦地用兩根手指夾著身分證勾了下，說了句：「欠妳個人情。」

初禮一愣。

而後她擺擺手：「免了，快走你的吧。」

晝川露出個不正經的表情：「等我回來。」

初禮腦袋「咚」一下輕輕靠在門框上，終於露出一個笑容：「別回來了。」

晝川嗤笑，拉著行李箱走向車庫，二狗搖著尾巴緊緊跟在他屁股後面。一人一狗走進地下車庫，初禮隱約聽見在二狗的狗叫聲中，晝川難得溫柔的聲音響起，說什麼「下周就回來」、「別扯」……幾分鐘後，地下車庫響起了跑車發動的聲音，一陣雞飛狗跳後，院子裡安靜下來。

二狗用鼻子頂開門，溜進屋子裡，後腿一甩踹上門，爪子在玄關的腳墊上蹭蹭，而後進屋跳上沙發，閉上眼睡得一臉安穩，並沒有看出對主人即將出遠門這件事表現出絲毫不適。

初禮：「……」

戲子養的狗都是狗中影帝。

晝川當晚的飛機飛往隔壁省參加作協大會。雞飛狗跳地尋找身分證之後，晝川留下的那句「欠妳人情」原本只是被初禮當作一句耳邊風而已——

她沒想到的是，其實這不是耳邊風，而是一個巨大的 flag。

晝川走後的第一天，繭杳無音訊。

晝川走後的第二天，繭查無此人。

晝川走後的第三天，繭石沉大海。于姚問《洛河神書》的封面去哪啦。

晝川走後的第四天，繭人間蒸發。夏老師親自加初禮QQ，詢問《洛河神書》封面設計進度，初禮有一句「進度為零」不知道當講不當講。

晝川走後的第五天，在阿象一句「妳再溫柔催稿永遠也拿不到稿」的提醒中，初禮心態崩了，群裡瘋狂標注繭三十多次，終於炸出了繭，繭像個沒事的人似地說——

破繭：不好意思前幾天有事沒上ＱＱ。

初禮：「……」

妳有什麼事？另外一個約圖佬拿著菜刀在妳家門口堵妳嗎？唯獨這個我是信的。

破繭：稍等，最後一些細節需要修改，我現在做，今天晚上發稿子給妳看。

猴子請來的水軍：老師妳總算出現了，好的好的！

圍觀了一切的阿象：「賭一車香蕉，今晚她並不會出現。」

初禮：「別這樣，樂觀點兒。」

至此，還能樂觀得起來的初禮鬆了口氣，在滿以為自己終於能夠有臉面對夏老師的天真中度過了一個白天。

晚上回家，替二狗做飯、餵二狗吃飯；替自己做飯、餵自己吃飯，之後還去泡了個澡，從浴室裡走出來，初禮一抬頭發現已經晚上十點半。

初禮沉默了下，總覺得自己好像忘記了什麼，上微博看見繭親切地和她的小粉絲們說「睡覺去啦，晚安」，她終於想起自己忘記什麼。

想了想手機今晚並未收到未讀消息，此時心中有了不好的預感，她不信邪地打開ＱＱ，ＱＱ裡果然安靜如雞——

繭娘娘？

不存在的。

初禮鬱悶得差點把自己的手機從窗戶扔出去，此時此刻她真的知道什麼叫做騎虎難下。焦慮之中，她爬上閣樓的窗戶，坐在窗臺上晒月亮企圖收集日月精華早日飛升離開這智障遍地走、能逼死正常人的凡塵……

坐在窗臺上吹著夏季的晚風，不知道哪家種的夜來花香熏得她頭疼。

目光飄忽，最終定格在腳下的院子門，初禮停頓了下，猛地坐直身體，忽然想起五天前曾經有那麼一個英俊高大威武帥氣的人，站在那裡，笑著對她說：我欠妳一個人情。

三十分鐘後。

遙遠的A市，某棟座落於山水湖光之中的別墅裡，坐在餐桌邊的男人正瞪著面前一碗滿滿的紅棗桃膠銀耳燕窩糖水發愣時，忽然手機震動。

他哆嗦了下，抬起頭，默默地看向坐在自己右手邊一臉慈愛加催促表情盯著自己的五十來歲的女人，良久，像是解脫似地抓起手機，淡淡道：「媽，好像是元月社編輯的電話。」

女人笑著點點頭：「去接啊，你爸馬上就回來，你可以等他一起喝糖水。」

晝川抓起手機落荒而逃。

走回二樓房間關上門，靠坐在床邊，月光從窗外傾灑而入，晝川的半邊身子被吞噬在黑暗當中。他低頭看著手上震動個沒完沒了的手機，滑動，貼到耳邊，「喂」了聲，正想問「香蕉人妳幹麼」——

然而他還沒來得及多說半個字，電話那邊熟悉的聲音已經咆哮開了。

「繭娘娘真的要了老娘的親命！她居然給我玩仙人跳！我錯了，晝川老師，找身分證的人情麻煩現在就以犧牲色相為代價還給我！現在！立刻！馬上！現在！謝了啊！」

晝川：「……」

將手機從耳邊拿開，他瞪怪物似地瞪著咋咋呼呼的手機一會兒，也不知道現在掛電話假裝自己從來沒有接起過還來不來得及？

「妳怎麼回事？」晝川將手機拿得距離耳朵很遠，「大晚上的不睡在這鬧什麼，喝酒了？」

「我沒喝酒，你家洗腳婢喝酒了。」初禮捏著手機，赤著腳，腳掛在窗戶外面踩著屋頂的一塊瓦片，瓦片被她踩得嘩嘩響，「四、五天查無此人，第五天求神告佛終於出現了告訴我今晚會交稿，然後繼續查無此人——等我想起來去找她時，發現她在微博親切地和粉絲道晚安，最後消失得無影無蹤，無影無蹤！」

「然後呢？」手機這邊的男人嗤笑，「妳打電話來應該不是為了聽我再和妳說一遍『我早說過』這句話。」

「是的，剛才不是說了嗎？我找你還人情。」

「還什麼人情？」

「那天你怎麼順利登機的你忘了嗎？我翻箱倒櫃地找出身分證以後，夕陽西下，是誰站在家門口信誓旦旦對我說欠我一個人情？當時他眼中恍若有光，腳下彷彿踩著七彩祥雲，身披蓋世英雄的披風……」

晝川握著手機，脣角的笑容變得更加清晰，他長腿一邁坐在窗櫺邊，彷彿從胸腔裡震動發出的低沉嗓音，聽上去懶洋洋的：「哦，誰啊？」

初禮兩條白皙的腿搭在窗外，搖啊搖的。聽見電話那頭男人的笑聲，她手指頓了下，那笑聲就近在咫尺一般，彷彿她都能感覺到男人的氣息……現在的手機傳音效果也太好了點兒？

她臉頰微微泛紅，將手機從耳朵邊拿下來，冰涼的指尖小心翼翼地捏了捏有些發熱的耳垂，她把手機放在膝蓋上，按下擴音，清了清嗓音：「還能有誰，你別耍賴，二狗是目擊證狗。」

「……香蕉人，妳啊——」

「……您別拿我媽教育我沒穿衛生褲的語氣和我說話，我害怕！」

初禮用腳拇趾掀起一片瓦，縮回腳，瓦片「啪喀」發出清脆的響聲。初禮心想，這大概就是所謂的上房揭瓦了吧？

「晝川老師，出於一種異性相吸的原因，繭娘娘似乎就聽你的，就算不聽你的她也不會無視你，所以能不能勞煩您到Q群裡標註她一下，問問她到底怎麼回事啊——社裡催我催得很緊不是沒有道理啊，《洛河神書》十二月上市，這都七月中下旬了，咱們封面繪者還在玩扮演失蹤人口遊戲，神出鬼沒，死豬不怕開水燙……八月中旬前要求交完整稿去印刷廠打樣的！」

「換人。」

晝川的語氣聽上去輕描淡寫的，且斬釘截鐵。

初禮沉默了下，用絕望的語氣道：「然而老苗已經官宣了，不信你去微博看看，轉發都六千了，彷彿全世界都知道您要和繭娘娘合作出《洛河神書》的事——這會兒社裡長官可高興了，續江與誠新作簽約我社後，《月光》官方微博好久時間沒這麼熱鬧了。」

初禮：「……而我也好久沒這麼絕望過了。」

初禮：「知道什麼是騎虎難下嗎？就是我現在這樣。」

初禮一邊說著，一邊用圓潤的指尖在手機上戳戳戳，心不在焉地一邊玩手機發訊息給L君問他在幹麼，順便鍥而不捨地繼續看繭在不在線上——當然還是不在的，事實上初禮都懷疑自己是不是已經被拉黑了。

而此時，聽到初禮的請求，手機那邊沉默了下。

初禮好奇地拿起手機貼近耳朵邊，正想問晝川「人呢？難道睡著了」……良久，終於聽見手機那邊傳來沙沙的細微聲響。初禮叫了聲「老師」，緊接著感覺到放在耳邊的手機震動起來，她「呀」了一聲嚇了一跳般猛地將手機從耳邊拿開。

定眼一看，原來是方才戳開的四人群組突然跳出一行新消息——

晝川：@破繭。稿子怎麼樣了？看了一下草圖似乎非常好啊，期待成稿！

初禮拿起手機，又放下，想了想，十分別真誠道：「……謝謝老師。」

晝川：「跪下了嗎？」

初禮黑人問號臉。

晝川：「要跪著謝。」

初禮：「……」

晝川靠坐在窗邊，正調侃小姑娘調侃得開心，還沒來得及好好琢磨她被懟得啞口無言的模樣，這時候，院子外遠遠響起了汽車引擎的聲音。

他臉上的笑容微微收斂，夜色之中那茶色的瞳眸沉了下去，眼中晦暗閃爍片刻，他停頓了下才重新換上和之前一樣懶洋洋的腔調：「事情替妳辦了，成不成看造化，別整天咋咋呼呼的了——我是妳的作者，又不是妳男人，還得天天替妳擦屁股。」

「你好好說話，哪來的『天天』！」

晝川看著手機，心想還真就是「天天」。

從妳這傻子入職開始到現在，妳知道的和不知道的老子明裡暗裡幫了妳多少啊……噫，這麼一想，老子好像還真是心地善良得和觀音菩薩似的，妳今年過年時候也別拜神了，燒炷香拜我得了。

正這麼想著，外頭走廊上傳來對話聲和腳步聲，在屋外人敲門並推門進來的同一時間，晝川淡淡對手機那邊的小姑娘說了句「掛了」後就掛斷電話，放下手機，保持著坐在窗欞上的姿勢沒動，盯著走進來的中年男人——

來人有一雙和他一模一樣的茶色瞳眸。

事實上不管是眼睛，就連五官也是出乎意料地相似，只是鼻翼兩旁的法令紋因為年齡加深，使得他的外貌變得更加嚴肅與穩重。他穿著合身襯衫和西裝褲，一天的工作下來，襯衫依然妥帖無皺，腰帶一絲不苟地繫著，儼然標準老長官風範。

晝顧宣。

S省作協副主席。一九六六年生，一九八七年就職於S省C市人民日報社，一九九八年加入中國作家協會，二〇〇一年擔任S省作協副主席，中國作家協會第十屆全國委員會委員。代表作《紅鷹》、《戰地夕陽》、《當國歌響起》、《歲月如歌》。

當他站在那裡，沉默地看著晝川時，總讓晝川覺得自己在照幾十年後的魔鏡。

一直以來都是這樣。

將近二十七年以來，一直都是。

「……每次看到你都會打消自己可能不是親生的念頭。」靠在窗邊，晝川歪了歪腦袋，脣角微微勾起，「爸。」

「坐窗邊幹什麼，當心掉下去，下來。」晝顧宣顯然懶得理會兒子的調侃，「在和誰講電話，難得聽你正經地好好說話？」

晝川想說「我又不是三歲小孩或者爬高高的貓，還能從窗戶掉下去啊」，無奈之中卻也只能將大長腿一撐站起來，手塞在口袋裡，回答他老爸的問題：「元月社編輯打電話給我，說是《洛河神書》的封面出了些問題……」

晝顧宣大手一揮，打斷晝川的話：「老夏前幾天打電話給我說了這事，他讓我替你找個書法家要一幅字，當你這新書的封面字。」

晝川：「……我都不知道這事。」

找書法家替這種主要面向讀者群是十三歲至三十歲區間的小說寫標題！這想要裝格調的衝動瘋魔了吧……能不能行了？

晝顧宣聲音低沉威嚴：「我替你找著了，字都寫好送走了——辦妥了還有什麼好說的，辦不妥才找你呢！」

晝川丈二和尚摸不著頭腦，有點懵逼這啥情況：「……這時候我是不是該說：謝謝老爸？」

「免了。」晝顧宣邊說邊轉身往外走，「你媽讓我叫你下樓喝糖水，順便看看你，還讓咱們不許吵架，以上任務我完成了，下來吧。」

晝川：「……」

將手機往口袋裡一塞，他在父親面前很好地收斂起平日在外的輕狂和傲慢，垂下眼，甚至在父親提到「不許吵架」時低低嗤笑起來。他跟在父親身後下樓，走到一半時，前面的人突然停了下來——

晝顧宣轉過身，對身後兒子道：「我還以為這次作協會議你依然不會來。」

晝川：「驚喜不驚喜？意外不意外？」

晝顧宣顯然懶得理他欠罵的公子腔調：「我很好奇，是什麼讓你改變了想法？」

晝川想了想，「是我編輯。」

「你編輯？」

「她告訴我，人逃一時，但不能躲避一世——看不爽就幹，幹不過就死，成王敗寇，不為中庸。」

晝顧宣聞言，盯著站在稍高樓梯上的兒子，那與其如出一轍、只是因為上了年紀有些渾濁的茶色瞳眸毫不逃避地對視上身後的年輕人，不掩飾眼中微微詫異。

然而只是一瞬間而已。

他沉默了下，再開口時，聲音卻無絲毫起伏：「開個作協會議你以為你上戰場？都是你的前輩、老師，看著你穿開襠褲長大的——」

「我媽說我沒穿過開襠褲。」

「你住口——等到時候那麼多大家之中，你一小屁崽子往那一坐，誰認識你是誰……還把自己當盤菜，什麼成王敗寇、中庸之道，意義深遠複雜，你都懂嗎？」

晝顧宣一邊說著一邊轉身繼續往前走。晝川顯然猜到了他會是這個反應，無所謂地抿抿脣。

正當他以為這事就揭過了，卻沒想到在拖鞋踩在樓梯上的「噠噠」聲響中，走在前面的中年男人卻突然又補充：「但你那編輯說得也對……恭喜你，這麼多年了，好歹是碰上個能教你做人的良師益友的編輯。」

晝川：「……啊？」

良師益友？

誰？

一根香蕉？

這黑色幽默厲害了，老頭你這是要轉型當魯迅型作家啊？

晝川掏掏耳朵，整個人都是「Excuse me」的懵逼表情，懵逼得過於入戲，以至於他幾乎忘記了，這是他十五歲那年之後，頭一回不是和他老爸見面就吵架，並維持了他們晝家十幾年來珍貴且難得的——

一晚上和平。

三天後。

G市。

晝川要參加的作協大會正在準備，即將於當晚展開，初禮這邊已經陷入了水深火熱。

起因於週三下午，夏老師親自送來一幅書法字做為《洛河神書》封面題字，題字的老先生是正經八百的書法家，S省書法界老一派藝術家型大大。初禮展開那題字時手都是抖的，心想這他媽得值多少錢？

後來得知這位大大是晝川他老爸的隔行摯友，這字一分錢不要，她頓時更加惶恐——

晝川他老爸的面子得值多少錢！

元月社厚著臉皮子去找晝顧宣求字，看來當初說要做好《洛河神書》真的不只是說說而已。光這一幅字，就能就新文學與舊學派和諧共存的正能量標題發表一篇八百字的長微博……

而讀者會更加高興，他們和初禮一樣當然不知道這幅字到底具體好在哪，但是他們也即將和初禮一樣，知道這字是網上可以搜尋到的正經八百書法協會承認的書法家的作品後，會沉默地跪下以表敬意，最後乖乖交出自己的錢包……

「我我我馬上讓美編做掃描檔……」初禮小心翼翼地捧著字。

「嗯，沒事。」夏老師說，「求來了這麼好的封面題字，到時候封面設計時，就知道標題一定要大，標題大才直觀才能吸引讀者，妳們約的圖反而不是重點……對了，約的封面圖呢？打開我看看是什麼樣的。」

初禮傻眼了。

一下子沒反應過來這話題怎麼跳得這麼快。

將題字小心翼翼地放到一旁以免夏老師毆打她時不小心碰壞，初禮深呼吸一口氣，然後在夏老師質問的目光下瑟瑟發抖道：「繪者就讓我看了其中一張的其中一個人的草圖，然後，我就聯繫不上她了。想換人，但是法務那邊說合同已經簽好了、訂金給了，《月光》雜誌官方微博也已經官宣這次合作……」

說到最後，初禮都想向夏老師跪下「匡匡」磕頭。

夏老師陷入了沉默。

然後當天，初禮見識到了有文化的老人家釘人是什麼樣的一個場景，並將親身體驗，其中擁有隊友三人：阿象、老苗、于姚。

……說起來，于姚是真的可憐，什麼錯都沒犯，就忙著跟著她手底下的人處處趕場子躺槍。

夏老師重點痛批《月光》雜誌編輯部工作效率低下，最後留下一句「這一週拿不到成品圖這本書你們就不要做了」這樣不像話的氣話後揚長而去。

目送夏老師離開的背影，初禮幽幽地問于姚：「帶著一群智障手下是一種什麼樣的體驗？」

于姚：「說實話，雖然知道這在所難免，但有時候也確實想拉你們去填海。」

初禮：「……」

她默默地拉出椅子坐下，正準備第幾百次日常催促繭給稿，沒想到一坐下來，她就看見繭的QQ頭像在搖晃，並離線發來一個很巨大的畫圖檔。

當時初禮還以為自己被夏老師罵出了幻覺。

晝川的催稿看來是有用的？抱著一顆不安的心，初禮點開了檔案。

然後整個人嚇得差點直接坐地板上。

繭發過來的圖是他媽的一張完稿圖，勾好了線、上好了色，做好了背景也調整好圖片整體色彩結構，完成度滿分，相當漂亮的一張完稿圖。

白衣少年端坐於磐石上低頭擦拭長劍；白髮紅眸、高大魁梧的男人立於其身後，攏著袖子，欲語又止。兩人身後落葉飛花、天空碧藍，隱約可見一野獸圖騰於雲間，正是白髮紅眸男子在文中被描述的獸首模樣……

整幅畫，意境到位，人物不僅精緻俊美，且眼神中有戲。而在初禮印象中，當下國內繪者能做到「人物眼神中有戲」的屈指可數。

講真的，光看圖，六千塊花得物有所值，也足以讓人在一瞬間明白這位大大的破事那麼多為什麼還能有一大票粉絲。

畫得是真的好。

但是此時此刻初禮一點兒都高興不起來，甚至可以說是驚嚇大過於驚喜……她叫來了阿象，然後兩個人四隻眼睛一起對著這幅畫發呆放空——

首先，這幅畫的整體結構是右構圖，標題只能放在圖片的左邊。

其次，因為是偏右構圖，所以跨頁什麼的，是沒有了，之前想過的各種排版風格都要重來。

第三，重新畫，且不說現在只有一張圖，還有另一張草稿都沒看見，而且照繭娘娘這隔三差五人間蒸發的德行，趕得上八月中旬送印、十二月書展上市才有鬼；趕不上書展，夏老師就能把她們腦袋扭下來丟進廢物回收站。

最後，整張圖能留給標題的空間根本不多，這意味著書的標題必須比預計的縮小——

那麼問題來了。

毛筆字，越大才越霸氣大方好看。

並且夏老師大約在五分鐘前才提醒過她，他的原話是這樣的：求來了這麼好的字，到時候封面設計時，就知道標題一定要大，標題大才直觀才能吸引讀者，妳們約的圖反而不是重點。

初禮沉默了下，道：「……真的，現在這種情況，我選擇死亡。」

阿象也幽幽開口：「……黃泉路上帶上我，別丟我一個人在人間煉獄受苦遭難。」

當天晚上。

C市。

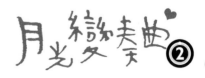

S省作協大會順利展開，晝川他老爸晝顧宣在大會上發表了針對現代文學與傳統文學作品區別的重要演說——重點宣傳了時代變遷下，二者相互融合與包容的重要性；強調現代文學不應該只是一味取悅讀者，應該深入考究，本著「以文載道」的寫作基本，進行創作……

晝顧宣講話期間，他那個聽了他這番話聽了十幾年聽得耳朵起繭的兒子、現代當紅小說作者晝川，就與難兄難弟江與誠肩並肩地坐在底下，臨聽教誨。

江與誠用肩膀撞了撞晝川：「真沒想到你會來，不是堅決不來、打死不來嗎？」

晝川靠向身後的靠背，神色淡然：「逃避可恥且無用。」

江與誠笑嘻嘻：「這兩天也沒和你老爸吵架。」

晝川：「沒有，大家很有默契地能不產生對話就不產生對話，努力忘記對方是自己的同行這件事後，父子關係還是融洽的。」

江與誠：「……」

他看著坐在自己身邊、伸長了腿抬起椅子前面一翹一翹沒個正經樣的男人，目光淡然，雖偶爾聽見「小說不應以取悅讀者為第一要素」這類話時，偶爾皺眉且眼底浮現牴觸……

但是總體來說，比晝川幾年前上一次來參加作協會議時不知道好了多少倍。

江與誠動了動脣，正想問晝川嗑了什麼神奇的藥，這麼彌勒佛似的心平氣和，這時候就看見晝川在桌子底下開始擺弄自己的手機。

晝川打開了QQ，然後又看見某人的十幾連發炮轟。

猴子請來的水軍：「圖片」

猴子請來的水軍：您勞駕催來的圖，好看不？我覺得是挺好看的，是我心目中的主角。

猴子請來的水軍：然而並沒有什麼卵用。

猴子請來的水軍：右構圖，水平翻轉不能，標題留空不夠，把封面的商圖當宣傳海報在畫——我踏馬的一共就看見這圖兩次，第一次是這兩個人物中的其中一個人的線稿，第二次是完成度百分百的成稿！

猴子請來的水軍：我去你媽的，有不給編輯看稿的繪者!?!?

猴子請來的水軍：夏老師前腳才說書名要大要霸氣，後腳就給我發來一個寫完標題作者名字都不知道塞哪的圖!?

猴子請來的水軍：要瘋了，真的，髮際線直接升高一毫米。

猴子請來的水軍：然而圖確實好看，可能是藺娘娘對你是真愛——幾千塊的出版封面稿完成度和用心程度和幾萬塊的影視遊戲商用稿一個等級，我踏馬的現在感覺冰火兩重天似的。

猴子請來的水軍：好氣啊，為什麼這世界上會存在著有才華卻沒人品讓人不知道該怎麼單純厭惡他的人！

晝川勾起唇角。

晝川：妳這句是在誇她吧。

猴子請來的水軍：咦你在啊？

猴子請來的水軍：不是開會嗎！

猴子請來的水軍：我真沒誇她，你說這種人是不是有病，有實力就中規中矩畫一張大家皆大歡喜的圖不好嗎？搞什麼事？

猴子請來的水軍：二狗罐頭快沒有了，照著名字搜了下某寶，牠當午餐的一個罐頭夠我吃兩個月饅頭……………………我買不起，你自己去買吧。

對面抱怨完，又碎碎唸起了日常……想到她捧著手機搜罐頭，看到價格後瞪大眼默默關掉頁面算來算去的模樣，晝川唇角的笑容擴大。

與此同時，江與誠一扭頭，眼角餘光便瞥見一個熟悉的QQ頭像，伸長了脖子：「小猴猴找你啊？」

「嘖。」晝川猛地把手機往旁邊一拐，「看什麼看，看什麼看，你自己沒編輯陪你說話啊……」

「沒有。我看看、我看看，說什麼了，笑得一臉妙哉的……」

「不給。」

「看下嘛。」

「你走。」

「哎呀……」

「中華作家網曾經發出一篇報導，網路文學是不是文學？網路文學是一種什麼樣的文學——對此，人們的看法卻又不盡一致。因為有些被稱作「網路文學」的作品，與「文學」的水準和品質確乎還有一些距離，亦即還搆不上「文學」的高度和精度……三排二座的晝川先生和三排三座的江與誠先生，會議期間保持肅靜，你倆幹麼呢？」

臺上，晝顧宣的突然點名，讓下面兩個鬧得正歡的年輕男人瞬間定格。

晝川清了清嗓子，將自己的手機從江與誠手裡一把搶過來，在桌子底下踹了他一腳，然後將手機塞回口袋裡。

眾作協的前輩面前，兩人收斂起臉上的不正經，端坐好、低下頭，老老實實地滿臉懺悔表情，像是兩個上課鬧事被點名的小學生。

晝川並不知道的是，其實當天下午他可憐的責編接到了藺那張圖之後，就一頭鑽進元月社作品庫裡。

而初禮給他發簡訊抱怨時，正身披月光、腳踩銀霜地剛剛從元月社作品庫走出來準備回家——這還是怕二狗在家餓急了會上房揭瓦、拆了沙發。

不然她覺得自己能在作品庫裡過夜。

晚上回家，餵了二狗，初禮自己隨便吃了點兒，刷牙洗臉了一下換上睡衣，敷著面膜就姿勢不雅地蹺著二郎腿躺沙發上，和二狗各占據沙發的一半。二狗吃飽了，腦袋枕在沙發扶手上，昏昏欲睡地看電視；初禮則一腳踩在牠這天然暖墊身上，捧著手機「啪啪」打字，開始新一輪的戰爭——

今天早上收到的成品圖被初禮發到了微信工作群組裡。

發完圖後，初禮完完整整地說明了「繪者不給看過程，最開始就只給看了一個單人草圖，然後無視編輯意見，為了避免修稿強行直接交完成稿」的情況。

夏老師果然勃然大怒。

可以想像一個五十五歲的文化人，在並不那麼熟悉現代通訊設備的情況下，慢吞吞地用手機打字罵完初禮罵藺的畫面有多美——

老夏：她不給妳看，妳就不看了嗎？那要編輯是做什麼的？

老夏：這繪者的行為很可恥！

老夏：被那些小家子氣的出版社捧慣了，捧出了脾氣，碰壞了職業操守！元月社這麼大的公司，我們不慣她！

老夏：這圖可以考慮不要，直接用字。

老夏：反正我看繪者也沒那麼紅。

五行發言，夏老師光打字就用了十五分鐘，然而過程中整個群裡安靜如雞，人們屁都不敢放一個，就等著他一個個字往外蹦著罵人。

期間，阿象還私敲初禮感慨——

會飛的象：好慶幸這時候沒有人提醒夏老師微信還有語音功能。

猴子請來的水軍：白天已經被狂轟亂炸過一次了，誰皮賤到還想晚上睡前再被釘一次，妳以為溫習功課啊照著三餐來……哪怕是老苗也不會這麼賤的。

會飛的象：……快看！老師說其實藺娘娘沒那麼紅。

猴子請來的水軍：沒那麼紅氣話而已哈哈哈哈哈哈哈！

初禮和阿象這兩個于姚手下的狗腿子苦中作樂，剩下于姚在大群裡和夏老師正面交鋒，于姚一番苦口婆心替夏老師分析了下——

首先，當前圖書市場環境決定了年輕人為主要消費群體的情況下，有精美人物封面的書籍往往會更加吸引他們在不知道作者本人是誰的情況下，出於好奇地把書拿起來翻一翻。

其次，書法題字本身就可以吸引到部分吃這一套的讀者，無論那個題字大小與否，並不會影響這些人的消費衝動。

最後，元月社想要以銷售傳統嚴肅文學的套路理念帶入新領域，也許會歪打正著搞出一條新路子——但是舊路是前人用人民幣和失敗經歷砸出來的，並不能不信邪。需知，賣《洛河神書》和賣《紅樓夢》的概念完全不同。

于姚主張還是用人物畫當作封面，畢竟圖都約了，相關的行銷策劃也已經開始進入預熱階段且效果不錯，說明讀者還是吃這套的。現在改，誤事且浪費時間。

夏老師看了于姚的話後陷入長久的沉默。

于姚等了一會兒沒等到回應，也是萬分擔憂，回到《月光》雜誌部自己的小群裡打字。

于姚：完了，怎麼沒反應？夏老師不會被我氣死了吧？

猴子請來的水軍：……

會飛的象：……

喵喵：……

啾啾肥啾：……

惶恐之中，初禮做為責編並不能繼續慫在于姚身後放她一人面對這一切，指責繭後沉默了大半宿，現在初禮終於跳出來說了句人話。

猴子請來的水軍：夏老師您放心，這事我一定好好解決——大不了就是做好兩手準備，最優計畫肯定是按照原計畫使用繭的圖，繼續按照原本的策劃走下去……您想要書名大，不要浪費書法題字，沒問題，雖然封面圖留空不多，但是我們可以用豎書腰彌補，直接在書腰上印巨大的書名，然後蓋在書名的位置就OK了——那可是書腰，尺寸我們說了算，也就是說書腰做多大，字就能有多大！

猴子請來的水軍：我今天下午在作品庫專程看過了，元月社以前做《時間逆回的旅客》時，也是底圖過大、書名太小，這本書當時採取了豎書腰，效果非常不錯。

初禮這話一石激起千層浪，特別是挨罵了一晚上的于姚反應最快。

于姚：咦，這個可以啊！真的，初禮妳居然想到書腰這塊上了，書腰確實是可以用起來的一塊！

初禮：「……」

她要不想到解決辦法，今晚有膽子主動向夏老師彙報情況嗎！

猴子請來的水軍：除此之外，我們還可以準備個B計畫，除了豎書腰之外，實在不行我們也可以用純字，現代印刷工藝那麼先進，阿象（@會飛的象）說過哪怕用純字也可以做出非常好的效果。

會飛的象：……

會飛的象：對對。

阿象在裝了一晚上的屍體後，最後被初禮強行的一個標註炸得浮出水面，事後她萬分無語地問初禮這種不人道行為出於何種原因。

初禮嘿嘿笑著說：「大家本來就是一根繩上的螞蚱妳能怎麼辦，再說搞個計畫B本來就是妳決定的啊，說純字也可以做得很好看也是妳說的不是嘛？」

阿象想了想，好像確實是她自己說的，只能作罷。

好在此時，初禮的「豎書腰」提議和「沒關係我們還有計畫B」徹底平息了夏老師的熊熊怒火，人們這才反應過來初禮今晚原來是有備而來！

于姚對此非常滿意。

當天晚上，在開完短暫會議後，初禮又強行讓自己加了個班，她跟繭在QQ上溝通，認認真真地把畫第一個人物草稿時就說過的話又說了一遍——

「老師圖很好但是我們最開始說好的是跨頁妳整個圖片都在右側妳讓我們怎麼跨、往哪跨？」

「老師圖很好但是我們最開始說過書名要在右邊或者正中間，妳整個圖占據了右邊和中間我們的書名要怎麼放、往哪放？」

「老師圖很好但是麻煩妳畫草稿構圖、描線稿過程都給我看一看吧，別剛開始10％進度一下子跳到100％這誰受得了，構圖不合適我們美編之前決定的設計方案全部要推翻重來……」

對此，繭的回答是——

破繭：咦，真的啊啊，因為錢太少好久沒畫出版商稿了都忘記了，倒是沒想過跨頁放到右邊是不行哈哈哈哈哈哈！

破繭：以前我也畫過右構圖，以前的出版社編輯也沒說這麼做不行啊……怎麼就你們覺得不行呢？QAQ

破繭：畫畫這玩意來了靈感就畫了，我畫東西習慣一氣呵成，畫的時候關QQ很正常啊，所以沒辦法時時彙報消息這也很正常對吧……理解一下下嘛，每個繪者都有不同的個人習慣呀！

初禮：「……」

幾句「忘記了」、「倒是沒想過」、「別家編輯都行怎麼就你們不行」把老子打發了？

妳還給我賣萌，我去你媽的！編輯要的是妳的稿，不是看妳賣萌好嗎朋友！

借用一下戲子老師的話，繪者的鍋為什麼每次都要……

初禮這會兒頂著巨大壓力，還要開始準備一個小時前答應好夏老師的「計畫B」，實在沒空跟繪者在這吵架浪費時間，於是告訴繭「麻煩快點準備第二稿快點交，構圖因為封一已經是右構圖了那妳封二也麻煩繼續右下去，一套書兩本不可能一個標題在左邊一個標題在右邊那畫面得有多傻」。

繭含含糊糊地答應了。

最後，初禮強調了下——

猴子請來的水軍：老師，我們是簽了合同的，八月上旬前交稿，現在已經八月四號了……如果拖延了交稿時間，算違約。我醜話說到前頭，一次也就算了，算我們溝通沒溝通好，但我們這邊因為您的圖老不符合要求耽擱了工作進度，您是要賠償雙倍訂金的。

藺沉默了下，最後回了她一個「好」，消失了。

那一個言簡意賅的「好」字可以看得出初禮最後的強硬語氣讓她覺得不爽了，所以那天之後，期間無論初禮怎麼敲她問進度，藺都是沉默再沉默，但這次初禮也不急了，就安心準備推進「計畫B」。

大不了就是多等一週，藺娘娘遲交違約，大家一拍兩散囉？

告別了藺，初禮掏出手機哼著歌發簡訊給她房東。

猴子請來的水軍：老師，藺娘娘如果再拒不合作，我們可能會採取使用純文字設計封面，您這邊沒問題吧？

晝川：如果這個時候不能對妳冷笑嗤之以鼻以及嘲諷「早知現在何必當初」的話，那麼，沒有。

猴子請來的水軍……

晝川：在幹麼？

猴子請來的水軍：在和你說話。

那邊沉默了下，過了一會兒，晝川才回覆。

晝川：我問二狗，誰管妳在幹麼。

猴子請來的水軍：……………你這人怎麼這樣，二狗吃飽了，躺沙發上在看《動物世界》以及給我當腳墊！

晝川：妳也在沙發上？

晝川：你們倆都在沙發上？

晝川：沙發都要被你們壓垮了。

初禮看著手機螢幕，抖著的腿停頓了下，心虛地猛地翻身坐起，沙發發出「嘎吱」一聲詭異的輕響。初禮臉微微泛紅，看看四周後鬆了口氣，摸摸自己的面頰僥倖感慨：還好某戲子人看不見。

猴子請來的水軍：你好好說話，仙女是沒有體重的！

第二章

三天後。

晝川還在S省尚未歸來。

讓初禮沒想到的是，比晝川還早出現在她面前的人，居然是繭。

當時初禮埋首於阿鬼的文的校對工作，被主動敲QQ並收到了一個超大的檔時，一下子沒反應過來，她的頭有點暈。

首先她感慨果然繪者只是習慣性扮演失蹤人口，當妳語氣並不那麼嚴重、不跟她強調「違約」這種說法時，她就會一拖再拖，直到妳嚴肅地與她討論這個問題時，她才能拿出正常人做事的速度；第二，看到這麼大的檔，收下並打開之前，初禮已經做好了心理準備：這大概又是一個完成稿件。

用軟體打開圖看了眼，初禮一點兒也不驚訝自己的猜測完全正確，繭交過來的果然是完成稿。

這個繪者真的相當自信。

她就是覺得，我不給妳看草稿，但是只要妳說清楚了要求且我稍微把它放心上了，那我交出來的稿子就一定是合格的。

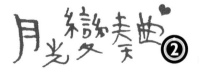

對於這點傲氣，其實初禮也能理解，有實力嘛。就像讓晝川修稿也像是刨他祖墳一樣困難，有實力的人就是不容許別人質疑自己或者對自己過多指手畫腳。初禮當初一句「稿子老不符合要求您是要賠錢的」估計把繭氣得不輕，初禮都懷疑她有沒有轉頭去跟晝川嚶嚶嚶說「你那個責編是不是有病」……

算了算了，工作進度最重要。

強壓下怒火，初禮曲指敲敲桌子：「總算交稿了，這輩子都不想再跟她約第二次，阿象來看稿。」

這邊初禮一邊腹誹繭一邊邀請阿象來看稿，兩個腦袋往電腦前面一湊，嘀嘀咕咕地討論了一下。

繭交過來的圖基本沒什麼大問題，只是男主站在顛峰，他背對著光，風吹鼓他的戰袍，腳下是千軍萬馬；男二站在他身後，正化作獸身，陰影籠罩大地……

圖是好的，還是右構圖，而且這一次在和封一一樣的位置留了一片白好放書名。初禮跟阿象討論了下這圖的透視啊色彩啊之類的問題，就把阿象放回去繼續做事了，自己打開QQ和繭商量。

猴子請來的水軍：這次雖然沒有給我看草稿，但是好在基本OK，就是這個人物背光，整體膚色偏暗，可能要調亮一些。

破繭：？

破繭：不是，親愛的，妳真的不是在找碴嗎？

破繭：這光是從後面打下來的，人物的臉籠罩在陰影中當然偏暗，亮成一片和高光一樣那就是基本光影知識錯誤了，圖片拿出去被人看見人家還不笑話死我？

破繭：不懂美術能別提這種荒謬的意見嗎？

在看到繭說自己故意在找碴時，初禮有那麼一瞬間覺得自己原本強行壓下去的對於她又不給自己看草稿的不滿，一瞬間驚濤駭浪般地洶湧而起。

找你大爺的茬！

為了幫妳擦屁股老子天天天天天天加班妳怎麼不說給我找碴？

為了幫妳保住這破圖的使用我們挨了多少頓罵時妳怎麼不說給我找碴？

猴子請來的水軍：……人物背對光源，臉部非常暗。圖的氣勢來說，確實背對光源時臉部暗、雙眼中有光是最有魄力的，但是在封面上不行——美編的建議是，印刷的時候因為封面紙張問題，在妳真正上機之前都不會知道這一部分會不會因為紙張吸墨過多導致顏色過深，人物面部太暗容易發青，像死人。

猴子請來的水軍：粉絲看見原圖說妳光影錯誤咱們還能解釋一波，拿到書說像死人妳就開心了？

猴子請來的水軍：而且如果面部本來就暗，一旦發生過深的情況，到時候再改檔就很麻煩了……

猴子請來的水軍：印刷廠要停機等妳改，這會打亂印刷廠的印刷安排，我們《洛河神書》這次為了保險起見找的是全國數一數二的商業書用的大型印刷廠。他們不會同意這麼瞎搞的。

破繭：什麼吸墨過度，我去，真的服了，妳叫印刷廠革新自己的技術啊！

初禮：「……」

默默截圖將這能把幾個人雷進精神病院的瘋話發到工作群裡，在換來了以阿象為首等人一連串的「……」和「。」之後，初禮嘆了口氣，揉揉幾乎要氣到頭痛的腦袋。

猴子請來的水軍：妳自己覺得妳這話合理嗎？

猴子請來的水軍：道理已經說得很清楚了，並不是找碴，所以麻煩老師把圖拿回去改一下。

破繭：不。

破繭：改完這圖的光影就是錯的，我的粉絲看到得怎麼想？

猴子請來的水軍：當初約稿合同上寫得很清楚了，「符合出版標準的用圖」，現在您的圖已經不能用做跨頁我們也沒說什麼了，也在努力找方案配合您的失誤；但是這個封面本身用色問題我們是沒辦法配合的，天大地大印刷廠工藝水準最大。

猴子請來的水軍：請您改圖。

破繭：不可能改的，少拿合同壓我，有意思嗎？

破繭：從一開始妳就意見多多，莫名其妙找碴又是要左構圖又是說我的圖做不了跨頁又是要改光影膚色——怎麼事這麼多？以前我也沒合作過這樣的。

猴子請來的水軍：6666666（註1），我沒跟妳強調出版稿各種規矩？妳不聽當然

註1　遊戲用語。諧音「溜」，意指非常厲害，也有諷刺的意思。

要改稿——而且其他的我都給妳擔下來了，改改膚色怎麼了，構圖的問題要不是時間不夠我還想讓妳整個重畫呢！

破繭：？

破繭：妳讓我重畫就重畫？我畫這兩張熬了兩個通宵了！

破繭：我招妳惹妳了？估計沒少去畫川大大那告狀吧，妳不就是個抱大腿的，得意什麼!?

猴子請來的水軍：嗨呀老師妳這話有意思了，我抱大腿怎麼了？編輯就是靠抱大腿吃飯的，您是不是誤會什麼了，不抱作者大腿編輯自己寫文上稿嗎？

猴子請來的水軍：我這大腿抱得天經地義啊！

猴子請來的水軍：稿子不改是吧，可以，這稿子咱也不要了，麻煩訂金退一下，賠償金給一下，然後大家該幹麼幹麼去——

猴子請來的水軍：這圖妳改改給別家用吧，誰不挑妳願意慣著妳給誰去，最多到時候我不揭穿妳這是拿我們不要的去二次廢物利用，仁慈不？

破繭：？我畫那麼久妳說不要就不要了？

猴子請來的水軍：對啊，氣不氣？

氣死妳好了。

反正老子已經被妳氣死。

劈哩啪啦的打字到最後已經不能用「打字」來形容，坐在距離初禮最近的于姚甚至好奇地抬起頭看了眼是誰在砸鍵盤；而此時把鍵盤砸得匡匡響顯然還不解氣，初禮打完最後一個句號她「匡」地一下拍了桌子。

編輯部內所有人嚇了一跳，旁邊的老苗更是直接從椅子上跳起來，一臉受驚：「怎麼了？什麼情況？發生什麼事？」

初禮縮回被震得發麻的手，面無表情道：「繭的稿我退了，讓她滾。」

眾人滿臉懵逼，沉浸在這小編輯的怒火中，一下子還沒人能反應過來到底怎麼回事。

初禮爆發完後，她有預感繭肯定不會就這麼算了——果不其然，在她這一波爆發就要用技能連放、將對方一次擊殺時，繭反而冷靜下來，沒有繼續跟初禮懟，而是發來兩個字：稍等。

初禮：「……」

稍等就稍等，有本事帶著妳的繭家軍來踩死我——說起來以前我還是妳繭家軍團團長級別人物呢，妳那點粉絲戰鬥力我還不清楚？

初禮嗤之以鼻，內心強大得不僅像是隻樂觀的猴子，而是剛剛大鬧天宮凱旋歸來的美猴王孫悟空：任你派出什麼天兵天將，俺老孫自然兵來將擋、水來土掩！

於是，初禮耐心等了大概半個小時，繭終於重新出現，這一次她帶著幾十個截圖，上來二話不說啪啪啪甩了初禮一臉。初禮隨手點開幾個，定神一看截圖內容，頓時迷醉得不行。這些截圖不是別的東西，而是繭拿著兩張圖，全世界去問覺得圖怎麼樣，例如——

破繭：「截圖」「截圖」親愛噠，覺得這圖做為商業出版稿怎麼樣？

好友A：超好看！哪本書，我要買！

破繭：「截圖」「截圖」親愛噠，覺得這圖做為商業出版稿怎麼樣？

好友B：哇很好看啊，我前幾天看見元月社《月光》官方微博那個馬賽克截圖，就說很像妳的，果然是妳啊！

破繭：「截圖」「截圖」親愛噠，覺得這圖做為商業出版稿怎麼樣？

新盾社小編A：好看，《洛河神書》的圖嗎？真好啊！

破繭：然而元月社編輯讓我把封二的人臉調亮，背光的人臉調得和自帶打光板一樣。

新盾社小編A：啊？哈哈哈哈哈哈哈哈那可真是……

破繭：「截圖」「截圖」媽，覺得這圖做為商業出版稿怎麼樣？

媽媽：很好看啊，怎麼了？誰說不好看了嗎？

破繭：編輯要求各種不合理，明明是背光還讓我把人臉調亮……

媽媽：現在非專業的人就喜歡對專業的人指手畫腳，這種東西妳是專業的，那就堅持自己的專業意見，不要為之動搖。

破繭：謝謝媽媽：）

初禮：「……」

根本不敢相信自己的狗眼，連媽媽都出來了，敢情傳說中的「我親戚我朋友系列」還能這麼用？

初禮將這些圖片一個個右鍵另存，放進電腦桌面名為《洛河神書》工作進度的資料夾裡，存完之後開始打字——

猴子請來的水軍：老師，您莫不是在逗我？給我看這些做什麼？證明我沒眼光？沒審美？好的壞的說盡了，您的圖要是不好看我也不用拚了命地加班在書庫找設計彌補……唉，算了，跟您說了您也不信。

猴子請來的水軍：還是那句話，要嘛您把圖的色調改改，該怎麼滴還是怎麼滴；要是不能改，這圖我們是真不能要。不過我看新盾那編輯一臉羨慕……

猴子請來的水軍：再說了，您的人體比例也不是科學的亞洲人，在畫圖這塊我認為科學是可以向藝術妥協的……

猴子請來的水軍：您有空到處發截圖問意見，圖早就改完了。

初禮順手打了這麼一大串，也不知道哪兒就戳中人家的敏感點了，繭回了她一個「妳懂什麼，我死也不會改的」之後，直接消失了。

這時候初禮就覺得繭這齣戲沒唱完。

不過初禮也沒傻了吧唧地跑去問她又想幹什麼，只是轉頭到工作群裡跟長官彙報了這件事後，又跟阿象確認啟動計畫B，這事就算告一段落了。她重新回到校對阿鬼的文的工作裡……

直到大概快接近下班時間。

初禮的QQ又響了，這次來的人是L君，歷史事件證明這烏鴉一般黑的人一出現準沒好事。果不其然，他上來就是一連串陰陽怪氣的「哈哈哈哈哈哈哈哈」然後說——

消失的L君：自帶打光板的女人妳好。

猴子請來的水軍：這臺詞我聽著怎麼這麼耳熟呢？

消失的L君：「截圖」

截圖內容是二十分鐘前發表的微博。

【破繭成蝶：樹洞一下，約稿過程中遇到無法溝通、強行指手畫腳找碴的編輯是最無奈的事……對方合同簽好的那一刻開始進入了催稿催命模式，就好像稿子是用魔法變出來的一樣！

熬夜畫好了稿子吧，又這不滿意、那不滿意，一副委屈求全的樣子……你都不知道你們到底有什麼仇什麼怨！

最搞笑的是最後拿錯誤的專業知識逼著我改稿啊！背著光的人物讓我把人物臉調白說太黑了臥槽，這也行，你當各個人像明星似地走哪都自帶打光板啊！還狡辯：您的人體比例也不是科學的亞洲人，在畫圖這塊我認為科學是可以向藝術妥協的。】

消失的L君：哈哈哈哈哈哈哈哈哈哈哈哈「您的人體比例也不是科學的亞洲人，在畫圖這塊我認為科學是可以向藝術妥協的」，妳踏馬一臉正經八百說的這是人話嗎哈哈哈哈哈哈哈哈哈哈笑死哥了！

初禮：「……」

她委屈？

點開看下評論，短短二十分鐘已經三千多條，大多是粉絲在下面「心疼太太」、「23333333」、「沒有專業知識也該有點常識啊」之類的評論，還有幾個一看也是帶橙V認證的繪者，在那鬧著「求名字以後繞道」……

初禮點進去看了下，都是一些不知名的幾千粉小繪者，作品好不好看就不說了，就說如果初禮敢邀請他們來替晝川畫封面，晝川就敢半夜用皮帶把她勒死在床頭……請他們畫還不如初禮自己畫。

呃，行吧——

正所謂，勝者為王，敗者微博王。

初禮接受了L君的一番嘲笑，並跟他說了繭說的人確實是她。雖然她沒有專業知識不過也有常識，人物如果是背光的，那人臉的確是暗的沒錯，然而印刷廠說不可以那就是不可以，哪怕是錯的也要將它調亮，就這麼簡單。聊天過程中她也把繭要求印刷廠提高技術的瘋話截圖給L君看，L君樂不可支，繼續「23333」個沒完。

坐在電腦前面，初禮反而覺得挺沒意思的。

妳看，妳上竄下跳、義憤填膺，發親友發父母發微博控訴，人人口中鬧著「心疼太太」，但其中真正安慰妳的人又有多少呢？在大多數外人來看，無非就是個空檔時間刷到了就「哈哈還有這種事」感慨兩句的笑話罷了。

妳繭娘娘願意去當那小丑，妳就自己去，老子不奉陪。

想到這，初禮也就翻了個大白眼，準備將這事翻篇拋到腦後去了，滿腦子都是：「算了算了，就當以前愛過，退了稿被妳罵兩句拉倒了反正老子也不少塊肉。」

初禮手上還有別的事，《洛河神書》的封面設計也要繼續推進，本來她是沒想著繼續在繭這邊浪費時間，畢竟稿都退了，以後也不會再合作……

然而她沒想到，繭在微博蹦躂了一圈指桑罵槐的不算完，還想要把戰火繼續延續，大有一副「妳敢惹我，我讓妳以後再也約不到稿」的架勢在。

初禮正叼著餅乾一邊校對阿鬼的文一邊喝下午茶，這邊老苗找上門來了，他伸手推了把初禮的肩膀：「初禮，妳這事沒跟繭好好說啊？退個稿子而已，怎麼鬧得這麼大啊，圈子裡人盡皆知似的……」

初禮身體晃了晃，連忙將裝著熱奶茶的杯子從校對紙本稿上方拿走，叼著餅乾一臉懵逼地抬起頭，眼角餘光掃過小鳥那不可謂之不愉快的小臉蛋，停頓了下，含糊道：「又怎麼了？」

老苗指了指自己的電腦螢幕：「妳看？」

初禮伸長了脖子去看，發現老苗的桌面開著幾個QQ對話視窗，分別來自於不同的繪者。

「繭今天下午在一個繪者群裡就差指名道姓你們《月光》雜誌的編輯了……」

「老苗啊，繭說的編輯是不是你們的人啊？她最近確實在替你們畫稿子來著，那個編輯是誰啊，以後求不合作，不和她接洽。」

「繭也是可憐，還強調了很多次不關出版公司的事也不關作者的事，就是那個編輯跟她找碴……多大仇啊，繪者挺辛苦的，稿子說不要就不要了？」

「看著我都害怕，這樣的編輯誰敢跟她約圖啊？動不動就是『合同上說需符合商業出版要求』，這所謂『商業出版要求』具體怎麼說還是各由心證……」

「那編輯到底是不是元月社的？」

初禮嘎吱嘎吱地將餅乾在嘴巴裡嚼碎，吞嚥下肚——有點乾、有點噎——她面無表情地盯著螢幕上那麼多來自其他繪者的質問，面無表情，耳邊是老苗一直在問她「怎麼回事」、「怎麼辦」……

初禮放下端著奶茶的杯子，想了想後平靜地問：「以後我們確定不會和繭合作了是吧？」

老苗動了動唇，還沒來得及說話呢，那邊于姚就說：「沒錯，她本來就因為稿子問題得罪了夏老師，現在又在網上散播這種謠言——雖然她強調了是編輯的問題不是出版公司這邊的，但是人家提起妳還不是說『元月社的那個編輯』……有什麼區別啊。」

初禮回頭看向于姚。

于姚埋首寫字中感覺到了她的視線，抬起頭對著她笑了笑：「這姑娘不太聰明。」

初禮捲起袖子，「嗯」了一聲。

她面色平靜之下，胸腔之中是萬千草泥馬奔騰。

既然繭娘娘妳一紙戰書貼到了我的腦門上，那我就是不接這戰書也不行對吧？

嗯，好，可以。

喜歡發微博是吧？

等著老子讓妳發個夠。

開戰了。

盯著老苗一臉悻悻地將那些特意打開的對話視窗都關上，初禮坐回自己的位置。此時下午四點，她才坐穩了一眼就看見某瘟神的QQ頭像在閃爍，初禮將之點開，一行言簡意賅的字跳入眼中——

晝川：和薊怎麼撕得那麼難看？一些人八卦都八卦到我這來了，怎麼回事。

猴子請來的水軍：封二上色有問題，人物臉部面色暗沉可能會導致吸墨過度像死人臉，我讓她改她不改，所以我只好讓她滾。

猴子請來的水軍：她也來找你了嗎？

晝川：妳猜她來沒來？

猴子請來的水軍：抱歉。

晝川：妳道什麼歉？

猴子請來的水軍：沒想到這事還鬧你那去了，所以，道歉。

晝川：妳看妳這語氣委屈的，隔著螢幕都嗆鼻子，我要是真說知錯就好回家妳還不得在我飯裡下老鼠藥？省省吧別演戲。

晝川：我是來提醒妳，洗腳婢坐擁粉絲千千萬，妳孤身一人搞不過她——此時妳是不是想著，大大你粉絲比她多啊，來參軍一戰不？別天真了，在這件事裡我只扮演一具涼透了的鹹魚屍體。

初禮：「……」

此情此景——

少女漫畫裡，男主率領千萬粉絲碾壓惡毒女配幫助女主洗刷冤屈，事後對著女主邪魅一笑，道：「別怕有我。」

現實裡，男主抖著二郎腿，大言不慚，道：「別天真了，我只是一具涼透了的鹹魚屍體。」

少女心？不存在的。

猴子請來的水軍：所以老師您到底幹麼來了？

晝川：就提醒妳下，別兩敗俱傷。

猴子請來的水軍：她藺娘娘一百萬粉絲，我微博就是個賣殭屍粉（註2）的殭屍號，那麼問題來了，咱們倆大鬧一場，她能在我這撈著什麼好處啊？本來就是她不給看稿自己在那折騰完了還不願意改的錯，她哪來的勇氣和我正面對峙？聊天紀錄我都有截圖，她不敢的。

猴子請來的水軍：大不了于姚對外一個宣布——那個編輯我們辭退啦……

猴子請來的水軍：然後編輯「猴子請來的水軍」消失了，「香蕉請來的水軍」上線了——換個馬甲，又是一條好漢。

晝川：……

晝川：我是來教育妳的，但是現在我被妳的邪惡說服了。

猴子請來的水軍：我本來沒想這樣的，是她非要鬧著打開潘朵拉寶盒，那就等

註2　指微博、微信等網路社群的虛假粉絲，花錢就可以買到「關注」，有名無實的粉絲。

著看我能給她蹦躂出什麼驚喜好了。

初禮說完，關上了QQ對話視窗，找來阿象商量了下：「阿象啊，咱們跟繭耗時耗力那麼久，我班也加了、力也出了，光退稿不科學，我覺得要不我們還是用用這稿子吧。」

阿象：「她都這樣了妳還想給她稿費？」

初禮打了個手勢示意阿象回去坐著等消息，椅子一轉回到電腦跟前，打開QQ，點開繭的頭像，手指飛舞似地敲字——

猴子請來的水軍：老師，違約金準備得怎麼樣了，訂金的兩倍也就是四千塊錢。麻煩把錢匯到指定銀行帳戶……如果懶得出門支付寶也行，1760**669@qcom，備註：《洛河神書》違約金。

然後繭那邊就炸了。

破繭：這錢不可能給你們的——什麼「符合商業出版標準」的這一條，還不是你們公司說了算，這種沒有一個硬性標準的條例，我不承認，以前畫了那麼多商業出版稿也沒事，怎麼就到你們這就不符合了!?

破繭：了不起大家法庭上見吧，你們還真不一定能告得贏！

破繭：我看你們就是想玩作者吧！或者是騙錢！

破繭：以後哪裡還有繪者敢跟你們合作！

初禮看著繭發來的一連串字，脣角勾起，心想：「就知道妳會這麼說，說什麼『符合商業出版標準』站不住腳。」

猴子請來的水軍：喔，那這條不算，那保密條約呢？商業稿在正式開宣之前禁止透露給任何第三方看全稿，妳都發給誰了，妳不知道是不是圈內的朋友若干、家人……天哪，還有個圈內的同行出版編輯！

破繭：……………………………

破繭：妳胡說！我沒有！

猴子請來的水軍：那些截圖都是妳給我的，我都存好了啊，不存在我造謠或者誹謗妳的。

猴子請來的水軍：要嘛您現在把違約金給一給，然後由我們元月社牽頭，把這幾天的事整理張整理捅出去，著重討論一下關於商業稿正式用途之前繪者有沒有將稿件全圖洩漏給第三方讓他們提意見的權利，特別是提供給甲方同行競爭對手。

猴子請來的水軍：要嘛呢咱們商量下第二條方案，那就是我也不退稿了，我們該怎麼滴還是怎麼滴，簽一個補充條例，您的兩張圖我拿去做周邊海報——這價格當然就不是按照封面算了，只能按照周邊稿費，也就是全稿價格就訂金那麼多。

破繭：……………………妳說什麼？

猴子請來的水軍：我們會用書法家的題字當畫川老師《洛河神書》封面，到時候我們除了周邊會使用您的圖，還有封面字也會將那字疊在您的圖上，然後把中間鏤空讓圖片顏色透到字上做一個「透字」效果，再用您圖上的花花草草做個裝飾……不過圖就不會使用全貌了。

破繭：那圖你們不用全部做封面了？

破繭：尾款也不給了？

猴子請來的水軍：或者第三方案我也滿喜歡的，就妳剛才提出來那：法庭上見。

破繭：……

繭再一次陷入了屍體般的沉默當中。

《月光》雜誌編輯部的全體人員發現自己貌似無意間見證了一場無硝煙之戰——從初禮被老苗質問，到她在自己的位置坐下不知道在劈哩啪啦地打字給誰，打完字後，她持續面無表情在位置上發了十分鐘的呆。

十分鐘後，她用手擺弄滑鼠，接到了一則QQ新訊息。

然後她站了起來，通知老苗去請法務部的人做一個針對《洛河神書》原封面的補充協議，以原本訂金的價格拿下兩張畫好的完成稿，然後請繭繼續配合宣傳。

又五分鐘後。

阿象驚叫一聲，驚訝地在微博首頁刷到一條繭的新微博，是轉發《月光》雜誌官方微博之前關於《洛河神書》的一條宣傳，並配字——

【破繭成蝶：期待這次合作！大家不要瞎猜，上午說的合作方可不是元月社喔，大家合作愉快！】

懂情況的人，字裡行間都能讀出繭咬著牙、含著血淚打出這行字時是怎樣的憋氣和悲憤。

阿象：「……」

她轉過頭看著初禮，像是看著編輯部裡冒出來的新物種。而此時，初禮正拿起電話，哼著歌用手指戳著自己桌上的香蕉人擺件，一邊跟法務部的人商量這補充協議要改寫什麼、規定什麼、注意什麼……

與此同時，老苗的QQ上接到一波繪者排山倒海的道歉，說自己上午不該瞎猜測元月社編輯的職業素養巴拉巴拉……

晚上，華燈初上時。

遠在C市的晝川晚餐過後，掏出手機，看了看微博，然後切換QQ打開一個下午四點左右曾經連發十幾條消息給他的對話視窗，裡面訊息中全是一個人的傾訴。

破繭：大大，你的編輯針對我，明明不是我的錯她卻老讓我改稿，還威脅我不改稿就要退稿，我辛辛苦苦畫了兩、三天的！還熬夜了！

破繭：大大你要給我做主，你也說我的圖好看的，哪裡有問題了嘛！

破繭：我是正經美術學院出生的美術生，關於光影運用這種入門級別的專業知識我學了快大半輩子，為什麼要被一個業餘編輯在這指手畫腳說我這不對那不對！

破繭：我發給別的出版社編輯看了他都說沒問題的！

破繭：大大，《月光》雜誌的編輯太過分了吧，不僅要退稿還要以什麼我不能畫出合格的商業稿且耽誤了他們的工作進度為理由讓我賠償違約金！

破繭：他們是不是故意拖延到合同快到期，然後告訴我稿子不合格，然後訛詐違約金啊！

破繭：QAQ大大你在不在啊，我是真的想好好替你畫好這個稿子的啊，沒想到

《月光》的編輯那麼能鬧事……

以上種種，十幾條訊息，聲淚俱下。

晝川依然像是幾個小時前收到這些訊息時一樣沒有回覆一個字，而是不動聲色退出對話視窗，點擊另外一個猴子頭像。

晝川：事情解決了？

幾秒後，對面秒回——

猴子請來的水軍：正義必勝。

猴子請來的水軍：在替二狗做飯，今晚加餐雞胸肉。

「嗤。」晝川哼笑了聲，脣角勾起，茶色的瞳眸之中盡是縱容。

關閉和猴子的對話視窗，重新打開那個名叫「破繭」的對話視窗，晝川慢吞吞打字——

晝川：啊，怎麼啦！發生了什麼！下午沒看手機！妳們怎麼鬧起來啦？別吵架啊，影響進度和和氣多不好，對了，現在解決了嗎!?

發送完畢。

手機鎖屏，塞回褲子口袋。

他沒撒謊啊，他確實整個下午都在扮演一具不會說話憑人狂戳也毫無反應的鹹魚屍體，涼透了的那種。

繭的鬧劇最後以繪者本人選擇息事寧人做為結局落幕，初禮因此過了一個不錯的週末。週一去開每週例會時，整個人都神清氣爽的。

阿象已經快變成她的小迷妹：「說實話，我還以為繭娘娘會硬著頭皮賠錢也不認慫呢，她又不差這點錢。」

「她是不差這點錢。」初禮笑得瞇起眼，「可是她對外宣稱是元月社坑她，如果真是她占理，她還賠什麼錢啊——這圈子真的不大，被出版編輯要求退訂金還賠償的繪者屈指可數，她要這麼幹了這事肯定迅速傳播出去……」

「妳低估了網路圈子的傳播力，也許今天大家傳的還是『繭娘娘給元月社坑退了雙倍訂金』，明天就變成了『繭娘娘給元月社退了雙倍訂金』，少一個字，這裡面信息量差多少，妳自己想。」

阿象似懂非懂地點點頭。

此時兩人來到會議室外，于姚已經先坐在裡面了，見了她們擺擺手示意讓她們過去坐，初禮先一步跨進去，在于姚身邊坐下。

于姚手裡拿著今天會議要發言的報告，裡面肯定少不了上週對於繭的事的過程描述，她把它遞給初禮，同時說：「那天我看見妳保存聊天紀錄了，還以為妳保存那個東西是為了上官方微博和繭對正面。」

初禮「哦」了聲，隨手翻了翻文件：「罵來罵去多丟臉，我們元月社是大社，歷史悠久，行業龍頭，犯得著為了這點破事和一個不知道天高地厚的繪者在微博吵來吵去叫人看笑話嗎？」

于姚笑了：「也是。」

初禮：「而且能當藟娘娘粉絲的人都是大心臟，大大不給編輯看草稿、大大不配合編輯修改草稿這種事並不會讓她們脫粉的。」

初禮停頓了下：「讓她把吐出來的話再吞回去，噁心死她最好了。」

于姚笑得更大聲了，老苗在旁邊翻了翻眼睛。

過了一會兒，夏老師駕到，週一例會正式開始。

例會上，夏老師著重表揚了一下這次初禮對於藟事件的處理方式——夏老師認為初禮維護了元月社的權益和做為行業龍頭權威性的同時，也爭取到對《洛河神書》最大可能性的宣傳效果。畢竟如果不是當初藟娘娘太過分，元月社還是看中她自帶的粉絲資源和宣傳效果的。

對初禮一番誇獎後，藟事件的討論便算告一段落，畢竟接下來還有更重要的事宣布。對於這種年輕人之間的撕逼大戰，夏老師這樣成熟穩重的老前輩並沒有太大興趣。

在接下來的例會上，夏老師宣布了另外兩件事——

第一件事就是四年一度的國內權威文學獎「花枝獎」即將開始進行新的評選。該獎項專門爭對華語長篇小說設立，接受評選的範圍是但凡在評選季度時間段內公開發表與出版、能體現長篇小說完整藝術構思與創作要求、字數二十萬以上的作品，均可參加評選。

這是國內小說文學界四年一度的大事，元月社做為傳統文學出版龍頭當然從不缺席。上次拿獎的人不是別人，正是晝川他老爸晝顧宣先生的代表作之一《紅鷹》，當時送選的出版公司就是元月社。四年前拿下這個獎項之後，不僅讓晝顧宣名聲更上一層樓，更是徹底具有讓元月社坐穩了傳統文學出版行業龍頭老大位置的重要意義。

以上，這是初禮聽夏老師在回首往昔的嘮叨中瞭解到的。

而這一次，夏老師依然要求並希望各月刊雜誌分部能打起精神，看看近四年內的出版數目，爭取多送作品上去，順利將這獎項留在元月社。

聽到這裡，初禮有點神遊太虛，畢竟這洋氣的傳統文學獎項好像跟《月光》沒多大關係。

直到夏老師說著那張臉就轉了過來，看著初禮他們這邊，語出驚人：「《月光》雜誌這邊也爭取送一、兩篇上去。」

初禮：「啊？」

《月光》雜誌編輯部眾人頓時齊齊黑人問號臉——這種傳統文學獎項，和《月光》這邊主打的網路小說、現代幻想小說等類別好像八竿子打不著邊啊。

夏老師：「時代在進步，哪怕是評選組的老古董們也是時候該接受接受現代風向的吹拂了嘛，我們要趕上這波潮流，拒絕老舊傳統固化思想。」

……夏老師您說這話的時候就已經有一股陳年爛舊的味道撲面而來您知道嗎？

您大概是不知道。

《月光》雜誌編輯部眾人頂著五雷轟頂之感點頭答應了，並紛紛在心裡打起了小算盤——手裡有沒有可能拿得出手、稍微像話一點兒的作品交差？

初禮心裡也是在咆哮：「阿鬼啊！想不到吧！妳的基佬文有送選評『花枝獎』的這麼一天啊哈哈哈哈哈哈哈哈哈哈哈哈哈哈哈！驚喜不驚喜！意外不意外？」

眾人被雷得恍恍惚惚之間，夏老師又抓緊時間宣布了第二件事。

元月社一年一度的讀者、作者互動文化節到了，為了讓各大雜誌編輯部加強與讀者互動的力度，今年元月社舉辦一個名叫「故事接龍」的活動。

因此，每本月刊都必須拎出兩期一共四到六名作者，分別寫一個故事的開頭刊登在十月刊和十一月刊上，然後讓讀者投稿續寫後續，挑選最優後續，在十二月刊和第二年的元月月刊上公布並刊登。

此消息一公布，《月光》雜誌編輯部眾人目光自然就放到了老苗和初禮的身上——因為現在編輯部內部，做為責編，手上實質性有帶作者的編輯只有他們兩人。

老苗帶著年年、索恆、河馬。

初禮帶著晝川、江與誠、鬼娃。

于姚本人以前是從《星軌》直接調來《月光》的，手上帶的作者多數走傳統文學套路，也都做為「遺產」留在了《星軌》；後來到了《月光》跟老苗一起伺候晝川，如今晝川也找到了初禮這個讓他折磨的人，所以于姚跟這活動倒是八竿子打不著邊。

戰爭只在初禮與老苗之間展開。

而初禮顯然也意識到這點，所以當夏老師提出「分二期進行」、「每期二到三個作者刊登開頭」的時候，她立刻就抬起頭與老苗對視一眼，然後兩人不約而同分別在對方的眼中看見了火花。

回到編輯部，初禮打開QQ開始和她的作者小可愛們進行了一場日常談話。

首先是阿鬼。

猴子請來的水軍：鬼娃同志，根據今早每週例會情報，我社將把妳那本結合了「現代網路媒體社會風氣與公眾人物個人隱私是否應當得到保護」深刻教育意義的文章送審參賽。

在你身後的鬼：我寫過？哪本？

猴子請來的水軍：《聽聞》。

在你身後的鬼：……………………參什麼賽？

猴子請來的水軍：花枝獎。

在你身後的鬼：哈哈哈哈哈哈哈哈哈哈哈哈哈哈哈哈哈哈哈哈哈哈哈哈哈哈哈哈哈哈！

在你身後的鬼：別鬧。

猴子請來的水軍：真的。

在你身後的鬼：妳嚇唬誰？

猴子請來的水軍：在我聽見夏老師說這件事的時候我也是這個反應——老師你嚇唬誰……然後我發現他是認真的，做好準備了嗎？花枝獎在跟妳招手，從今以後妳不是阿鬼，是鬼老先生。

在你身後的鬼……

趁著氣氛正好（並沒有），初禮又跟阿鬼交代了下十月刊卷首企劃任務，要發的「讀者、作者互動月」活動當然少不了阿鬼一份。根據她的情報，阿鬼手上有各種已經寫好的、然而也只是有一個開頭的坑，催促讓阿鬼把這些坑整理整理一起打包發過來，初禮親自挑選，這事就算完了。

美其名曰，廢物利用。

畫下了一個名叫「基佬文拿花枝獎」這個連神筆馬良都不敢隨便畫的大餅，強行要求阿鬼去面對那些年自己挖下、如今自己都不敢面對的神坑後，初禮無情地把阿鬼打發走，深呼吸一口氣，開始著手攻克另外兩座難以撼動的大山——

晝川和江與誠。

夏老師剛公布這消息的時候，編輯部眾人的目光自然而然放到了初禮和老苗的身上，人們當然理所當然地認為初禮在這次活動占了大優勢。

就像當今文學網站上那樣，購買正版、寫評論的讀者是真愛沒錯，但是在節奏快速的學習、工作、生活裡，能夠抽出一點兒時間坐下來，認認真真為喜歡的作者寫上個千八百字的文評或者小段子，這類讀者，並不是真愛粉，對於作者而言，他們是活菩薩。

應該跪下來匡匡磕頭感恩那種。

所以，本次「作者、讀者互動續寫故事」活動，考驗的不是別的東西，而是紮紮實實地在比拚誰家廟比較大、供的菩薩比較多。相比起索恆和年年他們，晝川和江與誠自然屬於家大廟大那種類型，但是這種大廟的坐鎮主持也非常難搞……

夏老師給的任務挺倉促，十月刊就要登上卷首企劃，這說明九月之前他們必須從作者手上拿到這些稿子。

初禮當即找到了江與誠，請他寫這麼一段開頭，下午二點左右，江與誠回覆得超快。

江與誠：好的，沒問題，也就二、三千字開頭。

江與誠：誰教我現在是妳的作者，當然要聽編輯調遣 :(

江與誠：有稿費嗎！

初禮頓時覺得有點尷尬，卷首企劃啊，哪來的錢給，要不她倒貼兩、三百算了……兩隻手放在鍵盤上，初禮想了想，還沒想到怎麼回答，這時候江與誠的QQ又蹦躂出一行新的訊息。

江與誠：騙妳的，沒錢也寫。

江與誠：那些年小猴猴替我寫過的長評和分析不計其數，加起來七、八萬字總該有的，現在二、三千字我怎麼能跟妳要錢……

江與誠：我想明白了，現在我坐在這就是為了來給妳還債來的啊 :)

一個簡單的「:(」和「:)」表情符號，已經愣是把坐在電腦跟前的小姑娘撩得少女心都蹦躂了兩下——原本她以為自己已經沒這東西了的……

沒人能禁得住喜歡的大大為自己工作助力的同時，還笑咪咪地說什麼「我給妳還債來的」這種話……簡直是要了親命，恨不得在屁股底下點個沖天炮然後一飛沖天才好！

猴子請來的水軍：老師不要這樣說，搞得好像以前我替你寫評論都是為了今天似的！

江與誠：是也沒關係，託妳的福，自從《消失的遊樂園》決定在《月光》連載後，我微博好久沒這麼熱鬧過了，每天好多人來催問什麼時候開始正式連載呢！

猴子請來的水軍：快了，九月刊——我也很緊張的，老師東山再起之作就交到了我的手上。

江與誠：咦。

江與誠：東山再起啊，會有那麼一天嗎？

初禮的雙手放在鍵盤上，認認真真地敲下「會的」兩個字，再看見江與誠也收起那調笑的模式，鄭重其事地回覆「那拜託妳了」的時候，初禮抬起手摸了摸胸口，有一種想站起來、對著電腦鞠躬的鄭重儀式感。

此時，初禮已經忘記了江與誠曾經差點小坑過她一次的事實，正所謂好了傷疤忘了疼，江與誠答應得那麼爽快的事，絕對沒好事。

此時，完全沒想那麼多的初禮在覺得自己又攻克了江與誠後，懷揣著一顆緊張的心去找了晝川。

晝川已經在C市停留了快一週，初禮並不知道他還要多久才回來，之前確實也聽老苗說過，元月社所在的G市只不過是晝川多處住所中的其中一處而已。

現在二狗又有初禮照顧著，每天快活似神仙，他就更加放飛自我想什麼時候回來就什麼時候回來，初禮幾乎擔心再這麼下去他會產生乾脆去環遊世界的想法……

對於晝川，和他溝通，打字是不行的。

根據初禮的經驗，男人通常是打電話的時候會比QQ打字時含蓄且好講話得多，至少不是張口閉口的甩人一臉「我不要」、「我不幹」、「我不聽」、「我不」——

於是初禮選擇打電話給晝川。

電話響了兩聲，被人接起，電話那邊很安靜，男人「喂」了一聲，嗓音低沉，似乎和平常的聲音並不一樣，就好像是他喉嚨、胸腔剛剛被水滋潤過變得特別溼潤……嗯，這是一個很奇怪的比喻。

初禮也不知道自己為什麼會產生這種聯想。

「喂，晝川老師。」

初禮低聲叫了聲男人的名字，抓緊手機，抬頭看了看還在工作的同事，抓起手機走出去來到空曠無人的走廊。初禮想起每一次她和晝川打電話時都會來這個角落，上上次是求他暫時不要把《洛河神書》簽給元月社的事說出去，上一次是讓他把她從黑名單裡放出來否則她將懷揣著「晝川逼我」的字條從這裡跳下去……

想到這，初禮「噗」地笑出了聲。

「……妳傻子啊，打個電話來不說話，然後讓我聽妳傻笑？」電話那邊，男人的聲音很不客氣，伴隨著類似陶瓷碰撞的聲音，「到底什麼事？沒事我掛了。」

「沒有，我有事，有事！」初禮連忙叫著，「今天早上例會，夏老師說了下關於花枝獎的事，花枝獎你知道吧……」

千里之外。

C市。

坐在裝潢復古的茶室之中，面前香茗霧氣騰繞，晝川手中的小小茶杯之中，茶湯輕輕搖晃，香高、味醇、湯清、色潤，集其四大特點，正是被人捧以天價的黃山毛尖。

他一手拿著手機，茶色的瞳眸時不時抬起，瞥一眼坐在茶案對面的中年男人——後者身著簡單的居家服，手中不疾不慢地翻著一本看似古舊的書。

文人氣質倒是撲面而來。

晝川突然心生興味。

「哦，花枝獎啊？我當然知道，我老爸得過啊，獎杯現在還擺在我家書房天天擦灰。」他薄唇輕啟，唇角一挑，「什麼，你們要送《洛河神書》去參與評選？」

果不其然，話語剛落，坐在他對面的中年男人放下手上的書，抬起頭來。

晝川脣角的惡作劇笑容擴大：「可以啊，花枝獎，格調很高的，買下來要多少錢？」

電話那邊被雷得陷入一陣沉默的同時，晝川對面，那本應該很貴的線裝書也迎面飛來。原本安靜坐在那品茗看書的晝顧宣猛地放下茶杯，手指充滿警告地隔空點了點兒子的臉，然後站起來，摔門而去！

「匡」的一聲巨響。

茶室裡陷入短暫死寂後，晝川脣邊的笑容消失了。

他拿起手機，懶洋洋地「喂」了聲：「剛才我開玩笑的，你們別把《洛河神書》送去，有毛病吧，怎麼可能選得上？我不想去自取其辱。」

「……什麼什麼自取其辱，花枝獎唉，別的作者比如鬼娃就算明知道自己選不上也覺得哪怕能被送去評選沾沾光還不是美滋滋的一件事……講真的，晝川老師您的《洛河神書》可比《聽聞》獲獎機率高多了，至少男主性取向正常、心懷家國天下對吧……」

「我不去。」

初禮：「……」

一句「我不去」就將人打發了？

「為什麼啊？」

「什麼為什麼，上一屆花枝獎得獎者是我家晝顧宣先生，妳知道妳這回要把我送去這是什麼概念嗎——南極和北極的概念……再說了，〇八年奧運會在北京，一二年奧運會還要在北京，世界人民還不得揭竿而起踏平奧組委徹底亂了套啊？」為了防止再被咆哮，晝川皺著眉將手機拿得離耳朵遠了點兒，聲音不緊不慢，倒是聽上去理直氣壯，「所以我不去，沒意思。」

話語一落，電話那邊倒是沉默了一下，大概是被晝川強烈的牴觸情緒弄得有點懵，半晌才反應過來問一句：「什麼叫『沒意思』？」

初禮：「上房揭瓦有意思不？」

晝川：「拆骨扒皮有意思，妳在我面前我就讓妳免費體驗下。」

「你什麼時候回來，我當面講給你聽。」

「還要七、八天吧……當不當面都沒用，這會兒妳要在我面前我就跟妳打一架。」

馬的智障。

電話那頭，初禮依然苦苦相勸，「你別覺得這事沒意思，晝川老師，我覺得這個機會難得，又不用你修稿之類的，送上去就完了——真拿獎就算賺了，落選也不虧什麼對不對？既然夏老師都說了評選組最近決定開放一下接納程度，迎接新風氣……」

「妳住口。」

「……」

「妳能說服我來S省開這莫名其妙的作協會議，不代表妳事事都能說服我。」晝川淡淡道，「省省力氣，江與誠那個沒臉沒皮的痞子可能會答應妳，妳去找他吧。」

初禮萬萬沒想到晝川會是這個反應，愣了半天沒接上話，滿腦子都是「這人對傳統文學獎項很牴觸」、「他對傳統文學好像就是很牴觸」「但是他書房裡的各種名著卻不少」——

這到底是為什麼？

初禮滿頭問號，然而電話這邊的晝川也沒給她反應過來後繼續和尚念經似地洗腦機會，趁著她突然陷入沉默，就機智地直接把電話掛了。

掛電話之前沒忘記威脅一句：「這事別再提起，從此刻起妳每多說一個字，老子每個月就多收妳一百塊房租，一百起價，上不封頂。」

晝川說完飛快地掛了電話，瞥了眼面前還冒著奶白色蒸騰熱氣的香茗，茶色的眼底不自覺地露出一絲絲煩躁氣息。他將茶案推開，顯得有些焦躁地從榻子上爬起來，走出茶室後發現父母都坐在客廳等著。

他爸在打電話，聽語氣應該是和一個後輩說話；他媽在旁邊低頭削蘋果，聽見走路動靜抬起頭看了他一眼，就差在臉上寫著：兒子過來，接受愛的教育，等我想想怎麼開口顯得比較漫不經心且不突兀。

他都二十七了，愛的教育就不必了吧。

晝川掀了掀唇角，轉身想溜，這時候正好晝顧宣掛了電話，嗓音低沉威嚴地喝道：「往哪走，過來坐下！」

背對著父親，晝川露出一個無奈的表情，轉身像二狗似的老老實實回到沙發上坐下，屁股剛落地，就聽見晝顧宣道：「剛才是小誠打電話來，他說後天你們有個高中同學聚會，你以前的同學讓他幫忙通知你——」

晝川聽了前半段就直接想站起來閃人，結果屁股還沒來得及重新抬起，就聽見他爸一聲暴喝：「給我坐下！」

晝川「啪」地又坐回去，無奈道：「什麼同學聚會，高中同學叫什麼名字我都記不住了叫我去幹麼——他們要叫我去不會自己聯繫我啊？」

晝顧宣：「你看看你臉上這表情，誰願意來聯繫你，熱臉貼冷屁股！」

晝川：「那就別貼啊，我讓他們貼了嗎？我又不找女朋友又不急著跟誰炫耀自己功成名就的，我去參加同學聚會做什麼……」

晝顧宣：「小誠說了，是你當年的語文老師準備退休，你們以前的同學要舉辦一場謝師宴——你如今這個身分，去即將退休的高中語文老師那裡表達一下師恩不是應該的嗎？」

晝川一哂，乾巴巴道：「我什麼身分？三流垃圾速食文寫手？」

晝顧宣頓時橫眉豎眼：「晝川！」

晝川一臉煩躁：「做什麼？這話不是你自己說的？」

「幹什麼你們倆，能不能好好說話，吼吼吼得我腦子疼。」晝夫人放下手中的蘋果和水果刀，「憋了這麼多天沒吵架可把你們憋壞了是吧，非要扯著嗓門，還說什麼書香門第，和屠夫似的，傳出去叫人笑話死——一人一句，老宣你先說。」

晝顧宣指了指坐在對面沙發上的兒子：「看著他這模樣我就來氣，讓他來作協會議不來，來了也吊兒郎當地坐那不知道幹什麼；讓他送作品去參加『花枝獎』評選……」

晝夫人露出一個「哎喲真的假的」的驚喜表情。

直到晝顧宣把話說完：「讓他送作品去參加『花枝獎』評選他也不去，張口閉口就問自己的編輯這獎買下來要多少錢——別以為我不知道你故意說給你老子我聽的，諷刺誰呢！」

晝夫人臉上的表情從「驚喜」變成「我就知道」，與此同時晝川向後一倒，癱在沙發上。

晝顧宣看他這死模樣就來氣，彎了腰、脫了拖鞋就砸！

晝夫人攔都攔不住，眼睜睜看著拖鞋砸在兒子那張俊臉上，晝川還是跟條死魚似的，只是伸手把拖鞋從臉上拿下來：「君子動口不動手，老頭你好好說話——我不願意出席作協會議，不願意送作品去參賽，什麼原因你不是最清楚了嗎？」

晝川坐了起來，臉上的吊兒郎當表情收起，茶色的瞳眸變得深沉，他的面色有些陰沉：「如果傳統文學沒有做好真正的準備接納其他非傳統文學項，那就不要總做一些奇奇怪怪的舉動，搞得好像你們在努力接納，這次作協——我聽說作協這兩年吸納的年輕作家也不少，你們這次叫了幾個啊，還不就我和江與誠嗎？怎麼，微博粉絲不上五十萬不讓去是吧？」

晝川一邊說著一邊站起來：「和那個聽說即將退休的語文老師一樣，姓什麼來著？李老師？江老師？還是王老師——當年都幹麼去了，需要逢場作戲的時候就知道叫上我了……」

「就你事多，高中作文學得爛，次次三、四十分怪老師教不好了是吧？那人家江與誠怎麼就好好地次次拿高分？後來當了寫書的，人家紅也比你紅得早，你賣第一本暢銷書時，江與誠賣的暢銷書都能湊一套撲克牌了——老師教你寫些應當寫的，我教你寫些符合主流的，你偏偏總是不聽，要當刺頭，結果讀書時候作文拿不了高分，書也賣得不好，怪誰？你這一臉憤世嫉俗的擺給誰看呢！」

「晝顧宣！」

「晝川！」

「隔壁家的小孩系列聽了我二十七年你還停不下來！」

「你連名帶姓叫你老子名字我看你還真就是高中不學好——不對，你小學都學歪了！從小都是歪的！尊師重道、尊老愛幼、孝敬父母，你做到幾個了？枉為人！」

「子不教，父之過！」

「老子何錯之有！把你生下來算不算一個？」

「我覺得挺算的！我高中時候作文你沒看過啊，有什麼毛病，整理整理又是一部《醒世恆言》——一般的父母看著自己小孩寫的好東西被打低分早上學校鬧去了，你在哪？你在勸我參與謝師宴——謝個屁啊！謝她早點退休別禍害祖國下一代？」

「還《醒世恆言》，大牙都笑掉了，你靠盲目自信發電支撐到今天的？」

晝夫人：「……」

最後的結果就是父子倆對吼，吹鬍子瞪眼的，吼得隔壁都聽見了這才一拍兩散。

要嘛怎麼說同行是仇呢？

晝夫人嘆了口氣，看了眼摔門出去的丈夫，又看看踩著拖鞋「登登登」上樓沒等她開口提醒就滑了下還好及時扶住扶手不然就得從樓梯上滾下來的兒子……她搖搖頭，誰也不去追、誰也不去勸，重新拿起之前放下的水果刀，繼續削蘋果。

五分鐘後。

樓上傳來「匡匡啪啪」的櫃子門碰撞聲和走動聲，知道的就清楚是某人在翻箱倒櫃，不知道的怕是以為在拆房子。

十分鐘後。

當晝夫人將一只只切成小兔子狀的蘋果擺進果盤，高大年輕的男人從樓上一腳把門踹開，拖著巨大的行李箱風風火火地從樓上走下來。

晝夫人撚起一只小兔子蘋果：「去哪？」

樓梯上的人還在搬行李箱，依然滿臉怒容：「離家出走！」

四個字，斬釘截鐵。

晝夫人：「吃個蘋果再走。」

晝川扔了行李箱，走過來接過那只兔子蘋果，張口一咬，咬掉了半個兔腦袋。

第三章

G市。

初禮頂著老苗的幸災樂表情以及于姚的死亡視線，磕磕巴巴地跟夏老師報告了晝川拒不合作關於花枝獎的事，沒想到夏老師好像一點兒也不意外這個結果，就是沉默了下，然後撂下一句「我去和老宣談談」，就轉身離開。

初禮那句「您確定這談完不會有反效果啊」甚至沒來得及說出口。

晚上拖著可以算是身心疲憊的身軀回家，日常替二狗做飯替自己做飯，再打電話給晝川，發現他手機關機；跟L君吐了一波苦水，他也像是一具屍體似的毫無反應。

還口口聲聲鬧著要和她網戀呢，這鬼德行一聲不吭就失蹤，網戀都輪不上他！扔了手機，初禮蜷縮在沙發上迷迷糊糊地睡了一會兒，醒來之後一身汗，發現二狗依偎在她旁邊跟她擠沙發。

這麼老大一條雪橇犬，皮毛厚重、身上熱得和火爐似的，初禮醒過來時，二狗爪子摁在她下巴上，正睡得香；反而是初禮渾身是汗，像是剛從水裡撈出來。

要餿了，洗澡洗澡。

初禮抹了把汗，爬起來往浴室走，脫了外衣、外褲開水時，就聽見水管裡傳來「嗡嗡」的不祥聲音，但是又不見蓮蓬頭出水，心想這不會是停水了吧？初禮好奇地彎腰去看，順手做出一個她之後相當後悔的舉動：她習慣性地伸手拍了拍水管。

小時候「電視機壞了拍一拍就好了」行為留下的後遺症。

結果這一拍就拍出了事，聽見「啪」的一聲巨響，冰冷的水噴臉上的那一刻，初禮是懵逼的。

下一秒她「啊」地尖叫一聲往後一跳，定眼一看這才發現好好的浴室已經變成了水簾洞，現在她真的變成了水簾洞裡的那隻猴——如果孫悟空穿小內褲加香蕉圖案的胸罩的話。

二狗在外面嗷嗷叫，也不知在叫什麼那麼興奮，初禮手忙腳亂地抓過手機打維修電話，告知水管破了。對方的語氣特別淡定：「您好，已經為您登記加緊處理，明日一早維修師父就上門維修。」

「明天？加緊兩個字不是那麼用的！你是不是對加緊有什麼誤會……等明天我家都泡水裡了，還有水費，這麼噴一晚上得要多少水——喂？喂！」

初禮一身落湯雞似的狼狽，嘩嘩的水順著她的頭髮滴進眼睛裡，她伸手撥開擋在眼前的頭髮，直起身一隻手捂著那水管斷裂處，想去找個膠布啥的先把水管包起來——

這時候，一隻大手突然從她身後伸出來，一把搶走她手裡的手機，往乾燥的浴巾架子上一扔；又有溫熱氣息從她頸脖處掃過，站在她身後的高大男人彎腰手一抬將水閘關了。

到處亂噴的水立刻停了下來。

初禮眨眨眼，滿臉懵地轉過身，抬起頭對視上一雙淡定的茶色瞳眸，一滴水珠順著他英俊又冷漠的面容滴落。

初禮：「……」

晝川：「妳是不是弱智，水管爆了不知道關水閘在這用手捂，金屬的管子再炸開，手不要了？」

浴室裡陷入長時間的沉默，男人的呼吸聲幾乎成為了唯一的聲音。初禮張張嘴，面對突然冒出來的男人震驚得不知道說什麼，直到對方垂下眼不知道掃了哪兒一圈，隨後用平靜的語氣說：「先去穿衣服，像什麼話。」

下一秒，初禮連滾帶爬，一溜煙地消失在男人的面前。

十分鐘後。

晝川抱著手臂坐在沙發上，面無表情地看著對面那個滿頭是水、滿臉狼狽的小姑娘，灼熱的視線在自己臉上掃來掃去，心虛的、害羞的、欲言又止的……看來視線的主人並不知道這樣欲蓋彌彰的蠢樣會讓氣氛變得更加尷尬。

晝川挑起眉。

初禮身上穿著一件寬鬆的T恤還有一條牛仔短褲，頭髮上的水還在往下滴……滴在他的真皮沙發上。

將懷裡的浴巾團了團，照準她的臉扔過去，晝川語氣並不那麼和藹可親：「能不能擦擦水，吧答吧答往下滴！」

初禮手忙腳亂地接過浴巾，往頭上一罩，一邊擦頭髮一邊小心翼翼瞟他。沒讓他開口問「瞟什麼瞟」，她率先清了清嗓子：「老師，你怎麼回來了？」

「這是我家，我還想問妳我家水管怎麼壞了呢？」

「大概是知道你要回來所以壞了。」

晝川面無表情地看著初禮。

「……也有可能是因為我輕輕拍了它一下。」初禮垂下腦袋。

晝川露出個「我就知道」的嘲諷表情：「妳是哪個熱帶雨林跑進城裡的金剛，冒充成手無縛雞之力的猴子就算了，還來禍害我家……要拍飛機上五角大樓扒著去，在這逞什麼能，欺負普通老百姓？」

拒絕回答晝川看似真誠的提問，初禮擦頭髮的動作不停，彷彿沒有聽見他說話一般自顧自地問，「老師，話說上午你才告訴我，你還有七、八天才回來呢。」

「這就是妳穿著香蕉內衣和小內褲滿世界亂跑，還把我家浴室改造成水簾洞的原因嗎？」

晝川面無表情，看著坐在對面沙發上的人動作猛地一頓，一張白皙的臉蛋「噌」地就紅了。她「哎呀」了聲將浴巾扯下來捂住自己的臉，快窒息的聲音從浴巾後傳來：「你都看見了？」

晝川抱著手臂，穩坐如山，嗤之以鼻：「我又不瞎。」

怎不把自己捂死算了？

老子提前回來還不是拜妳所賜，再有江與誠那王八在旁邊添磚加瓦……還同學聚會，中間差了幾屆誰跟你是同學！

晝川越想越氣，於是彎下腰伸手拽對面坐著的那人捂在臉上的浴巾：「知不知道禮貌，跟別人說話的時候要看著他——捂著臉是怎麼回事，我不遠千里坐飛機回來，腳剛沾地、屁股還沒坐家裡沙發上就看見浴室變成了水簾洞，進去了又看見個近乎沒穿衣服的女人像個水鬼似地站在浴室裡對著電話咆哮……」

浴巾「唰」地一下被扯下來，晝川瞪著初禮：「要多嚇人有多嚇人。」

初禮臉上潮紅尚未褪去，茫然地眨眨眼：「嚇人？正常男人看見少女的胴體，第一反應是這個？嚇人？」

晝川揚了揚下巴，一臉寫著：妳奈我何？不然我娶妳過門啊？

兩人相互瞪視片刻。

盯著初禮看了一會兒，不小心又想起早上那引戰的「花枝獎」，男人茶色的瞳眸黯了黯，忽然露出一絲絲疲憊的模樣，站起來把行李箱往初禮跟前一推：「裡面的東西都要洗，替我塞洗衣機裡，剩下的東西別亂動，我回房睡了。有人打電話來就說我不在，不知道去哪了，尤其是我爸還有江與誠……」

初禮雙手接住行李箱，眼巴巴看著坐在對面的男人站起來。她愣了下，推開面前擋著的行李箱，像個小尾巴似地跟在晝川身後：「發生什麼事了？你還沒說你怎麼突然就回來了呢？和家裡人吵架了還是和江與誠老師吵架了？對了，下午好像夏老師為了花枝獎的事跟晝顧宣先生打了招呼，你別生氣，夏老師和我這種把作者當武器使、追名逐利的人不一樣，他是真的為你好……」
前面走著的男人突然停了下來。
初禮剎車不住，整張臉「噗」就撞他背上了。她捂著鼻尖、皺起眉原地蹲下，眼淚嘩嘩的，與此同時，她聽見男人的聲音在她腦袋上響起。
「加上標點符號，因為妳剛才說的那段話，妳將需要支付每月一萬零八百的房租……」
初禮捂著鼻子蹲在地上，聲音嗚嗚地響起：「一千八百都給不起，你把我賣了得了。」
「那就乖乖閉嘴，哪來那麼多話。」晝川垂下眼，掃了眼她因為情急跟上來忘記穿拖鞋的腳，白裡透紅得像豬蹄，腳趾圓潤，指甲修剪乾淨……燙燙就能下鍋的樣子，「讓妳在家穿鞋，野丫頭。」
扔下這一句輕描淡寫的話，說罷要轉身離開，卻被人從後面一把捉住衣服下襬，男人轉過身：「嗯？」
初禮：「好歹洗個澡再睡？」
晝川：「用那個水簾洞？」
初禮：「……」
手中捏著的衣角被無情地抽回去，晝川扔下一句「我房間有浴室」之後飄然離去，沒等初禮把那句「真的啊那借我也用用」說出口，那扇厚重的房門已經穩穩拍在她的臉上。

初禮和二狗站在房門口發了下呆，初禮低下頭看著從晝川進屋後就眼巴巴到現在也沒被摸摸腦袋的二狗，眨眨眼：「實不相瞞，根據我機智的腳趾頭猜測，你主子心情不是很好的樣子。」

二狗歪了歪腦袋：「嗷。」

初禮站在門外又發了一會兒呆，然後轉身赤著腳「登登登」跑沙發上抱著膝蓋坐好，想了想覺得不對，又「登登登」飛奔進浴室把自己的手機拿出來，剛拿起手機，手機就震動，收到了來自戲子老師一條簡訊：妳給我穿鞋！

初禮：「……」

她打開QQ。

猴子請來的水軍：江與誠老師，能問問我們晝川老師發生了什麼事不？剛才他突然回家了，心情很不好的樣子。

江與誠：下午好像和家裡人吵架，還有我讓他參加同學聚會，他不去，發脾氣了。

江與誠：妳怎麼知道他回家了？

初禮：「……」

對啊她怎麼知道？

馬的智障。

猴子請來的水軍：看見QQ聊天距離他離我一下子只差幾千米。

江與誠：喔，這樣：）

晝川就這麼回來了。

然而在初禮看來，他還不如就這樣在C市默默死去。

自從那晚突然從天而降，初禮沒想到她和晝川之間短暫的對話居然成為他們這段時間內最後一次對話。之後，晝川就一直把自己關在房間裡，不見客、不見人，拒絕聊天，黑天白日地不知道修哪門子的宅男大法，吃喝拉撒睡全部在房間裡解決。

每天初禮早上敲門，房門就打開一條縫伸出一隻手接過早餐。

晚上初禮回來，餐具已經擺在門外，初禮把它們收走，然後去做飯。她做完飯端到房門前敲敲門，叫一聲「晝川老師」，房門又打開了，此時伴隨著房門打開一條縫隙，從黑漆漆的房間裡會隨機流淌出電子遊戲、電腦遊戲、宅男後宮動漫臺詞等不同背景音樂……

晝川當然也沒打字。

他已經連續七天沒更新了，網上哀鴻遍野一片，粉絲們和黑粉們從剛開始的質疑到大罵到惶恐最後紛紛哀號：大大，您不更新也行，好歹冒泡說句話，別不是死了吧！

別說是粉絲，如果不是每天有定時投餵動作，就連和他同一屋簷下的初禮也幾乎懷疑他是不是屍體都涼了……

不過其實這不是問題，畢竟除了工作上的事，他們倆本來也沒什麼好聊的，但是現在擺在初禮面前的問題是：晝川不僅沒在微博更新連載，他說好會替初禮寫的那個「讀者、作者互動月」卷首企劃，也還沒交。

此時已經接近八月底。

最要命的是，不僅是意志消沉的晝川在坑她，就連當初一口答應得飛快的、和初禮一直誤認為是個好人的阿鬼也突然一個鼻孔出氣似地變成了坑編輯一族——

阿鬼說：「我電腦硬碟壞了，筆記型電腦返廠維修，不知道那些開頭還在不在。」

然後這一修就是大半個月。

江與誠說：「馬上就好，馬上就好。」

然後這一「馬上」也「馬上」了大半個月。

稿子？不存在的。

八月二十三日，天氣逐漸炎熱。

這日上班，編輯部眾人正埋首於工作，坐在初禮身邊的老苗突然興高采烈地擊掌：「好啦，現在年年也把卷首企劃的開頭交了——哎呀這些人，都告訴他們是十一月的卷首企劃不急著交了，現在就交好了，也是夠積極的嘛！」

初禮背脊一涼，隱約預感某人要來找事。

果不其然。

老苗雙手合十、一臉喜慶的「好棒棒」狀，辦公椅一轉轉向初禮：「喔對了初禮，這都八月底啦，妳那邊的三個開頭也要到了吧——要到以後直接校對交給我，呵呵呵呵呵呵超級期待三位大大的開頭呢！」

初禮從表情如便祕的臉上擠出一點兒笑容，「吼吼吼當然交了，我正在替他們校對呢，寫得真好啊，不愧是老師們！」

她一邊說著，一邊等老苗轉回去後，將一句「求大大交稿啊啊啊啊啊，再不交稿明天你將會在你家門口收穫責編屍體一枚！」分別複製給三位大神。

大神A阿鬼秒回：我電腦拿回來了，然而硬碟崩了……我重新寫個給妳，給我三天光明！後天天亮之前！

初禮：「……」

大神B隔了五分鐘才回，回時附帶一個 WORD 字數統計截圖：別尋短見，堅強地活著，妳看我寫好五百字了！

初禮心想：「我聰明的腳趾頭告訴我這位老師是在收到我的死亡宣告後的一秒才打開 WORD 開始打他十幾天前就答應了的東西。」

至於大神C……毫無音訊，彷彿查無此人。

做為回報，初禮準備今晚回家砸了他的門。

下午六點整，下班。

初禮和阿象肩並肩，一邊討論《洛河神書》封面工藝打樣的事，一邊往園區大門走，正挖空心思、一面思考封面到底是用透色好還是真鏤空好，阿象在旁邊漫不經心地問了句。

「對了，九月刊三位老師的開頭都寫了什麼內容啊，我封面宣傳語可還等著配合他們的內容做一下……」

初禮：「……他們還沒交稿。」

阿象一愣：「啊？」

初禮：「他們這些大爺都還沒交稿！啊啊啊啊妳敢信！平時人模狗樣的拖起稿子來花樣百出各個不當人——什麼電腦壞了我忘記了爸爸罵我我不高興了！」

初禮：「老子彷彿帶了三個富樫義博！三個！」

阿象：「……」

初禮回到家在院子外面開門的時候，二狗就趴在門上搖尾巴了——這種熱情的程度完完全全就是「本狗盼了一天好不容易盼了個活人回來」的模樣。

初禮打開門，抱住二狗跟牠蹭了蹭，然後一人一狗往屋裡走，不約而同地走到某扇緊緊關閉的房門前。

狗往門口一蹲，人往牆邊一靠，初禮屈指敲敲門：「裡面的大兄弟還活著嗎？」

做為回應，房間裡的音樂聲被調大了些，是《Lost river》（註3）……雖然不知道房間裡的人經歷了什麼，但是現在初禮很怕某一天一開門會從裡面飛出個蝙蝠俠或者綠巨人。

初禮：「老師啊，今晚想吃什麼？」

註3　圖瓦族女歌手珊蔻・娜赤婭克錄製的一張人聲實驗專輯。沒有旋律，也沒有歌詞，從頭到尾都是破碎的哀號。

房間裡沉默了很久，良久才傳來腳步聲。

初禮猜測大概是男人站起來走到門邊，門那邊又傳來「匡」的一聲輕響，像是額頭砸在門上發出的聲音……初禮後退小半步，隨後聽見男人的聲音近在咫尺地響起：「肉。」

嗓音低沉沙啞，就像是抽了一萬根煙然後在房間裡高歌了十次〈青藏高原〉。

初禮：「老師，你還……」

還是人類嗎？

到了嘴邊的話被她強行吞嚥回去，那種濃烈的低氣壓和「我放棄了生活，生活也放棄了我」的頹廢感從腳下門縫裡飄了出來，略微嗆鼻。初禮想帶著二狗落荒而逃，但是想了想她那就在瀕死邊緣的卷首企劃交稿死線，她狠下心站穩了腳，又敲門：「什麼肉？你先開門，隔著門我聽不清你在說什麼……」

房裡安靜了一會兒。

然後「喀嚓」一聲，房門被人從裡面打開一條縫，屋子裡黑漆漆的，男人那如同破風箱的聲音再次響起：「我說，我想……」

話還未落，門外的人已經伸出手，以迅雷不及掩耳之勢伸進門縫裡反手一把扣住男人的手腕。

晝川沒來得及說完的話因為驚訝而堵在喉嚨裡，下一秒被破門而入的門外光線刺得他微微起瞇眼。

整個過程始終扣著他手腕的小爪子略微冰涼，因為撞門的慣性，當門開的下一秒門外的人也跟著撞進他的懷中。晝川下意識地抬起另外一隻手扶住懷裡的那一團東西，兩人抱成一團雙雙向後踉蹌了下。

直到男人穩穩坐到床上，初禮半跪在床前，手還是緊緊地捉著他的手腕不放。

幾秒沉默。

初禮意識到自己的耳邊震動的是男人平靜的呼吸，她愣了愣，將自己的腦袋從人家的胸肌上拿起來，抬起頭，入眼的是對方那本應該有著好看弧線的下巴……只不過現在已經被亂七八糟的鬍碴覆蓋。

初禮的眼睛被辣了一下。

「還不起來。」晝川淡淡道，「男女授受不親，妳把我壓床上是怎麼回事？」

手忙腳亂地從晝川懷裡爬起來，同時初禮放開了他的手腕，後退兩步上下打量，半晌憋出一句，「說好的二十世紀末最後的美男子作家呢……你這山頂洞人的造型怎麼回事？」

此時坐在床邊的晝川還沉浸在手腕上那柔軟的觸感突然消失的迷茫之中……當他反應過來懷中那個軟綿綿的東西也消失了，他原本放在大腿上的手無意識地抓了抓。

鼻尖還有殘留的淡淡香味，混合著陽光、汗水、洗衣精……

啊，這個味道。

某一天，在《月光》雜誌編輯部裡也聞到過。

對視到面前滿臉好奇看著自己的人，晝川瞳孔微微縮聚，放在腿上的手無聲地握成拳頭又放開，他有一種衝動，拍拍大腿然後讓她再坐回來……

當然，這種瘋念頭只有一秒就被他否決了，所以開口時，是毫不相干的：「什麼山頂洞人，不出房間門不代表我不洗澡，我天天洗澡。」

……這「妳看不起誰」的驕傲語氣是怎麼回事？天天洗澡怎麼了，外面三十多度每天像火爐，乞丐都知道收工以後跳進河裡泡一泡，老師您天天洗澡是有比他們有貴族風範很多嗎？

初禮抹了把臉，轉頭想要找張椅子坐下，但是找半天沒找到，低頭看了看地板還挺乾淨的，正想乾脆原地坐下，又聽見男人冷不防道：「找不到椅子是因為臥室不是會客的地方，主人那麼明顯的用意妳 get 不到嗎？」

初禮：「……」

晝川：「出去。」

初禮「啪」地就盤腿坐地上了。

晝川：「……」

低頭看著那仰著臉與自己相互瞪視的小姑娘，晝川沉默了下：「妳臉怎麼這麼大？」

聽到這話，初禮有點受傷，深呼吸一口氣，目光閃爍：「對對對，我知道我在你家白白蹭住，還整天麻煩你、想催你稿子是臉很大！但是既然同一屋簷下，咱們不說是朋友那也比點頭之交稍微熟悉一點點吧？所以你這樣把自己黑天白日地關在屋子裡，我關心你——

「是的，我關心某一天敲你的房門發現沒有聲音，等我上班再下班回來的時候發現你把自己吊在天花板下，屍體硬了，屍斑都悶出來了，畢竟天氣那麼熱……這些天我問你怎麼了你也不告訴我，QQ訊息不回，手機簡訊不回，微信不通過我的好友驗證，你可能覺得我怎麼這麼多管閒事啊——微博追蹤顯示你已經快十天沒上過微博了，你的粉絲都快報警了你知道不？

「晝川老師，你嫌我多管閒事我也要問，你在S省遭遇了什麼，他們是不是把你吊起來用皮鞭抽打你逼你寫正經八百的文學作品了還是怎麼的，一個好好的人怎麼就被折磨成這樣了，字也不打，狗也不遛，稿也不交……」

初禮絮絮叨叨。

雖然囉嗦了一大堆，晝川覺得重點都在最後那十二個字。

特別是最後四個字。

晝川坐在床邊，盯著那雙眼巴巴瞅著自己、黑暗之中依然忽閃忽閃、眼神比二狗還可憐的黑眼，良久，停頓了下這才緩緩道：「妳哪來那麼多感慨，我就問了一句妳臉為什麼這麼大，外形輪廓上的那種。」

晝川雙手拇指和食指呈「L」狀，比劃了下自己的臉：「大。」

初禮臉上的擔憂凝固了下——

她緩緩抬起雙手，撚起耳朵兩側的頭髮，拉起來蓋住自己的臉。

「……這樣呢？」

「妳要什麼弱智？」

「……」

初禮沉默著放下手的同時，晝川換了個坐姿，用難得耐心的語氣：「妳能不能出去？我沒事，就休息兩天不行嗎？公務員還有年假，寫文佬休息個十天半個月的就像刨了秦始皇祖墳似地驚天動地？」

初禮指了指晝川房間被緊緊拉上的遮光窗簾，又指了指電腦旁邊循環播放《Lost river》的音響，還有電腦裡和此時此刻此地環境絲毫不匹配、正播放著的後宮動畫……

令人毛骨悚然。

「沒人像你這麼休息的。」初禮從地上爬起來，「我決定了，今天晚上不在家吃了，咱們出去吃吧，我請客。我知道附近有個中學，旁邊餐廳的蓋飯超好吃——」

她一邊說一邊又伸手要去拉晝川的手腕，黑暗之中，沒能看見晝川目光閃爍了下，整個人向後縮了縮躲過她的拉扯。

「出去吃？妳這樣違反了房客守則三十條的第七條，禁止用外帶食物以次充好；還有妳剛才違反了第八條，禁止以同一屋簷下為便利對房東做出超越『房東與房客』關係的不良催稿行為……」

「你住口！」

初禮伸出手捂住他鬍子拉碴的嘴。

晝川：「……」

那夾雜著陽光、汗液和洗衣精的味道，又來了。

摁在他鼻子和嘴唇上的小爪子，軟得像糯米糰，冰涼的，嗯，剛剛從冰箱裡拿出來的糯米糰。

房間裡一下子安靜下來。

初禮拿開手。

晝川：「第四條，尊敬房東；第五條，愛戴房東……」

初禮：「我在外面等你。」

扔下這麼斬釘截鐵的一句話，小姑娘彎下腰拍拍蹲在旁邊的二狗腦袋，轉身一人一狗走出黑漆漆的房間。夕陽西下，橙色的光像橘子汁從窗戶滲透進了房子裡，光將她的背影輪廓籠罩成一圈淡淡的光暈。

這一幕定格在縮在床上的男人眼中。

三十秒後，他做出了一個三十秒前他以為自己絕對不會做並且誰也不可能強迫他去做的動作：他輕輕地將自己的雙腳從床上落下、放在地毯上，感覺到小腿正在發力——

他愣了愣。

這是一個大腦發出的指令，指令明確：我要站起來，跟著她，走出房間。

而此時。

距離晝川原本打算「閉關修仙」的出關時間，還剩下整整十七天四個小時三十六分十八秒。

晝川拿過手機，這麼多天裡第一次打開了他的微博，無視長達十天積累下來的幾萬條尋人啟事，以及各種憤怒的、擔憂的、急切的、不安的評論，他發了一條微博。

與此同時，站在門外的初禮感覺到手機響起了微博特別關注的更新提示音，她停頓了下，好奇地拿出手機看了眼，這才發現晝川約在十秒前發出一條新微博。

很短，只有幾個字。

【晝川：我被光所誘惑。】

初禮抬起頭，黑人問號臉地看著不遠處那半開著、黑漆漆不透一絲絲光的黑洞房間，提高了聲音問：「裡面那位山頂洞穴派詩人，什麼光啊？你房間裡有光？別不是捂太久出現幻覺了吧……」

房間裡沉默了大約十秒，十秒後，男人惱火的聲音響起——

「妳住口。」

初禮帶晝川去的地方是他家社區附近一所中學後門的巷子裡。正是下午七點左右的晚餐時間，整條街上熱鬧極了，賣菜的小販挑著擔子吆喝，還有賣串燒的、前面背著書包的學生三五成群、賣水果的、賣傳統糕點的，整條街被擠得滿滿當當。

街邊大多數的小餐廳和奶茶店裡也坐滿了學生——都是些高二、高三下了課，等著吃完飯要回去上晚自習的。這會兒他們擠在一家小小的餐廳裡，點上一份五塊錢到十幾塊不等的飯，大多數人面前放著一杯奶茶，一邊聊天一邊等吃的。

耳邊是夏季蟬鳴，剛剛經過白日猛烈烘烤的大地將最後的餘熱透過人字拖傳遞到腳掌心。不遠處的人們七嘴八舌的，有的在聊八卦，有的在說最近考試的題目，有的在抱怨課業繁重，有的則在討論時下流行的明星或者電視劇……

非常具有生活氣息的傍晚街道。

一輛賣芒果的推車經過路邊水坑，飛濺起來的髒水幾乎要濺到行人，一群女學生尖叫著鬧著躲開，推車的水果販子連忙道歉。

眼角餘光將這動態的一幕收入眼中，晝川的眉毛抖了抖，站在街口的第一反應就是扭頭往回走。

然而早就知道他會來這一套的初禮就像是門神似地站在他身後，在男人轉身的第一時間伸出雙手揪住他：「你不吃飯了？」

晝川：「我回去叫外賣，這裡又熱又髒又亂。」

「這也叫又髒又亂？你到底是從哪個仙宮下凡而來的小仙女——老師，你給我站住！」初禮使上了吃奶的勁將執意要走的男人拽回來。

「于姚沒告訴妳我最討厭人多的地方？」

「我競爭上崗的崗位是『編輯』又不是『保母』！」

「……那妳現在知道了。」

「你哪也別想去，今晚就在這吃——天天悶在家裡，你得沾點兒人氣！」

「我不。」

「……」

十分鐘後。

坐在街尾某家餐廳門口的學生們目瞪口呆地看著一個二十來歲的小姊姊和一個比她高了大半個頭、鬍子拉碴的大叔扭打著走進店裡。

小姊姊一隻手中拎著兩杯奶茶，另外一隻手拽著大叔的胳膊，一邊跟老闆嚷嚷著「孜然牛肉茄子兩份」，一邊穿過塞得很滿的店中人群將大叔摁到角落靠近空調的地方坐下。大叔掙扎了下，小聲抱怨了什麼，最終將屁股落在了四腳板凳三分之一的地方，委委屈屈地安靜下來。

小姊姊將奶茶往兩人中間一放，在大叔對面坐下，兩人面無表情對視幾秒，小姊姊道：「歡迎下凡。」

學生們：「……」

初禮將一杯奶茶拿出來，用小塑膠片在杯子邊緣劃了個小口子，然後將上半層是奶蓋、下半層是冰茶的杯子塞到晝川手裡。晝川接過來，看了眼杯子上被劃出來的小口，猶豫了下，從口袋裡掏出塊不知道從哪裡冒出來的手帕，仔仔細細在杯蓋上擦了擦，然後喝了口。

學生們：「……」

初禮的白眼翻到了後腦杓。

初禮：「好喝不？」

晝川放下杯子：「還行。」

初禮瞥了他一眼，也打開自己那杯奶茶，喝了一大口驅趕一路走來的熱氣，抬起手擦了把額頭間的薄汗淡淡道：「這種小店的椅子不比你家裡的椅子啊，你這麼騷兮兮地坐三分之一，一會兒就得翻地上去。」

晝川聞言，什麼也沒說，只是勉為其難地把自己的屁股往後挪了挪，並看了看四周——雖然外表看著破舊，整個小店裡面還是乾淨的，雪白的牆壁，擦得乾乾淨淨吱悠悠轉的電風扇，空調吹出的風也沒有奇怪的味道……

廚房是透明的，炒菜的店主大叔將很多茄子入鍋，和蒜炒香，然後當火正大，再加油，茄子一下子扁下去的時候再加牛肉條、調味料、孜然……油要多，茄子才能做成泥狀；手要快，牛肉才不會炒得太過。

最後手一翻起鍋，店主的媳婦將兩個砂鍋從火上拿起來掀開蓋，大勺將香噴噴的孜然牛肉掂著分到兩份砂鍋裡。

十五秒後，那兩份砂鍋孜然牛肉被放到他們的面前。晝川看著坐在自己對面的小姑娘歡呼一聲，放下奶茶杯子，雙眼盯著面前那份香噴噴的飯，掰開一雙免洗筷，手法嫻熟地摩擦了下上面的小刺後——

將筷子遞到晝川的眼底下。

晝川愣了愣，抬起手接過筷子，沒有動，又盯著初禮再次從筷筒裡抽出一雙筷子，依然是俐落地掰開、摩擦，然後將筷子戳進面前的砂鍋裡，讓米飯的香味撲鼻沖天。

她眼中只有面前的蓋飯，一份十二塊錢，卻好像能讓她雙眼都在發光。

在感慨著「這哪來的小姑娘，怎麼這麼接地氣啊」的時候，晝川捏著手裡的筷子，看著對面的人埋頭苦吃。

看著看著，上一秒還在嫌棄著「這什麼鬼地方，這麼吵、這麼熱、這麼亂」的他，突然就覺得自己好像也餓了。

一代文壇大神的殞落。

貴公子走向墮落的初始。

優雅而油煙不沾的靈氣生活正在遠去。

晚餐不能低於一百塊餐食的標準無聲被打破。

晝川立起筷子，埋頭吃飯。

初禮也忙著埋頭扒飯，等空空的胃終於被填充進一些食物，她的速度才放慢下來，習慣性地豎起耳朵聽聽周圍學生們的八卦，聽著聽著，卻猛地聽見了熟悉的名詞突然鑽入耳朵裡——

「啊啊啊妳們看見了嗎？晝川大大剛才發微博了！他還活著！沒被員警抓起來啊！」

被員警抓起來？初禮黑人問號臉。

「真的嗎、真的嗎？我看看、我看看——臥槽還真的發了，『我被光所誘惑』什麼意思……大大這麼多天沒出現突然冒出一句這個，別不是瘋了吧。」

「我怎麼覺得像是戀愛了。」

「妳說我老公和誰戀愛？誰！」

「留言評論問問——什麼意思，大大你是不是戀愛了，說好的等我長大就娶我呢——發送，評論成功。」

「……順便再問問他啥時更新，我室友臨死前想看他更新……不過大大剛出現，這就催更不好吧？怎麼作戲也得先關心一波再催更啊。」

「怕什麼催更，評論都三、四萬了，一半在歡呼『大大你還活著』，一半在蛋疼『大大你啥時更新』，多妳一個不多、少妳一個不少啊……」

「萬一大大被我們逼瘋了怎麼辦？」

嘰嘰喳喳的討論聲中，初禮回過頭，發現是幾個身穿校服的小姑娘正一群小鳥似地擠在一起，腦袋湊到中間那個小姑娘的手機上，指指點點，討論不斷。

初禮微微挑起眉，心想大大的粉絲千千萬是真的，走哪都能遇見啊，吃個蓋飯都能撞到一群，簡直不得了。她一邊想著一邊還想抬起頭看看男人發現自己被一群女高中生愛著是什麼反應……

卻意外地發現，坐在自己對面的男人正保持原有姿態和速度安靜吃飯，偶爾喝一口奶茶。

他穩坐如山。

彷彿並沒有聽見關於他本人的討論正在發生。

而此時此刻，哪怕鬍子拉碴、身著襯衫、四角褲、人字拖，坐在人群當中他依然顯得異常鶴立雞群。

背後幾個高中生小姑娘話題已經從「晝川大大是不是瘋了」轉成開始討論「妳們快看後面那個大叔刮了鬍子好像挺帥」、「臥槽搞不好不是大叔是哥哥」等言論。

初禮笑得眯起眼。

男人依然頭也不抬，只是終於在初禮開始笑時有了反應，淡淡道：「衝著在吃飯的男人笑得像變態，妳愛好有點特殊啊。」

習慣了他的奚落，初禮笑容不改，一隻手撐著下巴：「是不是挺好的？坐在高中生中間，吃個飯，感受一下青春的氣息……」

「飯不錯，高中生就算了。」晝川放下筷子，擦擦嘴，「吵耳朵。」

初禮想了想，將下巴從手上拿起：「真的嗎？我覺得挺好的，人就是這樣，小學時候盼著初中，初中盼著高中，高中以為自己身處地獄就盼著大學……結果大學畢業了有工作了，我卻突然發現這輩子最純粹、最高興的時候好像就是高中時代。那時候多好啊，什麼也不用操心，就是沒日沒夜的寫題庫，放學之後和朋友一起擠路邊攤吃飯，晚上晚自習拍蚊子啥的——」

初禮說著又笑了起來：「那時候，天天聽著語文老師加班主任唸叨『你們是我帶過最差的一屆』這樣的話，然而考試考砸了，她又陪著我們一起哭。」

晝川沒說話。

初禮喝了口奶茶，透過杯子邊緣瞥坐在對面的男人：「你這人是不是沒童年還是鐵石心腸啊，一點兒都不懷念學生時代的嗎？當寫文佬當得和屍體似的怎麼能打動別人……」

晝川掏出零錢放在桌子上：「妳喝的是奶茶不是酒，別找藉口胡言亂語欠抽。」

初禮：「……」

放下飯錢，晝川站起來走出店外。

在剛才那一夥小姑娘「他好高」、「鼻子好挺」、「馬的有鬍子也很帥啊一旦接受這個設定」的感慨中，初禮嚷了聲「老闆結帳」，連忙跟著追出去。

再走出店門時，夜幕已然降臨。

白日的燥熱終於散去，吃飽喝足，晝川放慢了腳步走在街道的正中間，不曾回頭，他沉默著——初禮覺得他應該在想事情，重要的事情。

她背著手，連蹦帶跳地加快步伐跟在晝川身後。

「江與誠老師說，這些天老師你意志消沉，一切事件的導火線好像是說你高中同學要聚會？說你在C市那段時間正巧趕上了當年教過你和他的語文老師要退休，所以學校準備召集各屆優秀畢業生一塊舉辦個謝師宴什麼的……」

「他嘴巴欠縫。」

「江與誠老師什麼也沒跟我說啊。」初禮連忙擺手替偶像洗白，「我問他你怎麼了，他就說你為這個鬧不愉快了。」

初禮語落，此時卻發現走在她前面的男人突然停了下來。

晝川背對著她，她看不見他臉上的情緒，只能從聲音中聽出他似乎有些猶豫。

「妳剛才問我，是不是沒童年，還是鐵石心腸，一點兒都不懷念學生時代……」

「嗯？」

「我不懷念。」

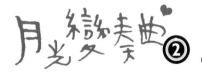

「咦，怎麼可能？晝川老師你這樣的人，長得好看，成績好，名牌大學畢業，高中的學習生涯肯定很完美啊……特別是你寫東西那麼厲害，八百字作文不在話下，

你的語文老師估計都是你的第一批粉絲吧？」

「並沒有。」晝川重新邁開步伐，任由身後的人加快腳步地繞到面前來，好奇地盯著自己。他對視上她的眼，淡淡道，「高中那時候作文滿分六十分，在高三月考之前，我的作文從來沒有上過四十分。」

初禮一愣。

晝川抬起手，在面前那個晃來晃去的腦袋上拍了拍。看著那晃來晃去的腦袋因為他的一拍而停止晃動，晝川停頓了下，而後有並不那麼明顯的笑意在眼中擴散開來。

或許是喧鬧之後一下子清淨下來的耳根讓人有種撥開迷霧的奇妙感。

或許是此情此景。

又或許壓根就是眼前出現的人，突然之間想讓他張開閉上了很多天的尊口，說一些什麼……

就像是死死閉著嘴的蚌，遇見了讓牠不得不開口的沸水。

總之——

「跟妳講個我朋友的故事。」

「嗯？」

「我朋友等於我那種。」

初禮：「……」

那是發生在晝川高三那年第一次月考時候的事……嗯，掐指一算，大約是十年前。

十年啊，三千六百多天以前。

初禮非常驚訝有人能夠把一件這麼久遠以前的事情記得那麼清楚——包括那一天的天氣怎麼樣、發生了什麼事、出現過什麼人、那些人說了什麼做了什麼，以及當時他們臉上的表情……當晝川將故事以一種旁觀者的角度，冷漠又冷靜地娓娓道來時，初禮發現自己彷彿也輕易地被帶入了那個故事中。

一個真的算不上是太美好的故事。

十年前。

那時候十七歲不到的晝川在高中時就因為父親是個大作家而小有名氣，同學們在討論起晝川這個人的時候，總會說：那個一班的晝川，他爸是個作家啊，超厲害的。

但是僅此而已。

因為緊跟著的下一句必然會是——

咦？那他怎麼一點兒都沒遺傳到他老爸的基因啊？作文總是那麼差。

就是這樣。

這個名叫晝川、老爸是個大名鼎鼎的作家的少年，偏偏在一腳踏入高中之後為期二年的時間裡，在滿分六十分的作文項目上拿到超越四十分的次數屈指可數。不是因為他寫不好作文，而是在別的同學都按照老師教的「經典三段式」寫議論文的時候，做為第一學霸的晝川就盯著那一句「除詩歌外題材不限」，瘋狂寫出了一個又一個的八百字寓言故事……

因為這事，他的語文老師曾經找他聊過不止一次，然而每次的對話幾乎都是千篇一律且徒勞無功的，例如——

語文老師：「晝川，昨天小老師又跟我告狀，我讓你們背的那些名人事蹟還有今年的感動中國十大人物事蹟你都不肯背，你怎麼回事啊？這些你們寫作文的時候明明都可以用的……」

晝川：「……明知道自己肯定不會用，我浪費時間背來做什麼？」

語文老師：「什麼叫浪費時間——就拿上次考試來說！上次考試的作文立意是『內心強大者，方得圓滿』，你放著好好的愛迪生、楊利偉還有司馬遷這些都可以用的素材不寫，為什麼又自己在那編故事？」

晝川：「開頭排比，中間舉例愛迪生，舉例楊利偉，舉例司馬遷，舉例完畢，結尾繼續排比點題——你說的是這種愛迪生、楊利偉和司馬遷嗎？」

語文老師：「我知道你想創新，但名人事蹟再怎麼老套，那也比你自己編故事好！像每年感動中國十大人物，那都是活生生的、萬裡挑一的經典正面人物形象，難道不比你編造的故事更生動活潑——」

晝川：「如果註定只能把這些名人事蹟隨機排列組合搬出來套用，那試卷上寫的除詩歌之外題材不限寫來哄鬼的啊？不如寫只接受議論文，請寫議論文。」

語文老師：「你怎麼和老師說話的！你好好說話！那試卷上印了什麼是我能決定

的嗎？是我能決定的我還真要把你說的這句話印上去！」

那氣氛，別說是印試卷上了，他看上去甚至想把這行字印到眼前少年的腦門上。

晝川：「我的小故事裡有開頭有結尾，人物形象豐滿，從頭到尾半句廢話和作文書上的摘抄都沒有……哪裡不比你那堆八股文強？」

「什麼八股文！晝川！你別胡說八道了！只要按照套路來，最低也可以拿個四十三、四分，難道不比你現在強？」

話題進行到這裡時，語文老師總會提高嗓門。

「明明語言知識部分九十分滿分能拿八十多分，作文隨便寫寫你也輕輕鬆鬆能考個一百三、四，這有什麼不好！你為什麼非要和老師對著幹，難道高考時候還寄希望於碰見一個能欣賞你這些小故事的閱卷老師？心靈雞湯看多了吧！我還會害你不成——還不都是為了你好？高考多一分踩上萬人，你還記得我說過的江與誠學長嗎？人家比你多踩二十萬人！你現在學著寫議論文還來得及！」

「……」

「……」

「我知道了。」

我知道了。

無數次的談話，都是以少年這樣固執的回答做為結尾。

然而只有晝川的語文老師知道，他這樣的回答依然是敷衍而已……因為在下一次的考試裡，他還是會用那四、五十分鐘的時間，編一篇看似符合考題立意的八百字小故事出來。

穩如泰山地繼續拿著他那三十來分、少得可憐的作文分數。

他對老師給的名人資料也繼續不屑一顧。

他對格式化、能拿到的分數也相對穩定的議論文形式當然也是繼續敬謝不敏。

並且絲毫不覺得自己哪裡有問題。

語文老師的髮際線都被他氣高了幾毫米，更年期來臨之前就很有希望趕上加入「戴眼鏡的地中海教師」這光榮的典型形象行列之中。

而就在晝川以為自己的整個高中生涯作文成績「應該也就這樣了」的時候，轉折突然出現了。高三第一次月考，模擬高考彌封試卷，文理科班級交換試卷改分數，在這種情況下，晝川的小故事作文居然在隔壁文科班的語文老師手上拿到了五十八分這個接近滿分的超級高分。

一時間，全班轟動！

就連晝川自己都有些懵逼。

月考一過，晝川的試卷被隔壁文科班的語文老師特意要過去，在自己帶的四個文科班一一認真朗讀，再花時間複印，全班同學人手一張，要求大家摘抄下來，好好學習。

完完全全是明星般的待遇。

最後那張作文試卷兜兜轉轉二、三天，終於回到晝川手上，終於到了他們自己班語文課要講解這次月考作文的環節。那個時候還是少年的晝川看著自己五十八分的試卷，說不期待甚至是盼望著發生些什麼，那肯定是假的。

然而最後的結果就是什麼事都沒有發生——他的語文老師要來了班上那些五十三分、五十二分的優秀作文一一唸過，卻唯獨對他這一篇全年級第一高分的作文隻字不提。

少年晝川很難說清楚當時自己的想法，可能是困惑，也可能是遲疑，內心浮現了小小的「為什麼」三個字。他這個時候才發現，哪怕表面上再對樂於教導議論文的老師不屑一顧，原來內心也是希望被認可的。

然而——

第一節作文講解課被當透明人；在連堂的第二節語文課，大家收好試卷又開始新的一輪做題時，晝川看著他的語文老師一步步走到他的桌子前，拿起了他的作文試卷，仔細地閱讀一遍，然後放下了。

他笑了起來。

晝川大概一輩子都記得，當時他坐在第一排，靠窗邊，那個老師就站在窗戶下對他露出一個輕飄飄的笑容，笑著說：「噯，我覺得也不怎麼樣啊，我看你這寫得也沒那麼好，怎麼打了五十八分啊？」

他的聲音不高不低，卻足夠讓學生都在安靜埋頭寫題目的教室每一個角落都聽得清清楚楚。有同學停下筆，有些人驚訝地抬頭望過來。

而對於少年晝川來說——

那一刻。

憤怒。

失望。

無言，以及彷彿被羞辱的尷尬，全部湧了上來。

「你可以拿去扣掉十分，甚至二十分，我一點兒也不在意。」少年倔強地，也是頭一次，用近乎於有些粗魯的動作將自己的作文試卷從他的語文老師手裡抽回來，揉成一團塞進書桌抽屜裡，他咬著牙又強調一遍，「反正打多少分，都一樣，對我的總成績排名有什麼影響啊？」

那一次月考，超級學霸晝川以甩了第二名二十五分的總分占據全年級第一……那也是他和他的語文老師最後一次在有關作文的事情上做出討論。

初禮舉手：「回憶殺暫停一下，老師我有個問題。在這種情況下很難想像晝顧宣先生做為一名文人會對這種情況不聞不問……恰恰因為是文學創作者，對於一篇文章的好壞基礎判斷都是有的，那個時候怎麼沒有替你去學校把語文老師好好教育一頓？」

初禮語落，立刻看見晝川露出了嘲諷的表情：「真是一個好提問——妳以為晝家父子關係『融洽』得整個文壇皆知到底是為了什麼啊……別裝了，我不信妳沒從老苗或者于姚他們那裡聽說過一些什麼，如果我家老頭是那個時候會站在我這邊的人……」

晝川停頓了下，此時二人散步到附近公園，有老頭、老太太在廣場上跳廣場舞，和諧歡快的氣氛與晝川臉上的冷漠形成了黑與白那般鮮明的對比。

晝川在花圃邊上坐下來，風吹過，帶來陣陣熟悉的夜來花香，他的聲音幾乎被吹散在有一絲絲涼意的晚風中。

「有時候我在想，可能中規中矩、畢業幾年都被我那語文老師掛在嘴邊炫耀作文從未低於五十五分的天才學生、永遠在迎合著大多數人口味的天才作家江與誠，更合適做我家老頭的兒子。」

初禮茫然地抬起頭看著晝川。

晝川：「我朋友的故事還沒說完，更慘的在後面。」

初禮：「啊？」

臥槽還沒完？

臥槽還有更慘的！

不是吧……

第四章

正如晝川說的那樣，整個故事還沒結束。

如果在以後壽終正寢之前，看著人生的回憶走馬燈，愣是要替這些零碎的片段排一個什麼「最悲慘日」前三名的話，白天在學校被語文老師奚落「我看你這寫得也沒那麼好」的那一日絕對有實力競爭一波。

因為事情並沒有因為白天觸了這種霉頭而結束。

晚上晝川回到家，這才知道語文老師已經就晝川作文永遠都在非主流的事情跟晝川的家長溝通一番。理由是擔心這一次的作文高分，會讓晝川產生一種「這樣寫果然可以」的錯覺，然後一錯再錯下去。

於是，少年結束了晚自習回到家連一口水都沒來得及喝，就被叫進父親的書房裡，被質問為什麼作文不能按照老師要求的、對考試最有利的方式去寫。

晝顧宣這個當老子的嗓門很大，晝川猜想這大概是為什麼裝潢書房時被要求隔音效果要很好的原因——不是為了防止裡面的人被打擾，而是防止外面的人偷聽到。

「你們老師整天把隔壁老江家的兒子掛在嘴邊，你不要以為他就比你厲害很多——論寫東西的本事，我晝顧宣的兒子能比他差多少？但人家就是規規矩矩地寫議論文，靠著文筆撐到高分，人家可以，為什麼就你非要劍走偏鋒！

「你們語文老師讓你們背作文資料，全班都背就你不背——你過來、你過來，我看看你脊椎上是長了刺還是長了逆鱗！

「你們語文老師很難做你知道嗎，有學生問他：老師，晝川作文那麼差都可以不背資料為什麼我們要背？我都替你尷尬！文人傲骨，你還不是文人！哪來的傲骨？」

當時晝川沒說話，類似地問題他已經回答了幾百遍，類似的提問他也聽得耳朵生繭。

這時候他做了一個如果有哆啦A夢的時光機、擁有再來一次的機會，他絕對不會再做的一個動作。他四處飄忽的目光最後停留在他老爸書桌上的一疊手稿件上——那些稿紙顏色有些甚至已經泛黃了，從最上面一張整整齊齊的字體，到中間變得有些凌亂，再恢復整齊……

厚厚一疊。

如果按照每張紙三百到四百字來算，那麼這一疊紙，保守估計應該有十來、二十萬字。這是晝川的手稿，第一部小說的手稿——從高一開始，在當時電子設備並不那麼發達、有些雜誌投稿都收手稿的年代，少年利用課間、體育課以及語文課等閒暇時間，抓著筆一個個字寫出來的第一部小說的手稿。

大約是三天前，他將它們交到他的父親手中請求過目。

而此時，大概也是注意到晝川的目光，晝顧宣停止訓話，將那些稿子拿起來，隨手往站在書桌另一面的晝川跟前一扔：「這些稿子我看了一半就沒看了，架構散亂、天馬行空，最重要的是男主除了尋找自己的劍鞘和父親的下落為目標之外，沒有絲毫偉大理想，缺乏現實教育意義——」

晝川看著曾經寫得整整齊齊的稿紙飛散，有些飄落在地上。

「你有這時間寫這種沒意義的東西，不如去琢磨下怎麼寫應試教育這種有格式的、可以訓練的高分作文——很難想像過去幾年你居然花時間在這種東西上……文學創作的意義是什麼？目的是什麼？讀者在閱讀的時候可以獲得一些什麼？學到一些什麼？你的東西或許可以賣，但是，永遠也只是被定位為『商品』的存在而已——」

少年晝川彎腰撿起落在地上的稿紙。

「這類只供娛樂消遣的小說永遠不能稱之為『文學』。」晝顧宣的聲音聽上去非常堅定與嫌惡，「你想寫東西就好好寫，高考之後我甚至可以教你如何正確創作，但你現在不要把時間和精力浪費在這種沒有意義的東西上。」

沒有人能夠承受這種一天兩次滿心期待之下被連續辜負的失落。

那次談話以晝川抓起自己那一堆十幾萬字的小說手稿，當場燒了一半、撕了另外一半為結局，徹底不歡而散……結果就是晝家父子在對於「寫作」方面理念上出現了極大的分歧。

之後。

晝川再也沒有拿過自己寫的東西給他老爸看。

晝川再也沒有好好地在語文課上聽過那個老師的講課。

而緊隨著高三而來的，是無數次頻繁的月考，在語文組其他老師認可的情況下，晝川的那些小故事形式作文也再沒有跌下過五十三分……

聽說每一次月考的作文批改都是一場小型風暴，風暴中心就是名叫「晝川」的「問題少年」——整個高三語文組的老師關係一時間因為他都變得有點緊張。

特別是隔壁文科班的語文老師，見了他就像見了親兒子似的，等他們畢業的時候，文科班的小姑娘人手一份「晝川作文合集」，最初的粉絲團初具規模。做為從未辦過簽名會也未在讀者面前出現過的作者，江湖人傳「晝川大大書寫得好人也帥」，估計就是她們傳播出去的。

之後便是高考。

在晝川出了考場就知道自己在語知部分選錯了一道選擇題的情況下，最後高考分數放榜他拿到了一百四十七分——這意味著他在整個中學生涯最後的戰役之中，拿到了作文滿分的漂亮成績！

可能是他運氣好吧，當初他的語文老師口中「並不會出現的心靈雞湯」真的出現了。在高考結束回校領成績單時，他親自從語文老師手裡接過自己的成績單，他面對語文老師悻悻的笑容，調侃似地問他「高考是不是還是妥協寫了議論文才拿了滿分」的問題時，他付之一笑，拿了成績單轉身走人。

故事到這裡才是真正的結束了。

沒有所謂少年逆襲，也沒有所謂老師被打臉與少年道歉。

綜觀全局，似乎整個故事裡，數不出一個真正的贏家。

當男人用平靜的聲音提示「說完了」的時候，初禮還沉浸在震驚之中難以自拔——訊息量大得快把腦子的褶皺都沖平了——她瞠目結舌地看著晝川，覺得自己應該安慰他。

但是安慰的話到了嘴邊，看著對方表情超級平靜的臉，又說不出來，最後只好尷尬地笑了笑：「不是吧，你年輕時候對自己夠狠的啊，十幾萬字的手稿說燒就燒——」

晝川轉過頭，面無表情地看了初禮一眼。

初禮一愣，這時候突然想起什麼，臉上的尷尬突然變了，她挑起眉，抬手一拍晝川的背：「咦，差點被你騙了！少年天才作家晝川十七歲以《東方旖聞錄》一書出道成名啊——根據你說的故事時間線，正好是你燒了你第一部小說手稿前後腳，燒都燒了，你拿個毛線成名啊？」

晝川換了個坐姿。

長腿一搭，蹺起二郎腿。

他微微挑起下巴，露出個慵懶的表情：「那些媒體吹什麼，天才少年作家首次寫作，文筆嫻熟、用詞準確，彷彿有多年的寫作經驗巴拉巴拉……妳怎麼不想想是為什麼？」

初禮眨眨眼，手還放在晝川的背上。

晝川目光沉了沉，語氣卻雲淡風輕：「因為《東方旖聞錄》根本不是我寫的第一篇小說啊。」

初禮放在晝川背上的手僵了僵。

此時她看見晝川轉過頭，黑夜之中，他勾起脣角，對著她露出整齊森白的牙：「妳猜為什麼《洛河神書》的責編最後為什麼會是妳？」

初禮：「……為什麼？難道不是因為是我簽下了這本書——」

晝川突然說：「更何況小鳥和我老苗一直是老師的粉絲，從老師的處女作《東方旖聞錄》開始就特別崇拜您。」

初禮：「啊？」

晝川：「我有時候就在想啊，十七歲那年第一部作品就初露鋒芒，被人們稱作最有潛力的少年作家，十九歲已經有三部作品問世，以如此年輕的年紀加入省作協，家中書香門第、後繼有人……老師，你莫不是天才啊！」

初禮：「……」

她默默地拿開了放在晝川背上的手。

晝川：「我最煩聽到的話都被老苗在十秒之內全部說了個遍。」

初禮：「……」

晝川：「所以，我只能請他去死了。」

初禮：「……」

可以。

時至今日，老苗你也不算是死得不明不白了。

你只是……呃，反派死於話多。

真的，借用戲子的話說：妙哉，活該。

啊哈哈哈！

初禮正沉浸在對少年晝川所遭遇不幸的唏噓與對老苗馬屁拍在馬腿上的幸災樂禍之中來回擺動，這時候她的手機忽然震動起來，初禮拿起來看了眼，發現是夏老師在微信與她私聊。

因為技術和速度有限，夏老師在微信上說話向來是言簡意賅的，這一次發給初禮的微信也不例外，上面只有三個字：搞定他。

初禮：「……」

搞定他？

誰？

搞誰？

初禮認為，雖然夏老師在微信裡並沒有說「他」是誰，但是從目前的情況來看，這個所謂的「他」好像只能是晝川。夏老師想要初禮說服晝川，拿《洛河神書》去參加「花枝獎」的評選。

——不然還能是哪種搞定？跟他步入神聖的婚姻禮堂嗎？

初禮收起手機，組織了下語言，想了想，問身邊一臉嚴肅、很認真地看著大媽們翩翩起舞的男人：「老師，既然您的少年時代寫作經歷如此崎嶇，在撕毀了真正的處女作後短短一年不到的時間就能再寫出《東方旖聞錄》，那說明您骨子裡還是有一股不服輸的精神在的啊。」

「隨妳怎麼說。」晝川一副「我是屍體」的波瀾不驚模樣，「我覺得那種熱血漫畫裡的東西，只是說說而已。」

初禮假裝沒聽到他一潭死水似的發言，自顧自繼續道：「為什麼沒有反抗呢？高考作文拿了滿分也是，後來終於憑藉自己的小說成名之後也是，為什麼在證明自己能夠做到之後依然不反抗？你應該拿著成績單、拿著報紙站在那些曾經質疑你的人面前，對他們大聲說：看！我做到了！」

初禮說著，感覺到身邊陷入了短暫的沉默。

這次和之前那種「死豬不怕開水燙」的氣氛不一樣。

他真的沉默了。

初禮有些奇怪地轉過頭：「可是無論是當年對待語文老師最終的無視態度也是，撕毀了自己的處女作也是，作協開會也是，花枝獎的評選也是……明明已經做得不錯了，你為什麼卻一直在迴避這些？」

此時，周圍的環境其實是有些嘈雜的。

初禮的聲音卻聽上去擲地有聲。

在廣場舞的音樂裡談這種看似挺有深度的人生話題，好像有點滑稽的樣子，然而當下，對話中的兩人卻似乎沒有人覺得哪裡不妥。

他們完完全全沉浸在關於此時此刻在討論的話題之中，初禮看著晝川，心中只有滿滿的困惑。

而晝川盯著不遠處的某一個角落，小孩認真地吃著冰棒，瞪著大眼看著不遠處的奶奶跳廣場舞。小孩眼中倒映著廣場中間跳舞的身影，他的眼中充滿了好奇以及對新事物的躍躍欲試，就彷彿是——

這和他在學校做的廣播體操完全不同。

他很想站起來，走到人群中親自試試，到底有什麼不同。

幾秒後，晝川那張面無表情的臉發生了動搖。

「……可能是我已經失去了要和他們一較高下的興趣。」晝川站起來，拍了拍身上並不存在的灰塵，「也可能是我骨子裡就是個膽小的人，害怕一旦進入他們的世界，有一天發現他們說的其實是對的，反而對自己一直以來堅持的東西產生動搖……或許是。」

「但是那個花枝獎……」

「妳知道我跟妳說了那麼多這些有的沒的故事是想表達什麼嗎？」

「……什麼？」

「沒有所謂『但是』。」晝川淡淡道，「這就是我一直沒有要個人責編的原因，目前看來，我的寫作之路安穩且順利——就像是當年我不需要一個老師來摁著我的頭寫議論文，也不需要我父親來告訴我什麼樣的文字才是有價值、有資格印刷成冊……現在，我同樣不需要一個編輯來對我本人指手畫腳過多。」

晝川：「妳知道于姚和索恆其實早些年的關係其實很好嗎？于姚現在也不是因為身居主編高位不帶作者了，只是她不想帶了。」

「啊？」初禮眨眨眼，她早就在老苗和于姚的對話裡捕捉到一些資訊，但是……于姚和索恆？有故事？

「這個時代，對於大多數作者來說，編輯的意義已經發生了改變——很多情況下，編輯已經不被需要了，他們逐漸演變成校對者、行銷者……」

晝川說著轉過身看著還坐在那裡的小姑娘，眼神堅定又冷漠。

就彷彿在說，他真的不需要一個責編。

就彷彿在說，別管那麼多了，妳好好對妳手上這本我的書負責就可以，做好校對，給一個漂亮的封面，然後將之大賣。

就彷彿在說，那之後，我們就可以分道揚鑣，順利的話我也會禮貌地說一聲：期待下次合作。

初禮愣住了。

那一瞬間好像，好像周圍嘈雜的人啊事啊全部都被抽空，世界上只剩下她和眼前的男人。而在這樣完全隔離的環境中，她第一次意外地觸碰到眼前這個人內心非常、非常深的靈魂……

然而在指尖小心翼翼地觸碰到時，初禮不得不像是被刺骨的寒冷逼迫得縮回手一般……

連帶著整顆心也跟著沉入谷底。

初禮也是一臉茫然，她低下頭，此時，她只能下意識地迴避了男人那雙過於冷靜的茶色瞳眸——在對方難得站在原地耐心的等待中，她只是反射性站了起來。

晝川：「請妳吃冰棒？」

初禮「啊」了聲，有些沒反應過來。

她邁開步子，匆忙地跟上晝川的腳步。兩人在大約二十米開外的小攤販的冰箱前停下來，晝川拿了根口味簡單的冰棒，但是替初禮拿了個草莓甜筒。

她撕掉包裝，咬了口甜筒，當柔軟的、甜滋滋的冰淇淋順著喉嚨滑進胃裡，她只覺得涼颼颼的。

在這樣炎熱的夏夜裡……

初禮想要找個人借一床棉被披一披。

這天晚上，被現場絕望的氣氛感染，初禮回到家後回覆給夏老師的微信內容也非常絕望——

猴子請來的水軍：老師，搞不定了。

猴子請來的水軍：他老爸花了二十七年也沒把這蚌殼的縫兒撬開，我何德何能？

猴子請來的水軍：晝川老師非常堅定，從內而外地抗拒著這件事。

五分鐘後，夏老師回覆。

夏老師：英雄難過美人關。

十分鐘後，當初禮的眼珠子都快從眼眶裡翻得掉出來時，又一條補充——

夏老師：雖然妳不是「美人」，但總得試試。

初禮：「……」

這一夜，初禮陷入了難以入眠的糾結情緒。

說實話，晝川的判斷是沒有錯的——初禮於他，是一個負責遛狗、煮飯的房客，是負責《洛河神書》的責編，是他會定期提供一些短篇的雜誌小編輯……

然而，僅此而已。

這個時代，對於大多數作者來說，編輯的意義已經發生改變。

很多情況下，編輯已經不被需要了。

他不需要一個真正的、晝川本人的責編。

他不需要責編。

他不需要她。

他居然不需要她！

意識到這點，躺在床上的人從床上掀開被子蹦躂起來，滿床打滾地捶枕頭、跺腳，直到樓下書房傳來男人隱約聽著像是想要上來揍人的聲音。

「樓上的，大半夜不睡拆房子啊？」

正抱著鱷魚形狀抱枕嗷嗷撕咬的小姑娘動作一停，瞪著一雙通紅的眼又倒回凌亂的床上，定格了下，整個人像是氣不過似的把被子一腳踹地上，狠狠地翻了個身，讓床墊發出「嘎吱」一聲不堪負重的聲響。

她打著呵欠、帶著憤恨被睡神召喚時，已經是三點。

第二天，初禮差點沒能起床上班，掛著黑眼圈、拖著喪屍一般沉重的步伐洗澡，換衣服、餵狗、餵晝川……臨出門的時候，她一邊穿鞋一邊用眼睛偷偷瞟坐在桌邊吃早餐的男人。

這傢伙終於不再把自己關在房間裡了。

今天早上她醒來之後，在自己的QQ發現了這傢伙發來的卷首企劃所需要的文檔。

她開門時，他和二狗雙雙蹲在閣樓的樓梯口仰望著她，問她今天早上吃什麼。

本來一切都好。

但是初禮就是高興不起來……

「用這種喪女（註4）的眼神看著我做什麼？」終於受不了她這飄忽眼神的灼熱溫度，晝川放下裝牛奶的杯子問。

初禮說，「這是愛的眼神。」

晝川：「當我瞎啊。」

他笑了起來，初禮瞪他一眼，嘀咕著「心是黑的」、「傷透了少女心」、「王八」之類的話，抓過放在玄關的包包憤恨轉身出門。

初禮將門摔得很響，她並不知道的是，當她轉身離開後，坐在餐桌邊的男人也暫時收斂起臉上的笑容，陷入沉默。

註4　源自日本的網路流行語，是對不受歡迎的女人的稱呼。

沒有人知道晝川在想什麼。

只有他自己知道——

昨晚，有那麼一瞬間，也許是因為當下氣氛而魔怔了，也許是被對方那純粹的眼睛所帶跑，也許是光芒之下的暫時迷惑……他幾乎以為自己真的是遇見了沸水，要被迫撬開緊閉許多年的最後防線。

但是還好。

還好他及時剎住了車。

現在很好。

改變什麼的，還是暫時不了。

思及此，像是下了一個決心將一切回歸原點，鬆了口氣的晝川挑起眉，將最後一點兒土司塞進嘴巴裡。

啊，那個香蕉人，做編輯本事還嫩，但她的做飯手藝真的不錯。

《月光》雜誌十月刊。

因為初禮在最後交稿死線前將「上吊專用麻繩，不死包賠」的某寶連結分別傳送三遍，三位富樫義博終於趕在送印之前順利交稿。因此，老苗早早收好了其他三位作者的稿子，時刻準備著取而代之的陰謀沒有得逞。

事情完美解決。

十月刊全國發售後，《月光》雜誌投稿箱迎來了小小的投稿高潮，初禮忙得兩腳不沾地，到截止投稿那天，幾乎快被擼脫了一層皮。

七天時間，共收穫來稿一百三十五篇。

其中，替晝川寫後續的六十五篇。

替江與誠寫後續的四十七篇。

替鬼娃寫後續的二十三篇。

以《月光》每個月的銷量來說，這數字不算多也不算少吧……雖然忙是忙著，但是靜下來仔細想想，初禮還是覺得這個投稿數字結果和自己的想像略有偏差：似乎少了那麼一點點。

初禮將這個結果分別告知三位作者，三位作者的反應也是各不相同——

晝川：這麼少？早說在微博轉發下，投稿數估計能多個零。

猴子請來的水軍：這結果就你和編輯部知道而已，不對外公布的，偶像包袱別那麼重。

晝川：這樣啊？

晝川：我沒有偶像包袱，妳別亂說。

猴子請來的水軍：我信了。

晝川：「房客守則三十條」第五條……

猴子請來的水軍：現在是上班時間，咱們之間是純潔的編輯與作者關係。

晝川：有本事妳今晚別回來，橋洞底下跟要飯的擠擠。

猴子請來的水軍：……

晝川：錯了嗎？

猴子請來的水軍：錯了。

晝川：乖，跪安。

猴子請來的水軍：喳！

江與誠這邊。

江與誠：好的，知道了：）

猴子請來的水軍：(^_^)

阿鬼這邊。

在你身後的鬼：啊啊啊啊啊啊啊啊啊啊太好了謝謝二十三位挽尊人民（註5）QAQ我還以為會一個投稿都沒有自己都已經偷偷地寫好後續了！

猴子請來的水軍：……

在你身後的鬼：不枉費我天天微博轉發來滴打滾求投稿！果然還是有人理我的！我有粉絲！我是只比江與誠差一半的大大！

猴子請來的水軍：…………人這麼容易知足真好啊，幸福指數應該很高吧？

在你身後的鬼：妳嘲諷誰!?

註5　全稱是挽救發文者（樓主）尊嚴。

猴子請來的水軍：妳啊。

在你身後的鬼……妳跟畫川肯定不是這麼說話的。

猴子請來的水軍：廢話，人家是畫川。

在你身後的鬼……

以上。

在讀者們其實沒那麼積極的回應中，元月社的「讀者、作者互動月」——至少是在《月光》雜誌——至此拉開帷幕。官方微博上的各種轉發、評論一時間倒是都在討論這一次活動，投過稿的、沒投過稿的紛紛冒泡——

有的說：如果被選上了，那我和我家大大就只是空格段落分行的親密距離～啊～這麼一想，好害羞啊，最愛我家XX大大啦！

有的說：樓上那個也是有點可愛，大大發微博的時候你去搶個沙發和第一個讚或者熱門，你也可以離大大很近啊。

有的說：大大微博回覆過我，已經很滿足了——平時書評什麼的也都有在寫，就不參與這次評論了！

初禮天天看著這些評論，覺得滿有趣的，最初的困惑也得到了圓滿的解釋。

為什麼投稿會少？

網路時代嘛。

有微博、有QQ、有微信，還有各種網路平臺，甚至是投稿也只需要發發信件。

讀者和作者的距離無形之間拉近了許多。

不像從前，讀者和作者之間的互動只有一張「問卷調查表」這種作者都不一定能夠看見的東西。有些讀者愛了某個作者大半輩子，到作者封筆不寫了那天，也沒機會跟那個作者親口說一句：大大我喜歡你。

因為作者夠神祕，那時候讀者對「作者」的熱情度反而更高。

而網路平臺帶來各種好處的同時，往往也會讓讀者對於「作者」這種生物的好奇心降到最低——就像是一個養在手機裡會固定產糧的寵物似的，偶爾刷一刷微博，就能透過作者自己發的微博知道，他在吃飯還是在打遊戲，又或者是剛剛睡醒，還是在熬夜趕稿……

偶爾甚至還有針對作者本人的私生活惡意扒皮。

因為作者太靠近，這時候讀者對「作者」的熱情度並沒有想像中那麼高。

而夏老師當然是不太瞭解這個的。

所以在第二週的例會上，各個雜誌編輯部基本都被罵了一遍。夏老師認為，各個雜誌都有流量擔當的門面作者，特別是《月光》雜誌，帶著晝川和江與誠兩位「眼下很受年輕人歡迎的當紅作者」，結果作者個人投稿數字還不超過三位數，這就是編輯部宣傳力度不到位造成的。

對此，初禮他們算是百口莫辯，無言以對。

該怎麼說啊？

讀者願意掏錢買書，但是對於「讀者、作者互動」這種事，他們早就不覺得新鮮了啊。公司當作是一個什麼很有爆點的玩意推出來，結果達不到預期，那不是很正常嗎？

……當然這種話是不敢直接和夏老師正面說的。

被罵得灰頭土臉地回到編輯部，大家也只能偷偷地天天轉發微博宣傳，真正要飯似的為十一月要上的索恆、年年、河馬三位作者祈求投稿。

這種對讀者苦不能言、對總編大人怒不敢言的日子，掰著手指頭數一不小心就數過了三十來天。

一眨眼的工夫，就到了十一月刊全國發售的日子。

初秋剛至，天氣轉涼。

初禮因為受到了上一次替晝川他們整理投稿整理到精神崩潰差點加班到錯過地鐵的悲慘教訓，特地早起了一個小時準備去上班迎接新的戰役。於是天沒亮，在床上窩著修仙的一人一狗就被掀被子趕起來，吃早餐。

「天沒亮吃什麼早餐！」

「汪！」

晝川抱著被子一臉不滿，在初禮走過去拉開窗簾時，二狗則直接眯起眼將腦袋鑽進晝川腋下。晝川摸摸狗腦袋：「妳進我的房間也不敲門。」

「我敲多少次了，你聽得到嗎？被子掀開你才醒，敲門有什麼用啊！」初禮伸手拽他被子，「起來，吃了早餐再睡，天天不吃早餐怎麼行，身體撐不住的！你還得多活幾年替我寫稿呢！」

晝川拍開初禮拽被子的爪子，微微瞇起眼：「妳起那麼早做什麼？」

初禮：「今天是第二期『讀者、作者互動月』卷首企劃投稿開放日，我得早點去把稿子理出來！」

晝川：「咦？」

初禮：「咦什麼咦！」

晝川：「我都只有六十五個人投稿，索恆他們最多就兩、三個吧，妳那麼早去……」

話還未落，腦袋就被小姑娘順手抄起來的枕頭揍了下，晝川憤怒地抬起頭，看見站在床邊的矮子一把扔了枕頭，絲毫不畏懼地瞪著他。

「瞎說什麼，紳士風度呢？」

晝川翻了翻眼睛，抓過枕頭往臉上一蓋，抱著二狗重新倒回床上。

十分鐘後，初禮出門了。

她提前一個小時來到辦公室，深呼吸一口氣打開投稿信箱，微微瞇起眼開始準備整理投稿，然後發現，投稿篇數是：沒有。

初禮：「……」

可能是學生還沒起床。

初禮安慰自己，然後轉頭去忙其他事，準備晚點再來看看。

九點，上班、上課時間，投稿篇數是：沒有。

十點，上班、上課時間，投稿篇數是：沒有。

十一點，上班、上課最佳摸魚時間，投稿篇數是：一。投給年年的。

隔壁的老苗從隔間後伸出腦袋：「今天的投稿整理出來沒有？都有幾篇啦？」

初禮：「……我還沒看。」

老苗：「喔。」

隔間後的腦袋「嗖」地縮了回去。

這一天，初禮得以準時上下班，因為到她下班為止，投給三位作者的投稿情況是年年二，河馬一，索恆零……

在無數次檢查了信箱，甚至用自己的信箱發了幾封信件確認它沒有壞掉之後，初禮只能得出一個令人絕望的結論：晝川和L君應該是師出同門、一脈相承的烏鴉嘴。

下班臨走之前，初禮被于姚叫住——當時心裡就咯登一下，生怕于姚問第二期「讀者、作者互動月」的投稿情況，那場面，想想都尷尬。

初禮應了聲，伸長脖子看了眼，還好此時老苗已經拎著他的芬迪包包邁著貓步走遠了。她一溜煙地回到編輯部，還作賊似地順帶關起門，帶著視死如歸的表情，一屁股坐到于姚的跟前。

「老大，什麼事？」

「幹什麼一臉緊張。」于姚笑著道，「我就是來問問晝川是不是還不願意把《洛河神書》送審花枝獎？這兩個月過去，馬上都快到報名評選截止日期了……」

原來是為了這事啊。

此時初禮也不知道自己是不是應該鬆一口氣，她搖搖頭道：「晝川老師非常牴觸也非常堅定地不要參加這個評選……我也曾經試圖說服他，夏老師還雷死人不償命地說『英雄難過美人關』，雖然我不是美人但是讓我加油——」

初禮話還沒落，于姚已經開始笑：「夏老師就是這樣，今年端午節，我跟他說老師端午節快樂，妳知道他回我什麼嗎？『端午節是死人過的，所以不能說端午節快樂，應該說端午節安康』……」

初禮：「……」

于姚抹了把笑出來的眼淚：「我說了三十多年的『粽子節快樂』就這樣被顛覆了……」

初禮還能說什麼？只能尷尬地笑：「老師確實是一個嚴謹又客觀的人。」

聊天氣氛不錯，于姚也沒有再開口說出類似強迫初禮去搞定晝川這種破壞氣氛的提議。兩人聊了一下夏老師的八卦後，于姚站起來，背起包和初禮一塊往外走。

初禮走在前面，原本以為自己似乎是逃過一劫，然而該來的總是會來。在她稍微放鬆不超過十秒、正一腳邁出門檻準備奪門而出時，卻不幸地聽見于姚的聲音狀似不經意地在身後響起——

「對了，今天的十一月刊卷首企劃徵文情況怎麼樣了？一個星期的徵稿時間，晝川他們都只有幾十的量，索恆她們應該不多吧？」

于姚的發問有些突然，當初禮正努力組織語言看看怎麼委婉地表達現在的尷尬情況時，于姚走上來，與初禮肩並肩行走，並問：「給索恆的投稿數量，是多少啊？」

聲音呢，聽上去很隨意的樣子。

雖然初禮知道其實並不是。

然而她能給出的誠實答案是「零」。

初禮伸腦袋越過走廊欄杆看了眼樓下，現場氣氛尷尬得讓人不知道應該如何開口的情況下，她覺得現在跳下去似乎是一個最棒的選擇。

「確實不是很多，而且品質不算好。目前投稿的幾篇來看，從文筆和講故事的方法來說，應該是沒辦法登上雜誌的……」初禮含蓄地說，「今天是週五，我覺得可以等週末過了以後再看看。」

于姚看了初禮一眼，若有所思地點點頭。

她沒有再追問初禮，投稿給索恆的到底有多少。就像初禮也沒有追問于姚，她和索恆到底是什麼關係，為什麼一直以來只要是爭吵跟索恆稍微有關的事，老苗就一定會用「那可是索恆，妳這樣做真的好嗎」的語氣質問于姚。

好在這個時候，初禮感覺到自己的手機在震動，手機螢幕亮了下，顯示這會兒她有新的QQ消息推送進來。初禮連忙擺著一張「我有事」的表情，低下頭去看手機——

晝川：什麼時候回來？

晝川：晚上吃什麼？

畫川：我餓了。

畫川：妳快回來，我要餓死了。

畫川：別加妳的破班了，又不給加班費，我餓到想開個二狗的罐頭吃一口是不是比較嚴重？

猴子請來的水軍：……

畫川：我說那麼多妳就回我六個小點點？基礎社交禮儀呢？

猴子請來的水軍：。。。。。。

猴子請來的水軍：給你，大的點點，拿去。

畫川：……

于姚聽見身邊人嗤嗤的笑聲，一轉頭看見她脣角勾起、笑得眼角上揚的模樣——初禮在編輯部時總是一副戰鬥模式全開的樣子，笑成這真正的少女樣還真的少見。于姚忍不住也跟著笑：「和誰說話啊，那麼開心？」

初禮聞言一愣，手機下意識地往自己這邊偏了偏，若無其事一般收起手機：「沒事，一個無聊的人。」

此時兩人到達元月社所在的園區門口，和平地雙雙道別，祝福對方週末愉快。

一個小時後。

初禮回到家，在淘米準備做飯，原本坐在書房裡不知道在搗鼓什麼的男人也跟著跑出來，靠在廚房門框邊看著她淘米，看了很久，才從牙縫裡蹦出一句：「妳今晚沒加班。」

初禮將第一波淘米水倒掉，頭也不抬地「嗯」了一聲。

晝川無聲咧開嘴：「投稿的人是不是沒有很多？」

初禮這次抬起頭了，面無表情地看了眼靠在門邊不知道在樂呵什麼的男人：「你無聊不無聊，明知道那三個作者的人氣根本沒辦法和你比，你和他們較什麼勁……」

「噯。」初禮說著，臉上表情都凝固了下，「你不會一整天都在惦記這件事吧——」

「妳冤枉誰？老子今天在家裡寫了一天的稿。」晝川臉上的笑容立刻消失了，踢了腳垃圾桶，「整整一萬多個字，一會妳來書房看，我沒騙人的話妳就把這一萬多字列印出來當著我的面吃下去以作賠禮道歉。」

垃圾桶被踢得搖晃了下，初禮抽出菜刀。

晝川彎下腰扶住垃圾桶，一雙眼警惕地盯著初禮。

初禮開始「喀嚓喀嚓」切菜。

晝川直起腰，走到初禮身後站穩——他高大身形投下的陰影將站在砧板前的人籠罩。按照少女漫畫的套路，這個時候男主角應該從後抱著女主角的腰，然後稍稍彎下腰把自己的下巴放在她的肩膀，撒個嬌什麼的……

然而現實是，男主角抬起手，用一根手指都嫌多似的方式，嫌棄地戳了戳正在切菜的女主角肩膀：「所以，到底有多少投稿啊？」

「喀嚓喀嚓」的切菜聲一頓，初禮霍地舉起菜刀轉過身。晝川面色一變，整個人後退三步。初禮放下菜刀淡淡道：「這個除了作者本人之外是不能告訴別人的。」

晝川：「我也算『別人』？」

初禮：「而且還是『居心叵測』的『別人』。」

晝川：「妳不是我的責編嗎？妳怎麼都不向著我？」

「僅是你《洛河神書》一書的責編。」初禮糾正，「昨晚是誰口口聲聲說『我不需要責編』？一廣場跳著舞的大媽作證，現在想八卦了，我又成你責編了？」

大概是因為真的不要臉，晝川臉上的表情看上去一點兒也不尷尬。他走過來奪走初禮手中的菜刀，一把扔到水槽裡，同時俯下身，一隻手撐到流理臺上，將那個矮自己大半個頭的小姑娘困於自己的胸膛與流理臺中間。

兩人的距離貼得很近時，他並沒有停下俯身動作；當初禮身體後傾至不能再躲避時，他終於停下來，此時，兩人的鼻尖之間只有大約一根手指橫切面的距離——近到初禮能嗅到他氣息之中淡淡的薄荷菸草味。

「我說我不需要責編，妳就不知道爭取爭取我？」男人瞳眸微微暗沉，嗓音低沉磁性，「妳知道在這行這業有多少編輯和作者最後佳偶天成、天作之合，步入神聖的婚姻禮堂？」

初禮：「……」

「我文寫得好，有錢啊，房子又大，長得應該也是妳們這種小姑娘喜歡的類型。」男人揚揚下巴，「妳天天和我住在一起，能不動心？」

初禮：「……」

老師我見過你早上為了不起床，頂著雞窩頭、撅著屁股把臉埋進二狗的肚子裡耍賴的模樣。

老師我見過你打著呵欠把手伸進睡褲裡撓屁股的模樣。

老師我曾經在白天上班之前為了和你搶廁所，一個站在廁所裡面、一個站在廁所外面雙雙破口大罵。

老師我也覺得你有錢、長得帥，文也寫得好，但要是光隨便數數就夠驚心動魄的以上三點還能為我「動心」添磚加瓦，那你該擔心你的《洛河神書》最後居然落入一個腦子有坑的人手裡做了……

初禮眨眨眼，放輕了聲音：「我也想爭取做您的責編，要不《洛河神書》送評『花枝獎』？只要您說個『好』，從此之後我就是拚了老命，也要爭取做您的個人責編……」

面前侵犯而來的男人氣息一下子抽空，晝川猛地直起身，曖昧全無，面色堅定：「我不。」

初禮也面色堅定地轉過身，重新從水槽裡抓起被晝川隨手扔進去的菜刀，心跳穩如泰山，繼續切菜：「那談判破裂了，你走。」

「問妳點兒八卦怎麼這麼難——我們的房客守則三十條加第三十一條了：房東說的話，房客必須聽；房東問的八卦，房客必須回答！」

「你去加吧，看我理你不。」初禮踮起腳，打開頭頂的櫥櫃想要把裡面的湯鍋拿下來，然而手指尖繃直了也搆不到。此時她想起什麼似的猛地縮回手回過頭，看著站在自己身後、雙手插在口袋裡、沒有要過來幫忙的男人，頓時氣絕，跺了下腳，「過來幫我拿啊！還在那看什麼看！」

晝川愣了下。

他十秒後不情不願走過來：「長得矮還那麼理直氣壯，是我讓妳長得矮嗎？妳對我吼什麼……」

「老娘一米六五，矮什麼矮，是你太高了！這櫥櫃也裝得太高了！哪有櫥櫃裝那麼高的，有毛病吧？」

晝川走過來，大手摁住初禮的腦袋往下壓了壓讓她閉上嘴，同時長臂一伸將初禮搆不到的湯鍋拿下來，作勢要塞進她懷裡：「安裝櫥櫃的師父又不知道幾年後這房子裡會住進一個大呼小叫的矮子……喏，拿去拿去，咦等等——」

晝川又把鍋子高高舉起到初禮搆不到的高度：「妳告訴我，給索恆的投稿數一隻手數得過來嗎？」

初禮：「……」

被高高舉起的湯鍋上的蓋子滑下來砸到晝川的腦袋，晝川「哎」了聲，下意識扔了鍋去揉腦袋，初禮穩穩接住湯鍋和即將落在地上的玻璃蓋子，同時身手敏捷地狠狠踩了他一腳，惡狠狠道：「出去，別在這添亂，不然到九點的二狗散步時間都吃不上飯！」

「……妳看妳又凶，我就關心關心同僚怎麼了？一副我很陰暗的模樣。」

「有你這麼關心的嗎？你就陰暗啊你還挺有自知之明——索恆投稿數少怎麼了，

少到沒有的話你還能替她寫後續嗎？」

「妳讓晝川大大替索恆當槍手寫後續！夠膽妳把這話放網上去，妳看看妳會不會被人人肉到地址寄炸彈！」

「我就住晝川大大家裡我怕什麼炸彈，而且你多久沒更新了大大！真有個炸彈寄過來還真說不好收件人是你還是我呢！」

廚房裡，作者和他的責編爭著沒有營養的話題爭得雞飛狗跳時，早已習慣一切的二狗叼著牠的空飯盆走進來，站起來，兩爪撐著流理臺把空飯盆往牠專用的水槽一扔，然後跳下去，頭也不回地轉身離開。

空飯盆砸進水槽裡發出很大的聲音，彷彿是對不分時間場合、隨時隨地都能爆發的家庭暴力擲地有聲的控訴。

初禮指了指二狗離開的背影，沒說話；晝川瞪了她一眼，看見二狗的空飯盆的那一刻，他意識到除了早上的早餐之外他今天還一點兒東西沒吃，也是餓得前胸貼後背，於是不再廢話，轉身離開廚房。

晝川踢踢踏踏地踩著拖鞋來到沙發上，往上一躺，蹺起二郎腿掏出手機——

幾秒後。

在廚房裡終於切完菜、開始準備下鍋的初禮忽然感覺到胸前手機震動了下，她一手舉著鍋鏟，一手將手機拿出來，看了眼。

消失的L君：媳婦兒，最近工作怎麼樣？忙不？我看了你們《月光》雜誌十一月刊，那個「讀者、作者互動」好有趣喔！

消失的L君：聽說今天是第一天投稿開放日，你說我要是投稿能選得上不？不會有很多人競爭吧？

消失的L君：快給夫君透露透露內部情報，反正我也不是圈內的，往哪兒說去？

初禮：「……」

今天是鬧了哪門子的邪，一個、兩個都找她八卦這個？

猴子請來的水軍：你想投給哪個作者啊？

消失的L君：索恆啊，她以前挺紅的時候我也是喜歡過她的！嘿嘿嘿！

消失的L君：當然只是欣賞她的才華的喜歡。

消失的L君：那種喜歡的話，我只喜歡妳(︿_︿)

猴子請來的水軍……你今天騷話怎麼這麼多？

猴子請來的水軍：下班了嗎？

發送的那一刻，初禮並不知道就在隔著一堵牆的隔壁客廳沙發上，有個抱著手機的男人正因此翻了個身。為什麼騷話那麼多？當然是因為心虛啊。

晝川以每小時三千字的時速劈哩啪啦打字，同時，一堵牆的隔壁廚房裡，忙著做飯的小姑娘手裡的手機上的字也在一行行往外冒——

消失的L君：嗯嗯。下班了，開車回去的路上。

猴子請來的水軍：開著車怎麼騰出手打字啊？

沙發上單手抱著手機的晝川停頓了下，稍稍抬起頭掃了眼廚房，見裡面沒動靜，說不上是不是故意的大聲問了句：「不是做飯嗎？怎麼沒動靜了！」

「等鍋熱呢——要你管！躺著等吃還屁話那麼多！」廚房裡立刻傳來回應。

晝川勾起唇角，腦袋砸回沙發的抱枕上。

消失的L君：紅燈啊！

消失的L君：妳最大(^_^)

猴子請來的水軍……滾滾滾。

猴子請來的水軍：你要投稿給索恆就趕緊投，具體已經投稿的數字不能說反正我現在也挺著急的，不是數量問題就連品質也……哎，我想等一個週末再看看，不然可能真的要四處找人幫忙寫一下了。

猴子請來的水軍：反正要以你的筆力，只要投稿，肯定能上。

晝川：「……」

這香蕉人，嘴怎麼這麼嚴啊？

L君都搞不定她。

猴子請來的水軍：不說了，我要給我家客廳那個只會蹺著二郎腿瞎胡鬧的廢物做飯了。

消失的L君：妳跟人同居啦？合租？男的女的？

消息發出去很久沒有回應，晝川從沙發上坐起來，想了想穿上拖鞋走向廚房，正巧看見初禮正忙著彎腰調整火候，她的手機被放在水槽邊上。

晝川：「妳剛才悄然無聲是不是在玩手機？」

初禮：「是又怎麼樣，你幼稚園老師啊這都管。」

晝川：「我都快餓死了妳還在這玩手機。」

初禮：「這不是活蹦亂跳地在這指責我嗎？哪裡像個瀕死之人？」

晝川走進廚房裡，順手接過初禮遞過來的炒鍋，扔進水槽裡開水敷衍地刷了兩下，狀似漫不經心地問：「跟男朋友聊天啊？」

初禮抬起眼，將視線從電磁爐上拿開，淡定地看著晝川。

她什麼都沒來得及說，此時站在不遠處的男人已經像個老妖精似的笑了起來：「妳看妳，還害羞，看來妳男朋友很會說情話喔？」

初禮：「啊？」

晝川：「很會撩，情聖。」

初禮：「……」

第五章

這天之後，初禮度過了一個不知道怎麼形容的週末。

拋開家裡有個像是監視特務似的、隨時隨地盯著她等著竊取八卦情報的傻子作者帶來的糟心之外，每隔兩個小時，她都像等待查高考分數的考生或者是等著開彩券的賭狗一樣，小心翼翼地打開投稿信箱——

結果，每一次都是心驚膽顫地抱著希望而來，失望而歸。

週末的投稿情況依然不樂觀。

年年和河馬倒是聰明，寫的是小萌文開頭。年年寫的是男主的狗去世，狗狗化作人形回來報恩；河馬寫的是窮神下凡歷劫。兩篇文，都屬於無論哪個年齡層讀者比較好往下接的梗，所以投稿人數到週末晚上為止，分別達到了五篇投稿和三篇投稿的數字。

品質暫且不提吧。

畢竟除了這，還有更讓人頭疼的事。

那就是索恆的開頭。也不知道老苗是怎麼想的，讓她寫了個類似於大架構的科幻開頭，什麼聯邦和帝國、戰爭的開始、將星的殞落之類的……

寫得是比年年還有河馬好沒錯，但是這讓讀者怎麼往下接啊？

所以到了週末，還是一個投稿的人都沒有。

初禮快頭疼死了，眼瞧著七個投稿日已經過了一半，中間還搭上最有希望的週末，投稿數還是為「零」。

到了週日晚上，吃完飯又檢查了一次投稿信箱，初禮終於坐不住了，在《月光》編輯部內部微信群標注了老苗一下。

猴子請來的水軍：@喵喵。週末結束，投稿情況很不好，年年5，河馬3，索恆0，現在怎麼辦？

阿象：……

小鳥：……

于姚：……

于姚：這麼少？

猴子請來的水軍：而且年年他們的投稿品質也不行，你們看看是不是把收稿期默默延長到送印前？也不用對外公布。晝川他們之前投稿截止還有人往裡投，我們是直接pass掉的……但是這次我們可以不卡那麼嚴，看看還有沒有稿子投進來？

于姚：我看可以。

于姚：@喵喵。你出來看看這麼弄行不行，或者我再去聯繫幾個嘴嚴的作者幫忙寫下後續以防萬一算了。

老苗半天沒說話。

直到晚飯正式結束，初禮端著盤子踢了踢晝川催促他來跟自己一起洗碗，這時候她放在桌子上的手機突然震動了下。

正準備進行猜拳決定今晚誰洗鍋子的初禮和晝川一愣，對視一眼後，雙雙抬起頭不約而同地看向初禮的手機螢幕，然後看見螢幕的正中央跳出一句——

喵喵：還能怎麼辦？我帶的作者就是不紅啊。

喵喵：要不我去通知下索恆他們，乾脆取消一月的後續刊登好了，反正不紅，誰怪他們不紅啊，也沒人關心後續怎麼樣，呵呵。

喵喵：這本雜誌有晝川和江與誠就夠啦。

初禮：「……」

晝川：「……」

男人抬起手，指了指初禮手中那隨時可能會被摔地上洩憤的一疊碗盤，平靜提醒：「盤子端穩，很貴的，砸爛了要賠啊——盤子又不懂這娘炮有多操蛋，它們是無辜的。」

猴子請來的水軍：@喵喵。現在不是在商量解決辦法嗎？又沒人說什麼，陳述個事實要解決問題而已……

猴子請來的水軍：你在這撒什麼潑打什麼滾？

喵喵：我撒潑打滾？

喵喵：初禮妳這有點過分了吧，好歹我也是妳的前輩，妳就這麼和前輩說話的？

初禮：「……」

晝川的腦袋這會兒就在初禮的肩膀上，看了一會兒，十分興奮地指點：「妳跟他說，有本事的前輩才叫前輩，沒本事的叫倚老賣老——打字快點，要有氣勢……咦，妳打字怎麼這麼慢？」

初禮：「……」

晝川：「要不我來？」

初禮這才從老苗的轟炸中回過神來，意識到有個作者正近距離地圍觀核心八卦！

她猛地轉過頭正欲讓他趕緊走開——兩人距離太近，晝川彎著腰，腦袋就在她臉旁邊，初禮一轉頭，唇瓣便似有似無地掃到了他的面頰。兩人雙雙一愣。

晝川如受驚的貓似地往後一蹦：「妳蹭我幹麼，還一臉凶神惡煞的……正常情況下情不自禁地靠近某個人難道不應該是面紅耳赤、滿臉嬌羞，妳這什麼表情啊？妳是不是女人……算了，妳是不是人類？」

初禮伸手將那喋喋不休的人推開：「別看，家醜不可外揚。」

晝川被她推得臉都嘟起來了，說話聲音也怪怪的：「喔督看到惹，沒仁土稿給索恆——辣也麼辦法啊，踏寫辣開頭，沒點文字歌底和講督事愣力的人都麼辦法往下接，裡指望幾過人投稿？裡們當粗怎麼都不阻止她讓她憋這麼寫……」

初禮把手從晝川臉上拿開，略微驚訝地看著他——沒想到他輕輕鬆鬆一語道破真相，言語之中也絲毫沒有嘲笑的意思，只是平靜地在說事實。

初禮：「你也這麼覺得？」

晝川抬起手揉揉自己的臉，瞥了她一眼：「我又不傻。」

初禮立刻打字。

猴子請來的水軍：我怎麼過分了？更過分的話還在後頭，老苗你做為前輩對於雜誌面向的讀者年齡層難道不應該比我清楚？索恆寫的開頭沒幾個讀者能往下接，你也不知道讓她改改——晝川都知道寫個傻白甜的爛大街梗讓讀者往下編呢……

晝川：「什麼叫『晝川都知道』……妳這語氣，我這叫懂得迎合市場。」

「好好好，你最聰明，別吵。」

初禮抓著手機往客廳走，晝川想也不想地抬腳像小尾巴似的跟在她身後。

初禮還在繼續打字——

猴子請來的水軍：本來距離你們那期還有兩個多月，多的是讓作者調整稿子的機會……你這麼著急忙慌就收了稿子，是為什麼？

晝川：「為了踩妳上位。」

喵喵：能為什麼？妳那時候回收不上來稿子還不得隨時準備替妳擦屁股？

初禮響亮地冷笑了一聲。晝川在旁邊扇風點火：「對！」

初禮瞪著他：「做為不交稿富樫義博小組中的一員你理直氣壯什麼呢！老苗這會兒藉口替我擦屁股還不是因為你不交稿！」

「……我讓妳對他。」晝川拍了下她的腦袋，「妳對我幹麼？」

初禮頭疼地揉了揉眉心，嘆了口氣：「氣懵了。」

「這次原諒妳，下次再這麼和我說話就睡橋洞底下去。」晝川指了指初禮手中的手機，「繼續啊，他還在唸叨得停不下來呢。」

初禮拿起手機。

喵喵：奇了怪了，年年他們不是我在帶的作者？妳指手畫腳的做什麼？妳要是只是簡單述說一個事實需要在群裡公布？不會私底下跟我一個人說？

喵喵：裝什麼好人啊？

猴子請來的水軍：……這整個一月刊卷首企劃都要空窗了，到時候大家一起被夏老師釘、被扣工資，大家都一條繩上的螞蚱的事能叫裝好人？

猴子請來的水軍：我裝好人，那你怎麼不跟我說謝謝啊。

猴子請來的水軍：是，索恆是你在帶的作者沒錯！但是他們本質上來說是元月社的作者吧？每個月的稿費難道不是元月社在發？

猴子請來的水軍：晝川和江與誠確實比索恆他們紅得多，長了眼睛的都知道——但是你拿這個酸我有意思嗎？他們紅關我什麼事？

猴子請來的水軍：作者就像一尊大佛，想來就來、想走就走，《月光》雜誌，以及我們這些編輯，就是他們手底下無數廟裡的其中一座——你想把作者私有化，那就是在痴人說夢。

喵喵：我不跟妳說，我說一句妳有十句在等著。

猴子請來的水軍：那別說了，早解決問題大家早點安心睡覺。

于姚：吵夠了啊？吵夠了就都閉上嘴——老苗你這叫惱羞成怒。

于姚：這事先別通知作者，咱們還有時間，明天大家去找找手上信得過的、嘴巴嚴的作者，看能不能幫忙寫個後續——初禮妳去問問鬼娃，老苗去問河馬；索恆那邊也通知讓她自己寫寫，拿來我們改改措辭和文風直接用也行，然後我這邊也去問問別人——啊對了，無論是對索恆還是別的作者，問的時候別說稿子數量不夠，就說品質不好。

猴子請來的水軍：知道了。

喵喵：我還是偏向於取消這個企劃，反正這三個作者自從江與誠和鬼娃來之後給人讓道，上稿率也不行了，索性借這次機會徹底換了他們……

猴子請來的水軍：你可拉倒吧。

最後，在初禮毫不掩飾的嫌棄之中，要找人替索恆代寫一波的事就這麼定了下來。初禮鬆了一口氣，放下手機這才發現自己一手心全是汗，當時心裡就一個想法：以後誰再突發奇想地想要搞這種拚作者實力加人氣的活動，她第一個站出來以性命相拚也要堅決反對。

初禮：「老苗這麼弱智到底怎麼當上副主編的？」

「他都多大了，入行早，之前手底下的作者也挺多的，我是說在別的雜誌空降《月光》前——」

「他這樣的編輯還能招攬不少作者？」

「什麼樣的編輯手底下就會聚集什麼樣的作者，妳以為呢？人人都是為了心中的夢想一腳跨入這行啊——大部分人不過是為了一餐溫飽而已。」

「……溫飽？老苗拎著那包的價格夠我吃三個月。」
「他屬於吃得比較撐的那種。」

這一晚上初禮睡得早，並且在入睡前隱約有預感可能有什麼事要發生。

而女人的第六感向來是準確的。

第二天她早早來到編輯部，剛剛推開編輯部的門，就聽見裡面隱約傳來姑娘的哭聲。初禮悄悄推開門伸頭看了眼，然後一眼就看見有個不認識的姑娘坐在自己的位置上——也就是于姚和老苗的位置中間——在低頭抹眼淚。

老苗背對著門口，初禮看不清楚他的表情；反而是于姚一臉為難的模樣——來到《月光》編輯部好歹半年了，初禮還真沒見過于姚這種表情。

初禮哆嗦了下，「嗖」地把腦袋縮了回去！

猴子請來的水軍：好像出事了。

猴子請來的水軍：有個不認識的姑娘坐在我的椅子上哭，不知道是誰。

猴子請來的水軍：我現在進去會不會有點尷尬？

晝川：我聽說索恆也是G市人。

晝川：現在妳知道裡面的人該是誰了。

晝川：請假，回家。

晝川：回來時候再替我帶個叉燒腸粉，突然想吃。

初禮又不是晝川的小太監，當然不可能為了替他買腸粉真的請假，甩他一臉「自己出門買有益身心健康」，她收起手機，推開編輯部的門，徑直走向阿象的座位。

她一屁股坐下，打開 Photoshop 軟體，一邊強行假裝自己是美編，一邊偷瞄。

索恆的精神狀態看上去糟糕極了，面色蒼白得近乎於透明，眼底掛著濃重的黑眼圈，唯獨唇瓣被自己折磨啃咬得通紅。她的頭髮有些凌亂，長長的髮門簾似地擋在臉前，這麼熱的天，看上去好像也有幾天沒洗過了——很難想像這副精神緊繃的情況下，她是如何進行創作的。

一不小心想到了前幾天的晝川，除了還知道要洗澡之外似乎並沒有比她看起來好很多，好在當時初禮強行把他拽出門去……想到這，初禮收回目光，心中感慨：可惜那戲子絲毫不知道領情。

再看一眼QQ，對方這會兒果然還在生龍活虎地鬧著「連個腸粉都不買要妳何用」，她順手回了個「去睡回籠覺吧睡著就不餓了」，再關上QQ。

過了一會兒，踏著上班時間點的阿象走進來了，看著坐在自己位置上擺弄繪圖軟體的初禮，又看看坐在初禮位置上低頭抹眼淚的姑娘，她一臉懵逼。

初禮讓了半邊椅子，示意阿象過來擠擠。

阿象放下早餐真的過來和她擠擠，兩人擠在一張椅子上，一左一右拿出手機。

會飛的象：怎麼回事？

猴子請來的水軍：……昨天老苗鬧事情啊，老大前腳剛說完讓我們祕密找寫後續的別聲張，老苗轉頭就跟索恆說：妳那個開頭沒人寫後續，現在兩條路子，要嘛妳自己寫後續，要嘛一月刊卷首企劃直接取消，妳自己選吧。

會飛的象……

猴子請來的水軍：這兩個選項什麼鬼啊，真是往人家作者的心窩上戳，在人家尊嚴上墳頭跳舞呢？不如直接和作者說：上刀山和下油鍋妳自己選一個？

擠在一張椅子上的二人抬起頭對視一眼，就在這時候，索恆突然站起來，以整個編輯部都能聽得見的聲音說——

「我知道現在自己人氣不行，寫得也不好了——讀者天天天私信給我，大大妳怎麼越寫越差，大大好懷念當年那個字裡行間充滿了靈氣的妳……我看，我還不懂嗎？我真不用誰來同情我，你們想把我的稿子撤了，想把我的人撤了，都沒關係！」

初禮一把揪住阿象的衣袖，阿象立刻擺出「妳別抓我我也害怕」的表情甩開她。

一室沉默之中。

索恆抽泣一聲：「我也不想寫了，這麼些年，我從顛峰走到低谷，我受夠了……只是，如果妳不想我寫了，妳自己告訴我，何必隨便找個編輯來侮辱我、打發我走？」

氣氛瞬間變得有點瓊瑤風，于姚原本是站著的，這會兒直接坐回椅子上，椅子一轉，背對著大家。她低著頭，良久，用略微沙啞的聲音嘆息了聲：「對不起啊，都是我的錯。」

初禮和阿象瞬間瑟瑟發抖地抱成一團。

會飛的象…………馬的我穿越到什麼奇奇怪怪的文藝片電影裡來了？老大她又怎麼了來著？

猴子請來的水軍……

于姚這事，說來話長。

初禮在這坐了二十分鐘，表面上是瞪著 Photoshop 發了二十分鐘的呆，其實是豎起耳朵聚精會神地聽了二十分鐘的八卦。

原來就真的像是晝川和老苗曾經旁敲側擊提醒過的一樣，于姚和索恆是早早就認識的了……七、八年前，索恆剛剛年少成名，于姚也還年輕，是個剛剛一腳踏入編輯部、內心充滿熱情的新人編輯。

兩個新人撞在一起，發生了奇妙的化學反應，索恆的第一本書簽給于姚後，初生牛犢不怕虎的于姚厚著臉皮，動用了一切可以去請求、去諮詢的路子，去替索恆這本書鋪路、宣傳。最終，索恆做為新人，第一本書就達到了一個對於當時的出版社來說非常不可思議的印量！

當時于姚一下子在編輯部站穩腳跟，同時索恆也面對著各種隨之而來的榮譽。

超級新人。

最有潛力的美女作家。

九〇後暢銷書女作家。

暢銷書界新星……

之類的。

當時索恆也很感激于姚，兩人一拍即合，成為摯友。甚至在于姚伴隨著工作調動來到G市後，索恆也跟著來到G市，兩人既是編輯與作者的關係，同時也做為摯友一起合租。

每天下班，索恆做好飯在家等于姚，于姚都會和索恆一邊吃飯一邊討論索恆的新書劇情、大綱，討論完了，索恆就會扔了碗筷開始一天的創作。

很快的，在她們的討論之中，索恆的第二本書誕生了，依然大賣，本來是挺皆大歡喜的一件事，但是這個時候，出問題了——

人一旦達到了某個高度，就開始幻想更高、更廣闊的領域，索恆和于姚都不再滿足於做「三、五萬首印量」的「暢銷書」，她們想要把創作的格局拉大，將自己的書推向更多的讀者。

索恆開始第一次認真考慮關於「寫作」這件事的技巧和方式；同時，于姚也把一本本創作指導書籍往家裡搬，什麼《開發故事創意》、《電影劇本寫作基礎》、《Story》……應有盡有。

透過事件來表達人物的情緒和性格才更加立體。

妳這樣寫不對。

人物的性格必須是豐富的，好人不能完全是好人，他的性格裡必須要有一些無關三觀的缺陷——比如如果主人公是少年，那他擁有中二病就很合理。

人物太單調，妳應該想想他們背後有什麼樣的故事在，把他們當作是活人，擁有過去的活人。妳想好寫好拿給我看，我們再一起討論……

諸如此類的討論開始出現，剛開始，索恆按照這套路去改，第三本書的時候，確實有被讀者誇獎「寫作手法更成熟了」之類的說法。

但是第四本書開始，不知道怎麼的，銷量開始下滑。

陸續有「感覺太書面化了」、「教科書一般的寫作，看著挺好，但是沒什麼共鳴啊大大」、「這個作者越寫越商業化，沒靈氣了」、「江郎才盡」這種評論出現——

用初禮的話說，你可以說一個作者這本書寫得超爛、超不好看，但是你不能說她江郎才盡、沒靈氣……這絕對是對著作者的心窩捅刀子。

索恆以為是自己的瓶頸期到了，也很努力地看更多寫作書籍，想要走出瓶頸。

這個過程一直持續到今天，索恆還是在元月社出書，只是現在再提什麼「有才氣」的作者，人們幾乎已經忘記了索恆這個存在。

于姚也已經不帶她了，兩人就像是逃避什麼似的，于姚搬出了她們合租的公寓，來到《月光》雜誌編輯部。

索恆跟著過來了，但卻是由老苗直接跟她聯繫。

以上。

其中具體發生了什麼事，其實初禮也不知道，只是看目前的情況，于姚很後悔當初給索恆看那些亂七八糟的寫作書，並認為是自己害了索恆。

馬的。

狗血。

編輯和作者之間還能搞出如此不落俗套的悲慘結局也是不容易。

至此，初禮總算是明白，打從進入《月光》編輯部開始，她就感覺到的那種違和感到底是怎麼回事。

為什麼于姚總幫著她說話，大概是因為于姚在她的身上看見了當年自己的影子。于姚形容初禮時，一口一個的「熱情」和「熱血」。

為什麼于姚對於初禮要刪減和修改《洛河神書》時，總是態度曖昧，一切以遵重作者的意見為標準。

為什麼于姚在面對「索恆」的事上，只要老苗提起，她就會顯得比較退讓。

為什麼于姚很少插手管作者寫什麼、怎麼寫，初禮甚至一度認為于姚是不是在這方面並不擁有自己的判斷力……

原來，于姚只是一個一朝被蛇咬、十年怕井繩的過來人罷了。

初禮和阿象擠在一張椅子上圍觀完整場大戲，于姚和索恆出去了，出去之前她看了老苗一眼，看上去好像是第一次對他明面上表達出很大的不滿。

編輯部的氣壓再次恢復正常後，初禮坐回自己的位置，打開QQ，跟晝川討論了一波于姚和索恆的事。

晝川：妳也知道了？所以那天我說什麼來著，現在的大環境中，作者其實已經不需要編輯了，因為真正能起到正面作用的編輯太少。

晝川：一個連自己想要什麼都不知道的編輯，盲目地推動著作者前進，這就是害人。

晝川：妳那天還瞪我，就好像我是什麼十惡不赦、不知好歹的白眼狼。

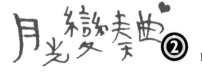

猴子請來的水軍：老師，我跟你評論這件事只是想感慨一句，索恆和于姚這波同居套路和咱們倆有點像。

晝川：哪裡像？

晝川：我沒有和妳坐在餐桌上討論我正在寫的書，也沒有在飯後穿著睡衣坐在梳妝鏡前一邊互相幫對方梳頭髮一邊討論我的新書主角下一個壞蛋該殺誰……

晝川：十幾年後或許我過氣了，但是我不會坐在妳的面前哭著對妳說——我可以不寫了，但是如果妳要我放棄，請妳親口對我說。

初禮：「……」

晝川打字速度超快，快到初禮還沒想好怎麼反駁他上一句的發言，他的下二句、三句就已經出現了——

晝川：妳敢把教寫作的書往家裡搬，說出一句「老師請你看一看」，我就敢站在家門口跟妳打一架，然後把那些書撕掉點燃了為妳的屍體火葬儀式添磚加瓦。

晝川：我真的會，不信妳試試看。

晝川：我將會在監獄裡完成本人的最後一本巨作：《殺死編輯》。

初禮：「……」

媽的智障。

猴子請來的水軍：我只是心中有少女情愁千萬縷，想和你聊聊天，你卻把天聊死了。

晝川：聊個屁啊，當我很閒？

下午，出去了整整一個白天的于姚回來了，她看上去很疲憊地告訴大家，一月刊卷首企劃不取消，大家繼續找人代筆，把三位作者的後續寫好。

眾人得令。

這一天，于姚再也沒和老苗說上哪怕一個字。

晚上，初禮回到家。

照常替那個幾個小時前揚言要寫一本名叫《殺死編輯》的作者做了飯，兩人坐在餐桌邊保持基本禮儀地沉默著吃完飯，初禮放下碗筷。

初禮：「今天我洗鍋，老師，你花二十分鐘替索恆寫個後續怎麼樣？」

晝川蹺著二郎腿捏著一張紙巾擦嘴，眼角一挑，那樣子看上去異常跩：「于姚叫妳找我啊？」

初禮沉默了下：「沒有，只是這事你既然知道了，我也不想再去求別的作者，這種事圈內的人知道的越少越好……」

「哦。」晝川上下打量了下初禮，沒說話，臉上似笑非笑的，像是在嘲笑她吃飽了撐著爛好心。索恆又不是她在帶，瞎操什麼空心？

在男人那樣戲謔的目光打量下，初禮咬了咬下唇，端著碗筷進了廚房，往水槽裡一扔，打開手機，找一個她唯一覺得能幫得上忙的圈外人——

L君。

她簡單地說了下這次事件的前因後果，L君很快就給了初禮回應。

消失的L君：這事妳找正經八百寫文的幫忙更合適啊，找過晝川了嗎？妳最近跟他關係不是挺好的？

猴子請來的水軍：？他早上還揚言要跟我打一架，並寫一本記錄他自己殺人過程的書《殺死編輯》……馬的這個大雷包，還以為自己東野圭吾啊！

猴子請來的水軍：剛才我當著他的面求他了，不願意的，還用那種「妳是不是有病還是以為我有病」的眼神看著我。

猴子請來的水軍：說著都來氣。

猴子請來的水軍：請他不如自己寫。

將手機一扔，初禮開始「匡匡」地洗碗。

此時她聽見晝川開門帶二狗出去散步的聲音，伸腦袋看了眼，這傢伙出門還不帶手機。

對著男人的背影做了個鬼臉，初禮縮回腦袋繼續洗碗……二十分鐘後，當廚房外重新響起開門聲，和狗爪子踩在地上的「噠噠」聲，初禮正好將最後一個擦乾的鍋子塞回櫥櫃裡。

在圍裙上擦擦手，解開圍裙團成一團，初禮一手抓著圍裙，一手抓著手機走出廚房。此時，手上的手機震動，她低下頭正好看見L君在沉默了一會兒不知道幹麼去了之後，終於回她——

消失的L君：這麼生氣啊？

消失的L君：妳又沒跟他說妳很著急啊，對不對？

消失的L君：嗨呀行行行，我幫妳啊，著什麼急，不是還有我嗎？

消失的L君：明天早上天亮之前發給妳。

初禮長吁一口氣。

正想跟晝川炫耀一波「老子找到人幫忙了不用你了你哪涼快哪待著去」，結果抬起頭就看見此時剛回家的男人這會兒依靠在沙發邊上，一隻手拿著他的手機，這會兒不知道在跟什麼人聊天，「叮叮咚咚」的新消息提示音中，他目光難得柔和，脣角微微挑起。

他低著頭，專心致志又耐心的模樣，在和某個不知道是誰的人在聊天。

初禮在他面前站了老半天，他都沒抬起頭看她，哪怕一眼。

到了嘴邊的炫耀和耀武揚威一下子吞嚥回肚子裡，剛剛洗過碗的手這會兒手背還有些溼潤，抓著圍裙的手指微微收緊，圓潤的指尖因為這樣的動作微微泛白。

初禮忽然想到自己剛才進廚房洗碗前，這傢伙用那種打量非人類的方式打量她的眼神——

……差別待遇太大了吧？

他什麼時候用過這種表情和我說過話？

心中忽然泛起一陣煩躁和酸勁，初禮皺著眉，將手裡的圍裙往沙發上狠狠一扔，頭也不回地上樓去了。

小姑娘拖鞋踩在通往閣樓的樓梯上，發出「啪啪」巨響。

坐在樓下的晝川這才抬起頭，一臉茫然地看了眼被扔在沙發上皺巴巴的圍裙，又看看身後的樓梯。

雖然是以L君的身分，但我他媽不都紆尊降貴答應替妳寫了？

還有什麼不滿意？

這又怎麼了？

啊？

初禮踢著正步回到房間裡，甩上門，為了分散注意力刷了刷手機，正好刷到晝川更新的新雞湯微博。這個人最近微博有向營銷號靠近的趨勢，每天晚上餐後時間九點半固定發一條互動話題跟讀者聊個五毛錢。

今日的話題是：說一說最近一件讓你困擾的事。

初禮：「……」

刷粉加Q7758520：「最近陷入一個陌生的節奏，朝夕相對一個人，幫助他的工作還要照顧他的生活，不知不覺之間好像就對他比以前更加關注了一些有的沒的——說話時候不自覺盯著他的眼睛，一些瑣碎的八卦也會下意識找他聊一聊（以前會找其他人），日常臉紅當飯吃（主要是因為那個王八口無遮攔）……

剛開始我認真地覺得自己是在欣賞他的才華，直到前一秒我開始疲憊於他對我說話時那種理所當然的語氣……明明自己也從他那撈了不少好處，很煩自己這樣不知滿足的狀態，所以，我這是怎麼啦，急，線上等。」

指尖放在評論鍵上猶豫了一下之後發送出去，看到評論成功的那一刻，初禮手一哆嗦把自己的手機扔出去。

外面的月光傾灑入閣樓，一陣初秋的涼風吹入，初禮抖了下，爬下床、關上窗，此時腦袋倒是清醒了一些，於是連忙跑回床上黑暗之中四處摸索自己的手機，有些著急地想把手機拿起來把評論刪掉。

「我有病啊，在他的微博底下說這個！」

拍了拍自己的腦袋，終於在枕頭邊翻找到了扔開的手機，拿起來一看卻發現剛才發出去的評論這個時候已經有了七、八個回覆。

此時距離評論發出去前後不到一分鐘，她就去關了個窗而已……啊，這個戲子的讀者，還真熱情？

小文文回覆@刷粉加Q77558520：「挺浪漫啊，照顧生活照顧工作？韓劇套路喔。」

啊噠噠想上街回覆@刷粉加Q77558520：「這年頭賣殭屍粉的也能談戀愛了？」

氪金不能改變命運回覆@刷粉加Q77558520：「傻孩子，當然是妳戀愛了啊——以上的描述不就是戀愛前期最美好的狀態嗎？患得患失，因為他一句話歡喜；因為他一個眼神而低落……啊，年輕真好啊。」

我是誰回覆@刷粉加Q77558520：「妳戀愛了。」

誰是我回覆@刷粉加Q77558520：「妳戀愛了＋1。」

這不可能回覆@刷粉加Q77558520：「大概是因為妳喜歡他吧，祝擁有一個好的結果。」

狼來了回覆@刷粉加Q77558520：「每次這個點看晝川大大的微博都有種在圍觀『非誠勿擾』現場的感覺，哎呀，總之還是祝福吧，少女情懷總是詩。」

初禮：「……」

不行了。

這些人，淨胡說八道。

不愧是戲子大大的讀者，隨他們大大的性子，張口就來，想像力豐富得沉默一秒間已經腦補出了一個新世界。

初禮扔了手機，拍拍「怦怦」亂跳的胸口讓心臟稍微淡定。

戀愛？沒有的事。

哪怕是有，也不能夠是晝川啊。

深呼吸一口氣，初禮覺得有些口乾舌燥的，於是拉開門重新走下閣樓樓梯——養生型二狗已經回狗窩睡覺去了，沙發上，男人還保持著初禮上樓時候的姿勢半靠在那裡玩手機……

初禮瞥了他一眼發現他在刷微博後，便飛快地把自己的眼睛挪開，目不斜視地穿過整個客廳，走進廚房拉開冰箱，彎下腰從冰箱裡拿了一瓶蘇打水。指尖剛剛觸碰到冰涼的玻璃瓶身，客廳裡，一個懶洋洋的聲音響起。

「妳微博號多少啊，來我關注妳啊。」

初禮的指尖在玻璃瓶上打了個滑，水霧之上留下一道像鼻涕蟲爬過的痕跡。

她伸出手，一把將蘇打水拿出來，「啪」地一下關上冰箱門走出廚房，抬了抬眼皮，神色淡漠：「我不怎麼玩那個，只有《月光》雜誌官方微博你要不要？」

「……妳才是山頂洞人派來城裡的洞派代表吧，微博都不用？再說了，我關注雜誌官方微博幹麼？」晝川眼睛還盯著手中的手機，稍稍坐起來一些，「現在什麼新聞不是第一手消息發在微博啊，上個頭版頭條熱搜的比什麼都強，而且微博上有趣的人也很多啊，妳怎麼能不刷微博……老子吃了妳的迷魂藥吧，看看都把《洛河神書》簽給什麼不明生物了？」

初禮：「……」

「妳過來。」

初禮抓著蘇打水走過去。

「妳看，我剛剛發了條微博，讓讀者們說說最近一件覺得困擾的事，然後大家互相幫助解決——有一個粉絲說『朝夕相對一個人，幫助他的工作還要照顧他的生活，不知不覺之間好像就對他比以前更加關注了一些有的沒的』……」

初禮：「……」

男人一字不漏地將這評論唸了出來：「『明明自己也從他那撈了不少好處，很煩自己這樣不知滿足的狀態，所以，我這是怎麼啦』……」

初禮：「怎樣？還不許人家提問了？」

「我就想說隔著手機螢幕都能聞到少女戀愛的酸腐氣息。」晝川抬起頭看了眼初禮，發現他的編輯頂著一張毫無波瀾的死人臉，「……妳看妳看妳看，妳倒是去照照鏡子看看自己這張毫無波動的臉，所以妳什麼都不懂——妳說同樣是幫助我的工作、照顧我的生活，為什麼妳說話時總是不看著我的眼睛，妳為什麼都不會臉紅；還有除了工作，妳也不找我八卦還不許我跟妳八卦……」

初禮：「……」

坐在沙發上的男人坐直了些：「我哪不好啊？就一點兒也激不起妳的少女心？」

初禮動了動唇。

晝川：「可以，看來這個問題讓妳覺得難以啟齒。」

晝川又問：「最後一個問題，妳欣賞我的才華嗎？」

「什麼才華？」初禮聽見自己乾巴巴的聲音響起，「破折號滿天飛還不願改還是兩隻相愛相殺的雄性神獸一言不合喜得麟子？」

晝川怒了：「妳沒有少女心。」

初禮也怒了：「有也不給你！」

提高了嗓門將手中冰涼的蘇打水往晝川懷裡一扔，在對方下意識地伸出雙手接過後，響亮地「哼」了一聲扭頭上樓。

晝川抱著一瓶蘇打水，手裡還拿著手機，懵逼地看著身後一個小時之內第二次上演「哥吉拉爬樓梯」的小姑娘，停頓了下說：「我怎麼覺得妳這是惱羞成怒呢？我不就誇了句我讀者比妳有少女心比妳可愛嗎？」

「讀者可愛你跟讀者過日子去！讓他們替你做飯遛狗洗衣服！」

「匡」的一聲，樓上的門被甩上。

樓下的窗戶跟著震了三震。

晝川在原地愣了三秒，伸長了脖子衝樓上吼：「妳拆房子啊！」

沒有回應。

當天晚上，初禮作了一晚上的惡夢，最荒唐的那一個是她鼓足了勇氣向晝川告白，晝川就拿著手機，前一秒還保持著跟那個不知道是誰的人聊天時的柔和模樣，下一秒便抬起頭，看著她似笑非笑地說：「妳把妳的心拿出來給我看看？」

初禮真的把自己開膛剖肚了，結果打開胸腔發現裡面是空的。男人笑著說：「妳看吧，我就說過了，妳沒有少女心。」

夢裡，初禮「哇」的一聲哭了，又急又傷心，敞著鮮血淋漓的胸腔滿世界地問：你看見我的少女心了嗎？

然後就嚇醒了。

睜開眼，盯著熟悉的閣樓天花板，胸腔之中的心臟正有力地跳動著折磨它的主人，初禮從上一秒夢境裡那傷心得快要背過氣去的情緒裡回過神來時，第一反應就是：我去你媽的，這是要中邪啊？

爬起來刷牙洗臉下樓，看了眼空蕩蕩的廚房，初禮走到晝川的房門前：「吃早餐嗎？」

裡面沒動靜。

估計昨晚又是趕稿到凌晨，這會兒睡死過去了？通常這種時候初禮也不在家裡吃了，餵了二狗罐頭後，自己收拾收拾就在上班路上隨便吃點兒什麼雞蛋灌餅。

她掛著黑眼圈，踩著上班的時間點來到《月光》雜誌編輯部，放下包，打開電腦、打開QQ，第一眼就看見了L君發過來的離線WORD文檔。初禮順便看了眼檔案發送時間：凌晨四點四十五分。

初禮將文檔另存到電腦桌面，「都是夜貓。」

那個所謂的「都」，具體還涵括了誰，這裡並不點名。

初禮收拾了下心情，一心沉浸進工作裡，打開L君的文檔看了眼他替索恆寫好的故事接龍後續——

索恆的故事開頭說到帝國將星殞落，而L君給的後續大概有三千字……說這位年輕的帝國將星殞落是因為帝國權力爭奪，家室清白的他成為犧牲品；然而這位功臣其實並沒有死去，而是流落至聯盟某偏遠小星球，在那裡，他收養了一個普通的貧民小孩準備安靜過完餘生。沒想到的是，伴隨著這個小孩越長越大，他驚訝地發現原來養子並不是人類，而是傳說中伴隨著上一次宇宙自毀、殞落於億萬年前的遠古機甲……

在三千字中，整個故事以介於文章大綱和日記體記敘方式，將來龍去脈交代得清清楚楚，情節跌宕起伏，最後這名年輕的將星駕駛著遠古機甲殺回帝國，結合舊部，肅清帝國高層，登基為帝國編年史上最年輕的皇帝。

看到最後，初禮還沉浸在對結局這種意料之外又似乎合乎情理的震驚之中——整篇文，意外的，非常不錯。

這些年沒有看L君寫過東西了，初禮有些驚訝於他不僅筆觸沒有生疏退步，甚至還有進步……就好像這些年他一直持續寫作從未荒廢！

在初禮看來，這篇文的後續續寫無論是從文筆還是講故事的精采程度，似乎已經完完全全超越了索恆本身給的開頭。

如果不是知道寫這篇文的人是個圈外的門外漢，這會兒初禮估計都要順著投稿信箱去找投稿人問問他有沒有興趣來一次正經八百的投稿了！

初禮懷著激動的心情，將稿子校對好後發給于姚和老苗，老苗如一潭死水般看過之後什麼都沒說。

于姚倒是看上去挺高興的，抓著初禮問：「這稿子誰寫的啊？寫得真好，是鬼娃嗎？看文風有點不像。」

就像是自家小孩被人家誇了似的，初禮甚至有點小小地為L君感到驕傲，她咧開嘴露出個清晰的笑容：「是我一個朋友。」

「男朋友，男朋友，」阿象正好路過她身後，要拿隨身碟給于姚看個設計，瞥了眼初禮桌面上沒關掉的L君的對話視窗，「我上次看見他叫妳媳婦兒……」

「鬧著玩的。」初禮連忙說。

「妳男朋友對妳真好啊，還替妳寫稿子？他自己是圈內人嗎？能不能跟他約個稿試試啊？」于姚又對著文檔看了一遍，有些愛不釋手，「文風老練，乾淨俐落，情節信手拈來……要我看，還真不比晝川差很多啊！」

「過了，過了……」初禮尷尬地說，「以前他就模仿晝川寫文，被人稱作『小晝川』，妳這一句『和畫川差不多』就真尷尬了。」

「我們元月社向來不拒絕挖掘新人。」

「……好好好，我去問問他有沒有興趣寫個短篇試試。」初禮碎碎唸，「萬一這次只是他十年難得一見的超常發揮，到時候你們可別擺失望臉給我看吶，他好多年沒寫東西了，真不一定寫得好——阿象妳笑什麼啊！」

「看妳護犢子的模樣。」阿象傻笑道，「真有意思。」

「我我我怎麼護犢子啦？」

「不就約個稿子嗎？還提前替我們打一百個預防針……生怕我們多說他一句不是。」

初禮翻了翻眼睛，轉頭在鍵盤上敲字，先用八百字對L君表達感激涕零，再用三百字拍一波馬屁表示編輯部上下如何對此後續驚為天人，最後用簡潔有力且有點心虛的六個字直奔主題：約稿不？稿費高。

L君沒有回覆。

估計是還沒睡醒。

下午初禮在《月光》官方微博放了一波各位大大們的故事接龍後續投稿整理預覽——就是將投稿了、不管選沒選上的稿子都截一部分拿出來發一發，讓投稿的讀者們滿足下「我被官方親選」之虛榮心，也算是給一個回應表示「你們的投稿我們真的有認真看哦」，不至於投稿石沉大海，打擊了積極性……

L君的那一段自然也被夾在其中發出。

原本這就是一個很平常的動作。

然而讓初禮沒想到的是，下午快下班時，她習慣性地刷了下官方微博評論，這時候在私信看到了這麼一個留言——

「官博大大您好QVQ這裡是晝川大大九年老粉，從大大第一本書出道開始就關注大大，每一本書都會顛過來倒過去看十遍以上那種！今天有個問題不知道方便透露不。索恆的故事接龍後續投稿裡，那個叫『L君』的投稿人是不是就是晝川？文風太像了，字裡行間都是我熟悉的氣息，我不可能認錯的。

求解答。

跪謝。」

初禮：「……」

第六章

如果有一天，妳發現妳無接縫親密交流三年的A大神狂熱模仿者，其實就是A大神本尊，妳會有什麼樣的反應？

……欣喜若狂？驚慌失措？直接拉黑江湖再也不見？還是假裝什麼都沒發生陪他玩這一場心照不宣的角色扮演遊戲？

初禮順手回覆此粉絲「抱歉哦，投稿者的具體資訊我們是不可以透露的呢」，然後雙手離開鍵盤，開始思考自己的人生……

這讀者的懷疑對她來說可以算得上是當頭棒喝了，沒人提到也還好，她都可以拿「本來L君就是在模仿晝川嘛有什麼好稀奇的」來搪塞過去，可以強行判斷自己一切的猜測都是先入為主造成的錯覺。

但是現在，就連晝川的路人粉絲都這麼覺得了。

仔細想想，L君和晝川還真有那麼一點點像。

這裡不僅指文風套路上的。

比如L君和晝川的聲音都是一個路線的，雖然她和L君語音的次數並不多，第一次語音時，晝川還是感冒的，根本沒辦法對比。

比如回想一下，在她第一次見識到「怒氣沖沖的狐狸先生」那天下午，L君也神祕失蹤，聲稱自己有事出門了……如果所謂的「有事」就是來元月社「找事」呢？

通常聯繫不上晝川的時候，L君肯定也是屍體一具毫無反應。

晝川名人名言「當我要飯的啊」一出的當天晚上，L君對元月社送出了「要圓寂」、「要倒閉」的真誠祝福，彷彿苦大仇深。

晝川家門口廢紙堆裡的繭娘娘前五十特典簽名版畫集。

《洛河神書》在這之後被順利簽下，期間晝川態度一百八十度大逆轉。

第一次卷首企劃找不到作者，前腳和L君抱怨後，後腳江與誠自己找上門來。

江與誠再怎麼照顧老粉絲，他怎麼就能這麼巧地在她最需要幫助的時候自己找上門來？幸運女神睜開眼也不能是這種孫悟空似的火眼金睛，指哪打哪啊。

而晝川和江與誠好到就差穿一條開襠褲。

上次江與誠的卷首企劃事件爆發當天，晝川跑去B市泡溫泉；當晚初禮和L君打電話，L君開了變聲器，初禮聽見他那邊有人走動的聲音和水聲，當時初禮還心很大地覺得他是在浴缸裡和她說話，並嘲笑他日理萬機……

可是。

浴缸旁邊怎麼會有人走來走去啊！

如果在浴室裡，哪怕是開了變聲器也應該有回聲啊！

初禮坐在位置上，感覺自己突然打開了新世界的大門。老苗在旁邊和她說話也聽不見他到底在說什麼，渾渾噩噩地應下來了，然後又打開L君發給她的文檔仔細看。

一旦接受了這個設定，初禮發現文風的確像，這裡像、那裡也像，連標點符號都……L君的行文字裡行間都像晝川的文風，雖然能感覺到寫東西的人已經極力克制不讓標誌性的破折號滿天飛，但是基本隔個一、兩段還是會出現那麼一、兩次……

越看越像。

就是啊，一個三年都沒怎麼寫東西的人，再寫東西時撲面而來的熟練感，就連初禮的第一反應也是：這三年他從未放下過寫文這件事。

初禮縮在椅子上，胡思亂想，思緒一不小心就飄到了一些比較遙遠且奇怪的方向，想像一下晝川一口一個「媳婦兒」、「媳婦兒」地叫著自己，面頰微微升溫，心跳跟著加速——那種熟悉的感覺又來了。

初禮抬起手捶捶胸口，咚咚響的，于姚都聽見了，抬起頭叫了她一聲：「沒事吧？不舒服就請假回家。」

「……沒事。」初禮抬起手，將頭髮撥至耳後，白皙的面頰此時浮現著可疑的淡粉色紅暈，她停頓了一下，強調，「我沒事。」

阿象隔著老苗盯著初禮看了一會兒，然後縮了回去，在QQ上跟初禮打字——

會飛的象：妳可不像沒事啊，是不是病了？看妳天天伺候那三個富樫義博……根據不完全統計，幹咱們這行的猝死機率比別的職業高百分之三十，僅次於各大遊戲公司的遊戲佬——不過鑑於妳手上有三個富樫義博，妳應該和遊戲佬五五開。

猴子請來的水軍……

猴子請來的水軍：我們中間就隔了一個老苗，妳有啥話不能直接說非要打字？

會飛的象：「一個害羞的表情包」

會飛的象：妳又不是不知道，社交障礙，不然剛開始怎麼輪得到隔壁的綠茶鳥欺負我？

猴子請來的水軍……

初禮謝過了阿象的關心之後，繼續恢復到靈魂出竅的狀態。

如果晝川真的是L君怎麼辦啊，老子天天跟L君吐槽晝川，一口一個戲子的根本停不下來。

不對啊，如果L君真的是晝川，這種情況下他弄死我都來不及啊怎麼可能還好心留四百二十萬的閣樓給我住還不要房租？

那麼問題來了，如果晝川不是L君你們倆哪來的深刻情誼讓別人犧牲四百二十萬的閣樓給妳住？

……不對啊，我不是也有替他做飯遛狗洗衣服打掃環境嗎？今天早上出門隔壁大媽還以為我是晝川的媳婦兒呢誇我勤快。

做飯遛狗洗衣服誰不能做啊？

不對啊，APP上能叫來的家政阿姨哪有我年輕漂亮！

做飯遛狗洗衣服要什麼年輕漂亮！

……不對啊，好歹是要在他家走來走去的嘛？

如此這般，在以上這「上一秒想通了，下一秒又想不通了」的糾結狀態裡，初禮渾渾噩噩地度過了一整天的上班時間。中午吃泡麵時，她還鬧出了把調味料包的料全部抖垃圾桶裡，剩下的調味料包扔進泡麵裡還認認真真往裡面灌開水最後跟阿象借了一把鹽勉強吃了一頓水煮麵的笑話。

工作進度當然為零。

快到下班時間的時候，初禮也沒能鼓起勇氣跟L君或者晝川的其中一個人說話。聽見下班鐘響，旁邊老苗「咿呀呀」伸懶腰的聲音中，初禮如釋重負地關掉電腦，抓起包站起來，考慮著今晚要不去哪個橋洞下面和丐幫兄弟擠擠？

……現在的她光想到晝川的臉，就順便腦補他叫她「媳婦兒」。

她正陷入沉思，這個時候于姚把大家叫住，初禮反射性地回頭，下一秒就看見于姚將兩張電影票塞進她的手裡：「元月社上頭發下來的福利，這週會上一部講作者和編輯的電影——你們這些人都帶著手下比較親近的作者去看看，增加一些共鳴，拉近拉近關係……」

初禮盯著手上兩張電影票。

于姚笑咪咪道：「初禮，妳也可以帶妳的男朋友去看呀，叫什麼來著，L君。」

反正他即將要成為我們想要合作的作者之一……

于姚後半句話還沒來得及說出口。

這時候卻看見初禮抬起頭，奇奇怪怪地看了她一眼：「我為什麼要帶晝川去看電影啊？」

于姚：「啊？」

一室靜謐。

沒等眾人反應過來，初禮已經在眾目睽睽之下，頂著「我也沒說錯什麼你們沉默個屁」的理所當然表情，衝著一臉懵逼的于姚甜蜜地笑了笑，然後轉身，踩著飄忽的步子走出編輯部。

直到她的背影徹底消失在編輯部眾人的眼中，老苗終於成為了先打破沉默的那個——

他眨眨眼，用充滿困惑的語氣問：「她男朋友？晝川？誰？」

下班後，初禮在外面閒晃一下才回家。

其實也沒幹太多事，就是地鐵刻意多坐過了兩個站。

她出了地鐵，去了趟超市，扛了一袋子米，認認真真、仔仔細細挑揀了一些零食、優酪乳還有蔬菜。

回來的時候拎著的東西太多太重，她走三步休息半分鐘，比蝸牛還慢才挪回家……

到家的時候沒有人也沒有狗來迎接，初禮脫了鞋子，站在玄關往裡頭一看，已經餓得透透的一人一狗像是屍體般掛在沙發上。二狗只剩下抬起頭看她一眼的力氣；男人一隻大腳踩在狗肚子上，在打手機遊戲，聽見了動靜抬起頭瞥了站在玄關的小姑娘一眼。

兩人對視了三秒。

初禮脣角抽搐了下，連忙低下頭。

遠在沙發上的男人並沒有捕捉到這個細節，他的注意力很快又回到手中在打的手機遊戲上，同時用平靜的聲音道：「在古代，把一個男人的胃強行調整成早中午三餐一餐不落的健康胃，又不準時定點投餵，是要被浸豬籠的。」

如此一本正經地胡說八道。

初禮沒說話，扔了米袋子和超市扛回來的那些零碎東西，甩了鞋子，放下包，踮起腳從鞋櫃上方將拖鞋拿下來，正彎腰穿拖鞋，又聽見沙發上的男人翻了個身，隨口問：「回來那麼晚，加班啊？」

初禮彎腰穿鞋的動作一頓——

戰爭，又開始了。

第一回合。

「……對啊，今天又加班。」初禮穿好拖鞋，若無其事地走進屋子，「餓壞了吧？餓壞了自己不知道叫外賣先墊墊肚子——十二月書展馬上來了，《洛河神書》和《聽聞》都在趕上市宣傳策劃呢，封面工藝什麼的也都在確定推進……嗨呀，跟你說了你也聽不懂。」

「那妳還說什麼說。」

「就是告訴你，我最近加班很多啊，你別死心塌地等著我回來替你做飯——」

「我給妳地方住，于姚給妳加班費嗎？」躺在沙發上的男人又「嘎吱」一下翻了個身，繼續打遊戲，「哪邊比較重要妳還不清楚啊，缺心眼的。」

「是，我就是不知好歹、缺心眼啊！」初禮拖著一袋米，吭哧吭哧往廚房走，同時抬起頭瞥了晝川那邊一眼，看了眼晝川被藏在手機後面的臉，「畢竟你當初提醒我元月社是個快圓寂了的地方我不也沒聽你的……」

「妳什麼時候聽過我的啊？」

埋頭打遊戲的晝川順口回了一句——然後突然在手機螢幕上摁摁摁的手指一頓，腦內警鈴大作，頭腦風暴，驚濤駭浪！

整個客廳陷入一秒的死寂後，晝川懸空在手機螢幕上的手指動了起來，翻了個身，一秒用無接縫的自然語氣接上：「再說元月社怎麼就要圓寂了？妳聽誰說的，我書還沒出呢，元月社倒閉了像什麼話，妳可別亂說話。」

初禮：「……」

第二回合。

初禮先替二狗餵了罐頭墊肚子，然後轉身去廚房裡做人的飯。因為在路上折騰久了，別說晝川，她也餓了，所以簡單炒了個青菜，然後是青椒番茄炒肉，最後做個番茄蛋花湯，上桌吃飯。

一頓狼吞虎嚥。

坐在桌子另外一邊捧著碗的晝川看著她餓死鬼投胎似的：「那麼餓不知道早點回家，有什麼做不完的事不能帶回家吃完飯再做……」

「《聽聞》的進度也在趕啊，兩本書一起搞，我頭暈眼花的，你又不是不知道阿鬼那個人寫的東西騷氣四射的，我沒事幹就得抓著稿子自己再校對，生怕漏看什麼——現在所有的資料都在公司電腦裡，萬一把你和阿鬼的東西搞反了，又要被扣工資……」

晝川伸筷子夾肉的動作一頓，隱約感覺哪裡不對……茶色瞳眸沉了沉，脣角一勾：「一口一個阿鬼，誰啊，叫得那麼親密。」

「咦？」初禮瞪大眼，「阿鬼啊，你不認識嗎？」

肉片穩穩夾起來落入碗中，晝川莞爾一笑，聲音真誠：「不認識。」

「在你背後的鬼。」

「誰啊。」

「鬼娃。」

「喔，她啊。」飯桌邊的晝川穩定得不行，完全是評論陌生人的語氣，「官方微博轉發時候見到過，寫什麼題材的啊，很紅嗎？勞煩您《月光》第一金牌編輯親自帶，男的女的？」

「……寫耽美的，挺紅，是我朋友所以我親自帶，女的。」

「有機會介紹認識認識。」晝川瞥了她一眼，淡淡道，「同行嘛。」

初禮：「……」

第三回合。

吃完飯，晝川洗鍋，初禮洗碗。

晝川舉起鍋，「匡」地扔洗碗池裡：「商量件事，以後誰煮飯誰洗碗怎麼樣？」

初禮瞥了眼身邊這手長腿長、手無縛雞之力、舉個鍋手背上青筋都冒出來還抖啊抖的男人：「你怎麼不說誰煮飯誰吃飯？」

「妳確實吃飯啊，沒錯。」晝川擰開水龍頭，一邊碎碎唸，「老子身價千萬的大大，一般編輯都得和我跪著說話，妳就在這吃我的住我的還讓我洗鍋——噯，看一眼，洗潔精這麼多夠不夠？」

初禮伸腦袋看了眼他手掌心那一大灘洗潔精，眼角跳了跳，伸出手就著他的掌心刮走一半：「哪裡要那麼多，夠把你整個碗櫃裡的鍋碗瓢盆都洗一遍了……」

晝川低著頭，看著手掌心被瓜分後還剩一半的洗潔精，黏稠的透明液體順著他的手側滴落——

而手掌心，方才兩隻手瞬間摩擦時產生的摩擦麻酥感還殘留在那裡。

他目光不由得落在身邊那個人的手上，她抓著一個鋼絲球，指尖圓潤，指甲修剪得乾乾淨淨且上了透明的護甲油，每個指甲下都有象徵著健康的可愛小月牙。這會兒，鋼絲球的鋼絲因為她的使力刷碗而微微陷入她的皮膚。

這都能陷進去？

這手是得有多嫩？

在晝川反應過來之前，他已經伸手將小姑娘手中的鋼絲球搶過來。初禮抬起頭一臉懵逼地看著他，下一秒晝川將手中的海綿扔給她：「用這個，鋼絲球是用來刷鍋的，妳到底會不會洗碗啊？」

「……就你事多，拿什麼洗不是洗？」

初禮一臉黑人問號臉地撿起海綿，蹭了蹭碗；與此同時，她身邊比她高了一顆頭、像座小山似的男人也撿起鋼絲球沉默刷鍋。

「對了，老師，我突然想起來一件事。」初禮說，「江與誠的事還沒謝謝你呢？」

「怎麼？」

男人的第六感告訴晝川某個人又想鬧事情了，他表面不露聲色，繼續刷鍋，耳朵卻像是二狗似的豎了起來——

「要不是你提醒我卷首企劃的事還可以把他的書簽下來度過難關，這會兒我可能還是元月社最大的笑話呢。」

初禮踮起腳，想將手裡擦乾的碗放進消毒櫃——搆了兩下沒搆著，身後一隻大手自然而然地接過那只碗，隨手往消毒櫃裡一放。

「我沒提醒過妳吧？」男人四平八穩的聲音在她耳後近在咫尺的地方響起，「我有病啊，大週末的好不容易放假了逃離你們這些編輯的奪命狂呼，去隔壁城市泡個溫泉放鬆下，有什麼理由慫恿妳千里迢迢坐著高鐵跑來面前礙眼？」

初禮轉過身看著晝川，晝川面容鎮靜地回望她。

那張英俊且淡定的臉，怎麼看都像是寫著：妳多嫩，跟我鬥？

初禮：「……」

初禮：「老師，你認識『消失的L君』嗎？」

晝川挑眉：「誰啊？」

初禮：「就那個曾經替繭娘娘寫過配文，和你文筆八二開那個。」

晝川眉毛放下了：「他啊。」

晝川洗好了鍋塞進櫥櫃裡，擦擦手轉身往外走，順手抓過掛在廚房門口的二狗牽繩準備遛狗。

初禮索性也扔了洗一半的碗，一步一隨地跟在他身後，盯著男人：「這次他替索恆寫了後續，我放官方微博了，有個讀者私信問我，替索恆寫後續的人是不是你，那個讀者是你好多年的老粉絲，她說她肯定不會認錯……」

「好多年的老粉會覺得我吃飽了撐著替十八線過氣作者寫一毛錢稿費都沒有的後續？」晝川替二狗套好牽繩，直起身，「哪來的黑粉啊，開除粉籍。」

「……你家為什麼有繭娘娘的畫集？」

「姪女的。」

晝川牽著二狗走出家門。

初禮急忙踹了拖鞋換了人字拖跟上去。

「……你的睡衣和我送給L君的一樣！」

「姪女送的。這睡衣怎麼了，淘寶月銷量七千多，同款千千萬——還有，妳怎麼送人家睡衣啊，聽妳的說法那個L君可是男的啊，在動物界有一條不成文的規矩，送睡衣是請求交配的意思妳知道不？」

「……」

「我說香蕉人，妳今晚是不是加班加多了累傻了進化成瓜皮了，怎麼瘋瘋癲癲、前言不搭後語地話那麼多……」

走到院子門口，晝川轉過身看著身後緊緊跟著的小姑娘，滿臉無奈，雙眼無辜加不解：「妳到底想說什麼？」

這模樣，一眼看去，好似他真的很無辜。

看得初禮也跟著困惑了起來，她遲疑了一下，終於還是將憋了一白天外加一晚上沒能問出口的話問出來：「老師，L君是不是就是你本人啊？」

這樣的問題問出後，又是一陣熟悉的沉默。初禮抬著頭，緊張地盯著晝川，連眼睛都不敢眨巴一下，彷彿生怕錯過了他眼中每一分每一秒的情緒變化……

她望進那雙茶色瞳眸之中，晚風吹來，帶著落葉混合著泥土的腥味。耳邊，二狗哈氣的聲音成為了此時此刻唯一的聲響。

她看見晝川的目光閃爍，眼角柔和。

他抬起手，拍拍她的腦袋，將她的頭髮揉亂——

「就這個，我當什麼事呢，」男人的聲音聽上去是那麼的雲淡風輕，「我不認識妳說的那個人，妳認錯了啊。」

晝川將手中的牽繩塞進面前那滿臉呆滯的小姑娘手裡，彷彿沒有看見她一臉有點失落、有點失望又有點慶幸、有點劫後餘生、總之各種複雜情緒的臉。

晝川往外走了兩步。

隨即便聽見身後響起了「吧答吧答」人字拖小跑的聲音，原本落在他身後的人一溜小跑地牽著狗追上來，到了他身邊與他並肩而行。

她低著頭，路燈之下，他低下頭看她時，可以看見她耳尖正可愛地微微泛紅；牽著牽繩的指尖有意無意地扣著繩子，那指尖又因為用力而微微泛白了，鬆開的時候，又有氣血沖上來迅速染紅。

晝川清了清嗓音，強迫自己挪開了眼。初禮一臉茫然地抬起頭看向身邊突然清嗓子的男人，無聲地瞪著他，彷彿在問：又怎麼了？

晝川發現他還挺喜歡她這副一臉懵逼的模樣，又呆又傻，和懟老苗、懟藺娘娘那副牙尖嘴利的戰鬥機模樣完全不同。

彷彿卸下了一身戎裝的戰士，毛茸茸的，可愛得很。

「……怎麼？」眼角溫和，唇邊含笑，晝川對視上那雙黑色的、倒映著月光的眼，問，「那個L君，對妳來說是很重要的人嗎？妳很希望他是我？」

「沒有。」初禮又低下頭，盯著自己的腳尖用蚊子哼哼的聲音說，「不是才好，真是的話，才不知道要怎麼辦呢……」

最後的聲音幾乎被吹散在夜風裡。

晝川笑了起來，那笑聲彷彿是從震動的胸腔之中發出，低沉磁性：「有什麼好不知道怎麼辦的啊，他是妳什麼人，還能比我——一個當紅炸子雞作者對妳一個編輯更加重要？妳怎麼這麼糾結？」

「……」

「忘掉他，然後別糾結了。」

「……」

「聽見沒啊？」

「……喔。」

「抬起頭，遛狗呢，專心點兒……狗都教妳帶坑裡了，妳摔了沒事，狗摔了還得洗澡——二狗洗一次一百二十塊呢，身價千萬如妳家大大我也禁不起這麼燒錢啊！」

「……」

「真是不知柴米油鹽貴！」

「……」

這趟遛狗，遛得晝川很鬱悶。

因為從頭到尾，跟在他身邊牽著狗的小姑娘很沉默，一改以往喋喋不休的模樣，主打成熟穩重風的他反而好像成了話多的那個……

不是他有很多的事想跟她報備，而是兩個人不說話，那氣氛多尷尬？而且她走在他身邊一臉心不在焉的模樣，也讓人有些心煩——

沒來由的心煩。

奇怪了。

L君是誰很重要嗎？

三年來，在QQ聊聊天而已，大多數時間吹牛皮打屁，詩詞歌賦、人生理想也沒談幾句……現在他真人站在她面前了，兩人甚至因為各式各樣的原因被迫比曾經的「網友關係」親密了一萬倍，她卻突然想要跟他強調起「L君」存在的重要性？

什麼事還非得分出個一二三來對號入座？

為什麼？

WHY?

她明明擁有了更完整的、真正的「L君」。

晝川皺起眉，突然想起那天那個在他微博底下留言的粉絲說的話，她說因為日久生情，所以會看著喜歡的人的眼睛和他說話，所以會情不自禁地和他聊八卦，所以會臉紅……

那是一種什麼樣的狀態？

晝川想著，不自覺地低下頭看了眼身邊的人——這會兒，她正牽著二狗，站在足球場邊認真地看著足球場裡七、八個高中生在踢足球；風吹過時，她抬起手將耳邊的碎髮撥至耳後，整個人柔和得彷彿要揉碎進月光的銀霜裡。

……當喜歡一個人而不自知時，那是一種什麼樣的狀態？

晝川陷入短暫的沉默之中，此時，彷彿是感覺到身邊他的視線，初禮那有些飄忽的目光收了回來，好奇地看向他。

晝川皺起眉，轉開頭：「反正不是這樣的。」

初禮：「啊？」

晝川走開了，到旁邊小攤販的冰箱裡拿了兩份冰品走回來，遞給初禮的還是草莓味的甜筒。

初禮心想這十一月的天，風颼颼的，吃什麼霜淇淋啊？卻還是接了過來，撕開包裝，啃了一口，順口說了句：「還是香草味的好吃。」

晝川原本站在她旁邊安靜地叼著冰棒，聞言，突然臉色變了下，「妳找碴是吧？」

「怎麼了？」

「妳上次吃草莓味的不也吃得乾乾淨淨嗎？也沒見妳挑剔——整個冰櫃裡替妳挑最貴的拿，妳非得去惦記便宜的怎麼回事？」

初禮低下頭看了眼手中的甜筒，又抬頭看了眼晝川，總覺得哪裡不對，但還是一臉沒反應過來到底是哪裡不對的懵逼，「你說什麼？」

「聽妳的意思，妳那個L君應該就只是一個網友吧？妳見過他？打過幾次電話？約過幾次稿？」

晝川直接將嘴裡叼著的冰棒扯出來，彎腰塞進身邊的二狗嘴裡。

「妳自己也說了他只是一個模仿晝川寫文的人，而現在晝川本人就站在妳面前——咱們天天見面，電話都不用打，一張飯桌上吃飯，一條馬路上遛狗；妳天天敲著房門問我老師交稿了啊老師稿子寫多少了，整個編輯部因為妳手上拽著我的資源讓道給妳……結果呢？妳踏馬都有個真人版的晝川在妳面前了，妳不知足，妳還惦記那個山寨的！」

初禮：「……」

「我不是L君妳非常失望對不對？我知道妳非常失望，妳臉上寫著呢——否則一晚上不說話什麼意思？」

初禮：「……」

小公舉發飆了，就在這和諧月夜，大馬路邊——

旁邊是一隻雙爪抱著冰棒啃得停不下來的阿拉斯加雪橇犬。

雪橇犬旁邊站著一個比他矮了大半個腦袋、手中抓著草莓甜筒的小姑娘……

此情此景，十分戲劇性。

於是一馬路上，踢球的不踢了，玩跳房子的小孩不跳了，散步的大爺、大媽們也看了過來。

初禮低下頭不知所措地看了眼手中的甜筒。蒼天在上，他們難道不是在討論甜筒？她就說了句她比較喜歡香草的，這定時炸彈怎麼踏馬的就原地爆炸了呢？

沒等她想明白過來怎麼回事，手裡的甜筒被搶走了。

按照偶像劇裡，這時候憤怒的男主角應該將甜筒狠狠扔地上，然後鏡頭拉近，給甜筒掉在地上一個特寫鏡頭以示「此處有虐」。

然而現實是，初禮那句「別丟草莓味很好真人版晝川也沒毛病」還沒來得及說出口，她便瞪著眼，眼睜睜地看著男人把她的甜筒三兩口吃了……吃了。

初禮目瞪口呆。

初禮：「……那是我的甜筒。」

「我掏錢買的。」晝川將包裝紙那最後一點點小尖尖扔進垃圾桶裡，「不給白眼狼吃。」

初禮小聲提醒：「我都吃過一口了。」

晝川：「……」

初禮：「……算了，我每年體檢，挺乾淨的，沒病。」

晝川瞥了她一眼，不置可否，只是抹了把嘴，一把搶過她手中的牽繩，強行拖著二狗轉頭走了。初禮一下子沒反應過來，眼巴巴地看著他走遠了幾步，隨後恍然大悟似地急忙跟上。

晝川牽著狗往馬路外面繞了繞，無聲息地將她放到馬路內側，嘴巴卻不依不撓：「跟著我做什麼，上QQ啊，找L君，讓他在QQ空間買套房給妳，妳今晚就睡那！」

初禮：「……」

她伸手去接男人手裡的牽繩。

晝川躲了躲，拍開她的手：「怎麼，這可是活生生的狗，哪比得上QQ寵物裡那隻企鵝來得高貴！」

「……老師，我就好奇問問L君的事，您是就是，不是就拉倒，能別沒完沒了地玻璃心跟個我連面都沒見過的朋友吃醋嗎？」

「我吃醋！」晝川的聲音提高了些，響亮地「哼」了聲，「我吃醋？」

「……我也不是那個意思，總之就是──哎。」

「妳嘆什麼氣，我才想嘆氣，上哪撿了妳這麼個白眼狼？不識好歹的，吃著鍋裡的還惦記碗裡那口。」

「我錯了我錯了我錯了！」

「妳錯了也沒用，妳錯哪了？不管怎麼樣先道歉是吧妳敷衍誰？妳就好好惦記那個山寨版的晝川去吧——我這樣活生生的、只會替妳買草莓甜筒的多沒意思啊，就連現在！此時此刻！和妳說話都沒辦法帶個表達憤怒的表情包！」

初禮：「……」

兩人越走越遠，月光傾灑而下，將他們的影子拉得很長——

這齣戲伴隨著演員們的漸行漸遠而宣布唱罷，賣冰的小販繼續叫賣自己的冰。

踢球的少年們重新開球。

跳房子的小屁孩邁開了雙腿。

看熱鬧的大爺扶著大媽，笑著搖搖頭：「現在的年輕小夫妻喲，吃個冰也吵吵，就愛瞎胡鬧。」

大媽一邊踢腿一邊掄胳膊：「咱們年輕時候也這樣，恩恩愛愛是一年，吵吵鬧鬧又一年，一年年地這麼過去，可不就一輩子了？」

大爺想了想，點點頭認真道：「說得好像也是。」

風吹過，夜色正濃，月色正好。

這天晚上。

初禮和晝川回到家後，一句話都嫌多似的各自回到自己的房間。此時正好九點半，晝川發了微博今日話題：網戀是一種怎麼樣的體驗？

底下一群人回覆「小學時候的產物」、「我的初戀對象名叫水晶王子」、「那時候的QQ叫OICQ」、「查找新好友時會選頭像是小帥哥那個，並固執地認為用帥哥頭像的小哥哥肯定也是帥哥『doge』」……

當然也有認真回答的代表——

「摸不到、碰不著，不知道將一顆心交給了誰，他叫什麼、多大了、生活軌跡是怎樣的、此時此刻在做什麼——冷的時候沒有人給予一個懷抱，不能聽著他的呼吸入睡，再多的甜言蜜語關上電腦後剩下的也只是一片空虛……網戀真的很蠢啊，很難想像十幾年前人們對這個這麼痴迷。」

晝川看著手機，給這條回覆點了個讚，想想還不過癮，少見地直接回覆了個：說得好！

評論發出去沒多久，他就聽見外面傳來「匡匡」的聲音，大概是某個人拉開了自己的房門匆忙下樓，站在閣樓樓梯上衝著樓下咆哮。

「老師，你嘲諷誰呢！」

晝川放下手機：「我剛在QQ空間送了個捕夢網裝飾給妳，妳趕緊拿出來擺在床頭吧，作個好夢！」

房外片刻死寂後，又響起一陣「砰砰」的腳步聲，然後又是「匡」地一下關門巨響，大概是方才被拉上的房門這會兒又關上了。

晝川拿起手機，繼續看微博評論裡各路人士對網戀發表評論。

他看得高興了，咧開嘴……

然後又突然醒悟好像那個前一秒還讓他牙癢癢的L君就是自己，自己費勁心思踩自己，這種匪夷所思的事到底是怎麼發生的？

晝川唇角的笑容消失了，手一抖，他順手把今晚發的話題互動也刪了。

他心情鬱悶，正想扔開手機早點睡覺，這時候QQ卻收到了于姚發來的訊息——

于姚：社裡發了兩張電影票。

晝川：？

于姚：最近上映的一部說編輯與作者的電影，社裡發了電影票兌換券，說是讓編輯們拉近和作者的關係……我們初禮是個新來的小姑娘，相熟的作者也沒有很多——聽說鬼娃不是G市人。還有個叫L君的我們提議她可以邀請時，不知道為什麼她也是一臉我們很荒謬的模樣，脫口而出的反而是老師您的名字。

那麼思來想去，初禮想要邀請的怕也只剩下老師您了，如果小姑娘邀請您的話，還希望老師給個面子。

被拒絕的話多尷尬啊。

晝川：……

「還有個叫L君的我們提議她可以邀請時，不知道為什麼她也是一臉我們很荒謬的模樣，脫口而出的反而是老師您的名字……」

晝川放下手機。

晝川又將手機拿起來。

晝川盯著手機裡于姚發的訊息的某行字看了一眼；拉遠手機螢幕，再看一眼；

拉近手機螢幕，又看一眼……

「脫口而出的，反而是，老師，您的名字。」

……啊，難怪。

難怪今天追著我問什麼L君的事情，原來是在為這件事做鋪墊？

嗯，邀請我看電影？

真是的，現在的小姑娘，多大點兒事，繞的彎彎那麼多……就好像是多麼了不起的一件大事一樣，是怕被我拒絕沒面子嗎？

提到男朋友的時候還脫口而出我的名字——啊哈哈哈哈真是的，難道是拿到電影票的那一瞬間滿腦子就只想著邀請我了嗎？別人說什麼都沒在聽了？

「真是的，受不了啊，現在的小姑娘。」

像個精神病人似的自言自語著，抓著手機，重新倒回柔軟的床鋪中，晝川卻不自覺地翹起脣角，打出來的字一本正經——

晝川：什麼電影，她沒跟我說。

晝川：我個人不是很喜歡看電影，特別是文藝片。

晝川：要不妳去試圖說服她邀請別人吧？

正想打「江與誠最近不也在G市嗎」，然而字打了一半，他猶豫了下，鬼使神差地刪掉了，欲蓋彌彰似的又補充了句——

晝川：我真的不太喜歡看電影。

于姚：就當是做為一個前輩，陪著後輩去薰陶情操？

晝川：……妳這樣說。

晝川：我就真的沒辦法拒絕了啊。

晝川：畢竟每個作者都肩負著為文壇未來著想的重任，而編輯是基石——妳這樣說，就彷彿我不陪她去看一場電影，就要辜負了文壇未來一樣。

晝川：好吧好吧，如果她開口邀請我的話。

晝川發完一串「勉為其難」的回答，扔了手機，大字型地在柔軟的床上攤開。想了想，又抓起手機開始搜索最近上映的到底是什麼鬼講編輯和作者的電影——提前知道一下劇情，到時候也好能在劇情恰到好處的時候發表深刻有教育意義的發言。

畢竟教育新人編輯、文壇未來基石，肩上負擔還是很大的。

與此同時，並不知道樓下發生了什麼事，也不知道自己已經被上司賣了的初禮捧著臉坐在窗臺上想了很久，她正奇怪自己怎麼突然在意起L君的事情來，明明只是一個不認識的網友說的一句「全由心證」的話而已……她就急吼吼地去求證。

也不知道到底是為了證明什麼。

又或者是，壓根只是因為這件事和晝川有關，所以她有了想要刨根究柢的衝動？

嘆了口氣，此時已經接近晚上十一點，初禮從窗臺跳下來的時候不小心踢到自己的包，錢包掉了出來，初禮將之撿起時，無意中瞥見從錢包裡掉落的兩張電影票兌換券。

于姚把這玩意拿出來的時候，好像說是讓他們各自帶著比較親密或者比較想討好的作者去。

初禮第一反應當然是要問晝川去不去啊，然而一想到他對一個甜筒都能發散思維，萬一由「編輯邀請作者去看一場關於編輯和作者的電影」這麼簡單又純潔的行為聯想到是她在跟他求婚怎麼辦？

初禮將電影票塞進包裡。

這時候手機亮起，阿象發來微信——

會飛的象：電影票送出去了嗎？妳男朋友答應了嗎？

猴子請來的水軍……

猴子請來的水軍：別提了，什麼男朋友，那就是我在網上認識多年的基友，開玩笑鬧著玩的！今天為這事我差點睡大馬路！

猴子請來的水軍：電影票的事就算了吧，我自己去。

會飛的象：自己去看電影多寂寞。

猴子請來的水軍：這有什麼，我還自己去吃過火鍋。

會飛的象：……

會飛的象：條件允許的話還是找個作者去吧，我在網上看了影評，很多業界人士都說看了很感動很有感觸的，萬一一不小心就在黑暗的電影院裡與自己的作者產生了相知相惜的錯覺呢……

初禮想像了下和晝川在電影院裡看著看著電影突然就相知相惜地抱頭痛哭的模樣——

……算了吧。

今天還在大馬路上幹出搶小姑娘的甜筒這種事呢。

猴子請來的水軍：算了吧算了吧，晝川老師估計在我開口邀請他的第一時間就把電影票像貼殭屍符似的貼回我腦門上了。

會飛的象：咦。

猴子請來的水軍：……妳咦什麼咦。

會飛的象：今天老大提醒妳可以邀請妳男朋友時，妳反手一罐天然氣（註6）「我為什麼要邀請晝川啊」把我們問得五臉懵逼。

猴子請來的水軍：……………………………妳別騙我，我不可能這麼說。

會飛的象：可是妳真的就是這麼說的。

會飛的象：沒錯吧，晝川老師長得高也很帥，除了面相有點不那麼平易近人，至少外界風評他的脾氣其實很好的……像妳這樣的小姑娘喜歡他不也很正常嗎？

初禮：「……」

正常個屁！

猴子請來的水軍：快下班那時候是吧？我那時候在想事情，估計是說岔了，你

註6　源自「反手一個煤氣罐」表情貼圖，表示憤怒的情緒。

們別誤會。

會飛的象：喔。

猴子請來的水軍：……也別意味深長的「喔」，謝謝。

跟阿象說完，初禮就關上手機睡覺去了。關於阿象說的電影票的事，她也完全沒放心上，反正于姚也沒說到時候元月社的人會站在電影院門口查勤，去不去、和誰去，還不都是她自己決定？

初禮因為心中有所惦記，這一夜睡得並不踏實，於是第二天早上難免掛著黑眼圈起來。

刷牙洗臉完爬下樓，這才發現晝川已經精神抖擻地坐在餐桌邊，手裡拿著一份報紙，鼻梁上架著一副金絲邊眼鏡，大寫的「斯文禽獸」造型。

「老師早。」

餐桌邊的男人從鼻腔裡應了一聲算是打過招呼。

還在生氣啊？初禮在心裡嘀咕著，打了個呵欠，耷拉著肩膀進廚房做早餐，做好早餐，伺候二狗和房東吃完，她擦了擦嘴，將碗筷收拾進廚房——忍不住又看了眼餐桌邊認真看報紙的男人：「老師記得洗碗，我出門了。」

此時，晝川還保持著舉著報紙端坐於桌邊的姿勢，聽見初禮的話，他就「嗯」了一聲。

說一句話都嫌多的模樣。

初禮的心沉了沉，有些煩躁。

抓過包，跑到玄關穿鞋，認真把鞋穿好，將手放在門把上——這時候，她感覺到身後好像有一道灼熱的視線在自己的背上掃來掃去……

她微微一愣回過頭，發現晝川換了個坐姿：單手撐著下巴，低頭看報紙。

「……老師？」初禮疑惑地叫了聲，「還有事？」

晝川：「……」

她居然問我還有沒有事？

難道不覺得自己還有事沒交代完？

晝川抬起頭，微微蹙眉，反問：「什麼事？妳還有事跟我說？」

初禮一頭霧水，答了聲「沒事」，抓起包，落荒而逃。

第七章

這一天是週五，上班族即將迎來第二天不用上班的好日子。

每週固定「今晚二狗不散步」的好日子。

約會的好日子。

不應該宅在家的好日子。

……看電影的好日子。

接近下午四點半，在沙發上挺屍打遊戲一整天的男人從沙發上爬起來，洗澡、刮鬍子，換上衣櫃裡萬年壓箱底的白襯衫和牛仔褲——白色襯衫在右手袖子手臂處的紅白黑三條環狀彩色線條為唯一的裝飾，讓整件白襯衫顯得沒那麼單調；牛仔褲剪裁貼身講究，稍稍露出腳踝，完美襯托身材高大男人該有的長腿標配。

下午五點半，男人站在鏡子前面整理了下髮型，順便對著鏡子自拍一張，左看右看，然後將照片發給江與誠——

江與誠：？我剛起來，幹麼啊？你要去哪？約會？你戀愛了？………………你戀愛了，鐵樹開花啊！

江與誠：哪家小姑娘啊造了什麼孽和你談戀愛，早上起來睜開眼第一件事還得問：親愛的，今天上線的是幾號人格？

晝川：鐵個幾把毛，看看，英俊不？擁不擁有男子氣概？

江與誠：……你那高得像喜馬拉雅山一樣的身材，哪怕穿碎花小裙子得到的效果也是「那個穿著田園風裙子很有男子氣概的男人」。

江與誠：白襯衫飄飄讓我彷彿回到了F4的年代，那句歌詞怎麼唱的來著：天很藍，風吹著白襯衫，快樂也像揚著風的帆……

江與誠：…………咦，你很快樂啊朋友？不是約會這是要去哪？

晝川：我就問你一句，你回答「英俊」就完了哪來那麼多話。

晝川：哪也不去。

江與誠：收拾得能去奧斯卡現場走紅地毯，你哪也不去？有毛病吧，好歹出門吃個飯，你家附近不是有個中學嗎？去那裡釋放你過剩的荷爾蒙……

出去吃飯？

為什麼？

老子多久沒點過外賣了——

我家有人做飯給我。

看著江與誠完全被蒙在鼓裡的無知發言，晝川心情不錯，從鏡子旁邊走開重新坐回沙發上，「有人做飯給我」幾個字打了一半，想了想又刪掉，直接回給江與誠神祕莫測的四個字：你懂個蛋。

江與誠回了他一連串了刪節號後，也不知道注意力又被哪隻蝴蝶吸引了，接下來再也沒有理過晝川。正好晝川最開始也只是想找人誇自己一句「英俊」而已，現在江與誠顯然已經完成了他的使命，所以晝川任由他滾蛋了。

此時為下午五點四十分左右，太陽將要落山。

在沙發上始終保持著一個躺姿的狗淡定的注視中，獨自在家的男人陸續換了大概八種坐姿。終於在時間來到六點半左右，他聽見了院子大門的響聲，男人整個人緊繃起來，扔掉手裡的手機，抓過茶几上某本厚重書籍，翻開。

初禮回家看到的就是這樣一幅畫面：男人難得打扮得整整齊齊坐在家中，看樣子是剛洗過澡，沒有玩手機也沒有抖著腿鬧著肚子餓，而是以一隻手撐著腦袋、靠在沙發上蹺著二郎腿、書放在膝蓋上的姿勢，安靜地翻一本外文書。

柏拉圖的《烏托邦》。

畫面是靜態的，男人的姿勢看上去舒適慵懶，修長的指尖搭在微微泛黃的書本紙張之上……他的睫毛下斂，在眼底投下一小片陰影，伴隨著書頁的翻動，輕輕顫動。

像一隻黑色蝴蝶振翅欲飛的翅膀。

一幅不錯的畫面。

初禮：「……」

畫面不錯放到一旁不說，《烏托邦》是什麼鬼？所以，這傢伙終於開始瘋到考慮要建立自己的王國了嗎？

「老師，《烏托邦》原文是希臘文，你看英文版再翻譯成中文版，中間隔了兩種語言反而會因為經過了英文譯者個人理解、你的個人理解的兩層過濾後，對原文的理解造成偏差。」

初禮踮起腳拿下拖鞋穿上。

「所以在英文並非作者母語原文稿的情況下，其實還是老老實實看中文譯本比較好——畢竟翻譯老師是專業的，在翻譯的過程中會參考許多資料盡量表現出翻譯必備的『信、達、雅』，相比起閱讀者個人拿著英文譯本去閱讀反而能更加準確、更加接近地接觸到原作者寫作意圖……」

晝川：「……」

初禮穿好拖鞋走進屋子裡。

坐在沙發上的晝川面無表情地「啪」地一下合上手中的書。

初禮看了他一眼，放下包，從手腕上擼下一條彩色髮繩將頭髮紮成一個小揪揪，一邊往廚房走一邊拿起手機。

晝川站了起來，扔開放在膝蓋上的書，保持著面癱臉跟在初禮身後，死死地盯著她後腦杓的短髮紮起來的小揪揪——鴨子屁股似的。現在他終於知道為什麼小學時候坐他旁邊的弱智小胖子那麼喜歡去揪女孩子的小辮子了。

晝川伸出手，微微彎下腰，撥弄了下那個小辮子。

……毛刺刺的，有點兒扎手，但是手感不錯。

在走在前面的小姑娘轉過頭瞪他，晝川縮回手正想開口說今晚想吃馬鈴薯燉牛肉，結果還沒等他來得及發出聲音，就看見她又迅速地轉回去，抓著手機用語音輸入法對手機裡的某個人道：「老師，出版合同已經擬好了，聽說您現在在G市，要不明天有空您出來拿一下順便看看哪裡需要更改的；還有第五章我也收到了，看了下，內容是沒問題就是感覺沒什麼劇情高潮——」

晝川站在她身後，又揪了下初禮的小辮子。

初禮「哎呀」一聲，手一滑將沒說完的話直接發出去，挑起眉、轉過頭去看身後站著的某個手賤的人，後者一臉正經：「在和誰說話？」

他嗓音低沉平穩。

「……江與誠老師。」初禮拍開晝川還想伸過來的手，「別揪我辮子啊，手欠不欠！」

「妳跟他說什麼啊？」晝川懶洋洋地，彷彿沒聽見她的抱怨，「明天休息日，妳不好好睡懶覺送什麼合同，那個傢伙最喜歡挑三揀四了，妳要見他一面，不浪費一整個白天都回不來。」

「老師沒空來編輯部拿合同啊！」

「寄給他，寄給他。」

晝川幾乎快要對初禮紮起來的小辮子沉迷了——時隔二十年，他終於 get 到了揪女孩子小辮子聽她「哎呀」抱怨的樂趣。

「同城還寄什麼快遞！」

初禮對對方的手賤徹底放棄了，瞪了他一眼，任由他像個門板似地杵在自己身後對著她的頭髮撥弄來撥弄去，拿起手機繼續道：「對了，元月社給了兩張電影票，反正明天都要見面的，如果老師有空的話不如跟我一塊把它用了吧，聽說是編輯和作者的題材……」

這次初禮的話又說了一半。

因為此時站在她身後的人突然加大了手上的力道，原本撥弄她頭髮的指尖忽然塞進她的頭髮裡，輕輕一勾——

初禮猝不及防向後倒去，後腦杓撞到男人結實的胸膛上，有乾淨的香皂氣息鑽入鼻中。

她一手抓著手機，能感覺到男人的胸膛伴隨著呼吸起伏，她瞪大了眼對視上懸在自己上方的那雙深色瞳眸，從中看不出一絲絲外泄的情緒。

晝川只是淡淡道：「什麼電影票？元月社給的？妳和江與誠去看？妳和他很熟？熟到要去看電影？」

初禮掙扎了下，晝川的指尖卻穩穩地塞在她的頭髮裡將她固定在自己懷中，另外一隻手順手將她手裡的手機抽走扔到水槽裡。初禮反射性伸手去接，身子往前一傾，「啪」的一聲，紮著的小辮子散了，彩色的髮繩落入身後男人的手心。

「元月社要求妳和江與誠去看電影嗎？聽妳的話好像不是吧，是給了兩張電影票隨便讓妳跟誰去嗎？」

初禮一手抓起自己的手機擦掉螢幕上的水，踮起腳從晝川的大手裡把自己的髮繩拿回來：「是給了兩張電影票，但是沒要求要和誰去看，我原本想自己去的，但是如果明天要出門和江與誠老師見面的話……」

晝川低下頭看著自己空空的手掌心——

「週末和江與誠見面那麼稀奇嗎？現在妳就站在我們的面前說著這種荒唐的話，如果非要按照這個邏輯，難道不是我們見面在先？」

「……」初禮有點跟不上思路，「什麼？」

她重新紮起頭髮，彎腰從米桶裡舀米準備做飯。在她移動的過程中，晝川也移動著，始終像是一道甩不掉的陰影、倒不下的門板似地立在她身後。

「你們要去看什麼電影？」

「《天才柏金斯》，講美國天才編輯麥克斯威爾·柏金斯與天才作家湯瑪斯·伍爾夫之間的故事……柏金斯你知道吧，他也是海明威的編輯，編輯界的南丁格爾，挖掘天才作者無數，創造無數出版界至今津津樂道的奇蹟，出版界的傳奇——他的一生堪稱編輯職業標杆，對當時文學界做出了無法估計的巨大貢獻……」

「妳背影評呢？」晝川跟著初禮來到水槽前，看著她淘米，「我當然知道這部電影近期在上映。」

初禮打開水龍頭淘米的動作一頓，似乎略有些驚訝：「你知道？」

「怎麼，寫三流垃圾速食文學的寫手還不允許關注下正經文學相關傳記電影了？」晝川抿了抿下唇，「我也正準備去看。」

初禮徹底放下了正在淘的米，大寫的震驚寫在臉上，繼續鸚鵡學舌似地跟著重複：「你也正準備去看？」

晝川轉身匆匆走出廚房。

然後在初禮的黑人問號臉中匆匆走回來，手裡拎著早上他在看的那張報紙：「早上我在看的報紙大肆宣傳這部電影，所以決定去看看——早上妳就坐在我旁邊，報紙上是什麼內容難道妳沒看見嗎？」

初禮：「……」

早上一心沉浸在以為你還在生氣的恐懼裡，誰會注意到你手裡的報紙是什麼內容啊。

晝川將報紙往初禮懷中一塞，看著她手忙腳亂地接過，他挑起眉：「所以，妳也別跟江與誠去了，凡事講究一個先來後到，既然是我先想看這部電影，我先站在妳面前，那這兩張電影票的其中一半難道不是應該屬於我嗎？」

初禮：「話也不是這麼說——」

晝川：「什麼不是？高中時被語文老師嫌棄作文不如畢業七、八年的江與誠寫得好；寫書了天天被老爸唸叨你看看人家江與誠啊正經作者寫的書本本暢銷你寫的第一本暢銷書開賣時人家江與誠的暢銷書都能湊一套撲克牌了。這還不夠慘啊，現在到了元月社，明明是同一個編輯，卻連一張電影票都不給我了——我不是妳在帶的作者？元月社沒點名要把票給江與誠！憑什麼不給我？」

憑什麼把票給江與誠？

……什麼憑什麼？

就是給他一張電影票而已，二十五塊錢一張，微信錢包購買甚至可以打折至十八塊——十八塊錢一張的電影票——還需要憑什麼？

初禮：「……」

初禮：「你等等，我有點暈。」

這麼多天相處下來，她應該早就習慣了晝川的強盜邏輯並與之抗衡，但是事到如今她不幸地發現自己好像還是很容易就被對方繞啊繞地繞進他的邏輯世界，然後再被他用豐富的強盜經驗打敗……

初禮動了動脣，正想說些什麼，這時候，口袋裡的手機震動，她拿起來發現是江與誠回覆了一條語音訊息，手指戳了下，於是，江與誠那溫和的聲音在暫時陷入短暫沉默的廚房裡響起——

「看電影？好呀，有免費電影看好開心哈哈！那明天中午見，我請妳吃午餐吧，想吃什麼？」

晝川：「……」

初禮：「……」

初禮抽了抽脣角，剛想說「電影票給誰我是無所謂」，但是現在好像有點來不及了；然而剛發出第一個「電」的音，就聽見面前的男人用斬釘截鐵的語氣說：「今晚我們就去，飯鍋放下，出去吃，吃完看電影。」

初禮看著晝川說著就要伸手去把淘好的米倒回米桶裡，連忙伸手去攔他，「別別別……不就是一張免費電影票嗎？十八塊錢而已，不用這麼——」

「十八塊不是錢啊？」

「……那，好好好，十八塊也是錢！你們倆都是大大我誰也得罪不起啊！」初禮快瘋了，「要不電影票你倆一人一張你們去看好了！」

晝川：「兩個作者組團去看這種編輯和作者之間的電影是想幹什麼？一邊看一邊討論現在的編輯到底多不靠譜真遺憾沒有出生在那個年代順便互相嘲笑一下『這個江郎才盡的過氣作者喪家犬似的模樣好像你耶哈哈』、『男主狂妄自大討人嫌的模樣真眼熟你難道是他投胎轉世』？」

晝川：「我不。」

晝川：「不和他去。」

晝川：「我們會打起來的。」

「……」初禮將淘好的米往電鍋裡一放，「一起去，一起去！行了吧？免費的電影票你倆一人一張，十八塊我掏錢買張票給自己還不行嗎——坐你們中間！絕對不給機會讓江與誠老師嘲笑你狂妄自大，也絕對不給機會讓你嘲笑他江郎才盡；你們倆公共場合鬥毆擾亂公共秩序被員警抓起來之前我也會好好拉著你們的——這樣總行了吧？十八塊，買一條命怎麼想還是划算的啊！」

男人扯了扯脣角，看上去勉強接受了這個提議。

初禮指了指廚房門外：「現在出去，我要做飯了，你要是不出去就幫我把牛肉從冰箱拿出來切切，晚上吃馬鈴薯燉牛肉。」

晝川停頓了下，想像了下自己站在砧板前圍著圍裙切肉的模樣，毫不猶豫扔下一句「明天中午十二點，我要吃披薩，江與誠請客」後，果斷轉身走出廚房。

初禮「匡」地蓋上電鍋鍋蓋。

一把拿起菜刀，然後就發現比起切牛肉，現在她更想砍人頭。

第二天。

中午十二點，G市市中心W影城商場披薩店內。

坐在店內的眾人在進食過程中很難控制住自己的目光不去看坐在靠窗邊的那一桌，在那張桌子的桌邊，一共聚集著三個人——

成熟英俊的男人身著黑色襯衫、牛仔夾克外套和牛仔褲。三分鐘前他推門而入，此時此刻他雙手放在牛仔夾克外套口袋裡，站在桌邊，低著頭沉默地看著坐在靠窗位置的那個人。

被他注視的男人同樣英俊，頭髮帶著微微的自然捲——當然也可能是髮膠效果——他身著黑色風衣，彷彿並沒有感覺到來自桌邊的灼熱目光，這會兒正低著頭，認認真真地翻閱著手中的菜單。

夾在兩人中間，一臉惶恐不安的是一個短髮小姑娘，她看看站在桌邊的人，又看看坐在身邊翻閱菜單的人，最終選擇陷入沉默。

奇妙三人組。

一片沉默被披薩餐廳裡歡快的音樂襯托顯得更加尷尬，站在桌邊的江與誠終於伸出手，拉開椅子，長腿一邁穩穩坐下，看向餐桌對面那個埋頭翻菜單的人：「他怎麼來了？」

這話卻顯然是在問初禮。
初禮一臉「我是誰我在哪」懵逼地抬起頭：「啊，他啊……」
一哭二鬧三上吊。
所以來了。
「很顯然，在你和這香蕉人保持著作者與責編關係的時候，不幸的是，我也是。」
原本低著頭認真翻閱菜單的男人突然「啪」地一下合起菜單，抬起頭來看著坐在對面的傢伙，「紅酒牛腱披薩，薄皮，加一份起士，謝謝。」
晝川將菜單往身邊的初禮懷中一塞，抬起頭看了眼江與誠：「你為什麼要穿這種以你的年齡年輕十歲才有資格、有臉皮穿出門的牛仔外套？」
江與誠蹺著二郎腿，長臂一伸，優雅地接過初禮雙手奉上的菜單，微微一笑：「你這件風衣我以前沒見過啊，昨天晚上買好順豐急件送到的？」
晝川：「你居然捨得刮鬍子了。」
江與誠：「髮膠抹太多了吧你。」
晝川：「看個電影你打扮得像個花花公子雜誌封面人物似的怎麼回事？」
江與誠：「我這是尊重女士，怎麼能讓我的責編帶著一個邋裡邋遢的男人在身邊然後在大街上被人撞見？你呢，看個電影你這又是什麼奧斯卡紅地毯打扮，韓劇男主角先生？」
晝川：「順手一抓一件衣服往身上套都是韓劇男主角的話，那我也是沒有辦法的啊，很無奈。」

江與誠：「《天才柏金斯》說的是正經文學出版編輯和正經文學創作者之間的故事，你這個成天嚷嚷著『正經文學必死老子不需要編輯』的作者到底來幹麼的？」

「看個熱鬧不行啊？」晝川也蹺起二郎腿，「糾正一下，正經文學出版編輯和當紅、正經文學創作者之間的故事——你這個過氣佬又來幹麼的？」

江與誠：「時刻準備崛起掀翻不知天高地厚的所謂『當紅作者』啊。」

初禮：「……」

初禮：「那個，我想吃雞肉披薩。」

晝川「哼」了聲撇開腦袋。江與誠將翻都沒翻過的菜單直接遞給了點菜的服務生，看著初禮微笑著點點頭：「聽妳的，那就雞肉。」

晝川臭著臉坐直起來，補充道：「加一份起士。」

之後初禮直接點了三杯飲料還有義大利麵，然後和藹可親地阻止了服務生慣例詢問桌上其他人「還有什麼需要的嗎」這一環節，仁慈地讓服務生從這時時刻刻沉浸在詭異氣氛的餐桌邊溜走了。

服務生重複完菜單抬腳落荒而逃時，坐在初禮身邊的男人和坐在初禮對面的男人依然眼中只有彼此，電閃雷鳴、刀光劍影。

初禮羨慕地看了眼跑得比兔子還快的服務生。超羨慕，恨不得跟著他一起逃離此地哪怕是去廚房蹲著洗碗。

三人行，必有我屍。

涼透的那種。

按照百萬粉絲的北美吐槽君「七分朱茵、王祖賢，八分劉亦菲，九分大翅膀背起，維多利亞的祕密開場非妳莫屬」的評分標準，初禮這樣身高要高不高、要矮不矮，穿衣規規矩矩、髮型普普通通的小姑娘，大概最多四分到五分，丟大馬路人群裡就得瞪大眼死命找的水準。

平平淡淡活了二十多年，終於在這一天，因為帶著兩個——莫名其妙在爭奇鬥豔的——作者隆重登場，她獲得了有生之年頭一回百分百的回頭率。

只是每一個人的臉上表情都是大寫的——

Excuse me?

就她？憑什麼？

好氣啊，這年頭，小哥哥的眼都瞎了啊。

絕對是哥哥們，一個表哥、一個堂哥。

看這姑娘一臉得意的，得意什麼，就妳認識小哥哥啊還一次遛兩個。

我踏馬的寧願相信這兩男的是一對。

當初禮拿著兩張電影票兌換券和人民幣十八塊錢跟售票人員比劃三張票時，周圍人都眼巴巴看著。直到初禮拿了三張票，認認真真地看了座位號，將中間那張挑出來塞進口袋裡，旁邊兩張遞給身後門神似的兩位大神——

眾人這才肯接受「這三個人真的是一夥」的設定，搖頭嘆息著一哄而散。

此時距離電影開場還有二十多分鐘，初禮捧著電影票找了個角落坐穩，屁股剛落地，眼前突然一暗，抬起頭便看見江與誠半彎著腰站在自己面前，笑著問：「要不要吃零食啊？或者是飲料？霜淇淋？」

初禮自然是連忙擺手說：「不用了，老師。」

晝川站在兩人身後涼颼颼道：「剛吃完披薩吃什麼零食，胃是無底洞嗎？那麼老大一個披薩，都快撐吐了……」

「那是你吃太多了吧？」

江與誠直起身子，與晝川擦肩而過，自顧自地跑去前面賣零食的櫃檯挑選了一些爆米花、巧克力還有礦泉水，拿回來便一股腦塞進初禮的懷裡。初禮忙接過並道謝，這時候一隻大手伸過來，從她懷裡抓起一包棉花糖。

「……全是甜的，你把她當三歲小孩哄啊？」

「你能不能閉嘴，錢包都不帶出門的人話還那麼多，沒有小姑娘不喜歡甜食的。」

江與誠冷眼看著晝川撕開棉花糖包裝袋，拿了個棉花糖出來在手上捏啊捏，捏得亂七八糟的，餡兒都被擠出來了——手一伸，將那一坨像屎的東西遞到他嘴邊，理直氣壯道：「我不吃甜食。」

江與誠翻著白眼拍開他的手。

晝川只好自己吃掉，一邊吃一邊含糊道：「我不吃甜食，她也不會喜歡的，你買這些東西都是浪——」

話還未落就看見江與誠用嘲笑的眼神看著自己，晝川停頓了下，下意識地低頭一看，就看見已經撕開巧克力外包裝錫紙的小姑娘這會兒正叼著一大塊巧克力一臉茫然地看著自己。

晝川：「……」

晝川一臉恨鐵不成鋼教育：「剛吃飽！還吃巧克力！妳屬金魚的啊不知道撐？」

初禮縮了縮，被晝川這種「通敵叛國」的眼神盯著還真的有那麼一點點心虛：

「我就吃了一小塊……」

晝川：「妳已經夠重了。」

重到老子都抱不起來，只能眼睜睜看著妳在我的書桌上趴一晚上的悲劇妳忘記了嗎？

初禮聞言臉色大變。江與誠及時站出來，一把扯住晝川的風衣繫帶將他拽開：「就你這樣的活該母胎單身，怪誰啊，白瞎了這張臉，張開嘴說的都不是人話——二狗要是條母狗都得離家出走……」

接下來將近十多分鐘的等待時間裡，晝川始終用看小叛徒的眼神盯著初禮；初禮剛開始是惶恐的，然後就習慣了，最後在晝川這樣的視線之中，她神色淡定地將一整塊巧克力吃完，抱著一大桶爆米花站起來：「可以入場了。」

晝川長腿一撐站起來：「一會兒如果我睡著了，記得把我叫起來，怕睡得太香打呼。」

江與誠：「那你到底來幹麼的？」

初禮強行走到兩人中間，將湊到一起就停不下鬥嘴的兩人拽開。

進入影廳，因為這部電影宣傳一般，題材也並不如其他正在上映的大片那麼吸引人，所以哪怕是週末，進場看電影的人也是稀疏小貓兩三隻，少得可憐；加上初禮他們三人，一共也就大概十來個人。

初禮按照電影票的座位號碼坐在兩位作者中間，這時候吵吵鬧鬧一個上午的耳根子終於得到了清淨——晝川在她的左手邊玩手機；江與誠則趁著電影沒開始，上微博看了幾眼。

大概在十分鐘前他晒了三張票根，並配字：和責編一起來看電影，元月社週末福利。

這會兒他微博底下正熱鬧地猜測三張票根分別屬於誰，有人眼尖地發現是G市的影城，於是開始標註晝川。

晝川玩著手機發出不耐煩的聲音：「你讀者老標註我幹什麼，你來G市就非得和我在一起啊？」

「有毛病嗎？」江與誠淡定道，「你來B市就來我家蹭吃蹭喝美其名曰『江與誠老師的招待』，那我來G市難道你不應該『招待招待』我？」

晝川舉起拳頭：「用這個『招待』？」

江與誠冷笑一聲還沒來得及回答，這時候影廳的燈暗了下來；與此同時，初禮眼明手快地將懷裡的爆米花桶往晝川懷裡一塞，壓低了聲音道：「開始了。」

晝川動了動脣，最終卻什麼也沒說，只是沉默地抱著爆米花桶，想了想，抓了一把爆米花塞進嘴巴裡。

電影剛開始，便是編輯柏金斯收到了作者湯瑪斯的投稿，在此之前，這本《天使望鄉》已經被多家出版社拒絕過，而稿子送到了當時最有名望的編輯柏金斯手中，他卻捧著這份原稿，坐在回家的火車上看得停不下來……過了幾日，湯瑪斯來到柏金斯的辦公室，已經做好了又要被拒絕的心理準備，此時，柏金斯卻告訴他將出版他的書，並支付了他一半的版稅訂金。

看見湯瑪斯從最開始的難以置信到欣喜若狂，在柏金斯的辦公室裡又叫又跳時，初禮勾起脣角，伸手拽了拽身邊晝川的袖子：「你第一次出版過稿時，也會這樣嗎？」

晝川因為被拽了袖子，身體反射性微微傾斜，眼睛卻還是盯著螢幕，面無表情道：「不會，除了我老爸，沒人退過我的稿。」

「……」初禮放開他，歪斜向江與誠，「老師，那你——」

「我父親就是我的第一任出版編輯，十三年前，他從我的廢紙箱裡翻出了《消失的動物園》手稿，然後就賣了，然後就紅了。」

江與誠說這話時，面帶微笑。晝川在初禮的另外一邊顯然也是聽見了，輕輕哼了一聲。

初禮：「……」

跟兩個沒有情懷的作者跑來看情懷片，是她的錯。

之後便是一部講述編輯與作者的電影裡應該有的，編輯在校對過程中，與作者產生爭執，兩人因為一部作品不得不朝夕相處、針鋒相對。

這讓初禮又想起了最開始校對《洛河神書》時，每天七、八通電話跟晝川吵架……有一次于姚感慨還好這時候電子通訊技術發達，放在以前，作者和編輯必須要面對面坐下來一起修稿的年代，他們倆估計能把元月社的屋頂掀了。

電影中，伴隨著男主角的第一本書大賣、第二本書大賣，作者逐漸與他的編輯成為摯友，電影有一幕是柏金斯帶著欣慰的笑容捧著《天使望鄉》反覆翻閱……初禮表示，這就有點美化了。

「實際上編輯其實都不敢去翻閱自己做過的書，哪怕這確實是他們的戰利品，但是——一旦不小心翻到漏看的錯別字或者是病句，那樣的恐懼和尷尬會讓人無法駕馭。」

「這就是小編輯和編輯界南丁格爾的區別。」晝川指了指初禮的鼻尖，「我見過妳趴在我的原稿上流口水打呼的模樣，我還能有什麼過高指望？」

初禮：「……」

在那個年代的編輯、作者日常，做接下來幾本書時，柏金斯和湯瑪斯吃喝拉撒睡都湊一起，這引起了湯瑪斯妻子的極大不滿，甚至拿著槍衝到編輯部……

初禮：「做作者的女朋友真的滿辛苦的，畢竟編輯有一百種理由不分時間地點的打電話、發微信、發信件，隨時理直氣壯騷擾作者——比如，哪怕你在做床上運動也給我停下來先解釋清楚這個破折號到底是用來幹什麼的。」

晝川這時候已經開始有些走神，沒吭聲。

初禮抓住他的手臂搖了搖：「老師，醒醒。」

晝川整個人從放空狀態醒來，看著螢幕裡拿著槍頂著自己腦袋非要湯瑪斯二選一自己還是柏金斯的女主：「妳說的這種情況其實非常好解決，答案就是，娶了她。」

初禮：「啊？」

晝川：「多少編輯最後和作者在一起了，就是因為這樣，至少在床上運動的時候她只會想著嚶嚶哭泣而不是想著壓在她身上的人寫的稿子哪裡有問題……」

初禮：「……」

她面無表情地抬起手捂住耳朵。

江與誠無語地轉過頭：「好好看著一個文藝片，你突然開什麼黃腔。」

晝川看了眼初禮，電影院太暗他看不清楚她的臉色，只能大概猜測是滿臉通紅的，面無表情道：「她先開始的。」

初禮百口莫辯。

這時候電影演到，柏金斯曾經帶過的某位暢銷書作者，因為這樣那樣的原因突然停止了創作，努力想寫出的東西也不盡人意，事業走向低谷……

晝川，換了個姿勢，脣角帶著淡淡笑意：「有點眼熟。」

江與誠面無表情地瞥了他一眼。

電影中，如日中天的湯瑪斯與這位走入困境的作者見面，因為醉酒對他進行了大肆嘲諷，湯瑪斯的尖酸刻薄引發了編輯柏金斯的不滿，兩人在深夜的羊腸道上大吵一架……幾乎分道揚鑣。

江與誠：「晝川，你為什麼在螢幕裡啊晝川！」

晝川：「……」

電影的最後，湯瑪斯與柏金斯陷入冷戰期，湯瑪斯的新書也幾乎要簽給別家出版社……但湯瑪斯最終還是拿著書，來到柏金斯面前，對他說，這本書依然還是交給他，並會在扉頁寫上「感謝他的編輯柏金斯」這樣的話時，柏金斯卻拒絕了。

晝川也提出了整部電影一路播放下來、第一個也是唯一的一個提問：「為什麼拒絕？人怕出名豬怕肥？」

「在這本書大賣的時候，編輯的工作已經完成了——從最初的選稿、定稿、校對至裝訂、宣傳、發售——這本書誕生的全部過程裡，編輯始終站在那裡，就像是一個影子……」初禮想了想道，「作者是一本書的靈魂，而編輯只是書本的影子，因為一本書不需要兩個靈魂。」

晝川坐直了些，沉默地看著初禮。

「我突然有些明白為什麼元月社希望作者和編輯一起結伴來看這部電影——老師，正如你那天所說，這個資訊快速、人與人的交流幾乎不用面對面的時代裡，編輯對於作者來說已經不再是那樣重要的存在……」初禮說，「曾經的編輯，就像是柏金斯，他需要擁有敏銳的目光和對出版行業的熱愛，去挖掘、去肯定一本書，將它以最好的狀態呈現到讀者的眼中，整個過程，就像是一名編輯在無聲地對成千上萬個之前並不知道這本書、這個作者的路人說：我這裡有一本書，非常好看，請你看看吧……」

一邊說著這樣的話，初禮想到了很多。

想到了掙扎在瓶頸之中的索恆。

想到了被人戳著脊梁骨嘲笑「要過氣了啊」，表面上還受到陰陽怪氣阿諛奉承著的江與誠。

想到了曾經心中懷抱熱情，最後因為不得不面對現實而迷失方向的于姚。

想到了一言不合就要拋棄過氣作者，完完全全將做書當作製作商品的老苗……

也想到了自己。

耳邊響起了江與誠的嗤笑：「反觀現在的時代，什麼都講究資料化——一本書誕生的主要原因並不一定是因為它本身的內容好，而是因為……它能賣。」

江與誠的話語之中沾染著一絲絲的嘲弄。

晝川抬起頭看了他一眼，沒說話。

「一本書寫出來，本身就擁有人氣——網路平臺上的收藏點擊率、評論數字，還有作者的人氣……有名的作者幾乎是開文就會有無數的出版社一擁而上，競爭報價；沒有名氣的作者卻無人問津，出一本書都十分困難……」初禮想了想道，「編輯的本質也從『伯樂』變成了『商人』，這大概就是那時候的紙本書和現在最大的不同。」

「是，我親眼看過某個過氣佬的實體書編輯親口對他說，這本題材不好賣，你別寫這個了，現在流行的是巴拉巴拉巴拉巴拉，你寫那個吧……」晝川似笑非笑地看著江與誠，「當時那個過氣佬作者幾乎被氣背過去，並說了一句經典臺詞。」

江與誠淡淡接過話茬：「『好大的狗膽』。」

晝川：「差點以為江與誠被晝川鬼上身系列。」

晝川仰頭拍大腿，無聲大笑。

然而初禮卻笑不出來。

看著江與誠一臉沉默，晝川滿臉嘲弄，再回憶起那一天，索恆坐在元月社的辦公室裡低頭哭泣的模樣……初禮只覺得自己的胃彷彿都掉在了地上，沾滿塵土。

這大概就是當前的作者對於他們的編輯最直白、最毫不掩飾的直面表現——不紅的作者委屈求全。

瓶頸期、低潮的作者不得不面對現實。

當紅作者因為曾經遭遇過、看見過的不公，再與如今待遇對比時，心中難免會飽含嘲弄與不屑……

沒有哪個作者再會輕易與他的編輯成為摯友。

作品本身也不再是作者與編輯之間唯一可走的橋梁，取而代之的是銷量、版稅、人氣評估以及無止境的討價還價。

就像此時此刻正在播放的電影一樣，時至今日，這樣浮躁的環境裡，很難再出現一個編輯，如柏金斯那般，以「編輯」之名，成為將蒙塵之珠挖掘、驚現於世人面前的「天才柏金斯」。

此時大螢幕裡，伴隨著作者湯瑪斯病重臨終前留給柏金斯一張遺言，有感激、有感慨，也有對摯友的遺憾。柏金斯閱讀完畢，沉默地將之收藏。終於，電影在這樣一片寂寥的灰色調中落幕。

電影散場，燈光亮起。

「所以老師總覺得自己不再需要編輯。」初禮看著晝川，「我理解你了。」

晝川嗤笑了聲，抓了把爆米花，看上去懶洋洋的：「看了場電影，沒想到受到教育的反而是妳。」

他說著抬起手，拍拍她的腦袋：「行吧，好好反思、好好反省，然後面對現實，以後少拿妳勵志劇少女那套來煩我……」

「但是這部電影的出現，至少說明了一些什麼，證明了一些什麼。」初禮一把抓住放在自己腦袋上還沒拿開的大手，「如果曾經有人可以做到，那麼現在我也可以。」

晝川一愣。

初禮站起來：「如果非要有一個人來終結作者們對編輯的失望，那就由我來——現在說出這樣的話可能還顯得有點狂妄，畢竟也才剛剛入行不久……但是我真的希望我能做到。老師，請你們給我一個機會，把這樣的決心刻在腦門上，銘記在心，帶著這樣的心情把你們的書送到讀者的手上——」

她用雙手抓著晝川的手。

伴隨著如同什麼不得了的誓言的話語，雙手微微加重了力道。

「請你們給我一個機會。」

晝川沒有急著回答，沒有嘲笑，也沒有立刻答應，他只是沉默地看著抓著自己雙手、目光閃爍的小姑娘，微微蹙眉。

直到他們身後，一個帶著調侃的聲音響起——

「如果妳不逼著我寫什麼現在流行的各種題材的話，」江與誠道，「那我滿期待的。」

初禮愣了愣，放開晝川回過頭去。此時此刻站在兩人身後，成熟英俊的男人脣邊始終掛著一抹不變的微笑，他與初禮對視上，聳聳肩：「反正不能更糟了，試試也無妨。」

影廳裡的人已經散場得差不多了。

舉著掃把和垃圾桶的清潔大媽走進來。

晝川低著頭盯著自己的手，沉默，不置可否——在江與誠率先選擇交出信任時，他聽出江與誠調侃的語氣裡，其實已經沾染上幾分認真和期待……

然而他卻只是目光流轉，沉默片刻後從位置上站起來，淡淡道：「別喊口號，看妳表現——幾年之後，誰還記得自己所謂初心啊，別說妳，我都快忘記自己當年究竟是為了什麼寫文了。」

晝川說著，將懷中被他抓得沒剩多少的爆米花桶往初禮懷中一塞，長腿一邁越過初禮和江與誠，頭也不回地往外走去。

江與誠拍拍愣怔地看著男人離去背影、有些失落的的小編輯的肩膀：「翻譯一下，晝川大大說，給妳一個機會。」

初禮轉過頭像可憐巴巴小狗似地看著江與誠。

他的笑容變得清晰了些：「妳要加油。」

從電影院出來是下午三點多，閒晃一下湊合著能吃晚餐的時間，然而當初禮和江與誠已經在討論晚上吃烤肉還是日本料理，晝川卻鬧著要回家。

「你家床底下有金磚啊，天天要回家守著。」江與誠嫌棄地看著晝川，「你也就比宅男多出一項會寫文的技能。」

「別啊，現在的宅男基礎技能，會修圖、會剪影片、會做應援物，聲音好聽的還會唱歌……」初禮掰著手指數，「因為要去漫展拍小姊姊美美照，所以常常扛著全套設備風裡來雨裡去，於是力大無窮——」

初禮放下手，默默地看向晝川。

晝川也看著她，炯炯有神：「我也能單手拎起一套單眼相機甚至包括腳架。」

初禮：「……」

言下之意：但這不妨礙我抱不動妳，胖子，剛才還吃了那麼大一塊巧克力。

初禮與晝川的默默瞪視之中，江與誠及時將眼看著要走遠的話題帶回來，他伸手拍拍晝川：「這麼著急回家做什麼？今天我和小猴猴出來除了看電影之外還有《消失的遊樂園》出版合同要談……介於剛剛小猴猴在電影院裡的起誓，我可是很期待這件事的，你別瞎搗亂啊。」

晝川瞥了他身邊的小姑娘一眼：「我想回家是因為家裡有人做飯給我。」

初禮抓著包的手一下子縮緊，瞳孔微微縮聚，與晝川雙眼皮瞪單眼皮的同時，她聽見江與誠在她身邊奇怪道。

「你請了煮飯阿姨？不叫外賣了？挺好啊，早就跟你說了天天吃外賣怎麼行，重油重味的對身體也不好……」

「吧啦吧啦吧啦。」晝川面無表情道，「能不能不要隨便就開啟家長模式，老子和你是平輩——請的不僅是個煮飯阿姨，她還陪我寫稿、遛狗、看電視……」

「寫稿？遛狗？看電視？」江與誠愣了，上上下下看外星人似地看著晝川，「你真找了個女朋友？」

初禮默默一步退到江與誠身後，開始瘋狂地跟晝川打手勢示意他閉上嘴別亂說話，然而晝川卻將她視為空氣，一臉平靜轉開臉。

初禮氣得原地跺了跺腳！

與此同時，完全不知道自己身後發生了什麼的江與誠還在震驚中：「怪不得昨天在家裡也穿得這麼騷包，原來真的是戀愛了嗎？」

晝川停頓了下：「我穿那樣只是因為我想穿那樣，在家裡就不能穿得好一些了嗎？誰規定的？對自己的人生負責到每一分每一秒有什麼錯？」

江與誠完全沒在聽他的強詞奪理：「至少四十八個小時之前我還以為你不會喜歡人類……」

晝川：「如果人類都像你一樣討人厭的話，那厭惡人類不是很正常的事嗎？」

江與誠繼續無視他的嘲諷：「所以你女朋友是誰啊，我認識嗎？寫手？繪者？微博上都說《洛河神書》封面繪者在倒貼你我還不信，這麼一想，你有女朋友大概也是最近的事……嘖，真的是繭嗎？」

晝川嗤之以鼻：「繭？那個東西稱得上是人類嗎？」

江與誠：「那你說是誰？」

晝川動了動脣，彷彿完全沒注意到自己話題已經被江與誠帶著跑偏——事實上，主要否認的根本就是「女朋友這玩意的存在性」而不是「女朋友到底是不是人類以及是不是繭」……

看著男人擺出想要認真回答一波的模樣，初禮漲紅了臉，直接掏出手機「啪啪」打字——

一秒後她猛地抬起頭，晝川手中的手機響起簡訊提示音，他拿出手機看了眼，備註「香蕉人」來信：別亂說話！注意用詞！當心毀人清白！

晝川：「……」

……看看這說的什麼話，還那麼多驚嘆號，嚇唬誰啊。

他拿起手機，保持著應有的面癱臉，以一名合格的打字工作者的速度回覆：怎麼，十分鐘前還抓著我的手不肯放，幾乎就要熱淚盈眶地讓我相信妳，一副海誓山盟會做出驚天動地的成績來的樣子——原來只是看完電影後當下心生感慨的產物啊，走出電影院大門就消失的短暫熱血，涼薄得連飯都不做了狗也不溜了……還好沒立刻答應妳，不然現在心都該碎了。

初禮：「……」

你心要碎了！

你有心？

江與誠：「好好的說著話怎麼突然發起簡訊了？是女朋友找你了嗎？」

晝川毫不猶豫道：「是背叛者。」

初禮：「……」

江與誠：「啊？」

晝川看向初禮，後者因為一臉大寫的絕望顯得有些放空……悄無聲息地勾起脣角，他在手機上打出四個字後將手機塞進口袋裡，用略微冷淡的聲音道：「出門是為了看電影，現在電影看完了，我回家了。」

初禮拿起手機看了一眼，手機螢幕上新訊息只有四個字：跟我回家。

祈使句。

並沒有商討的語氣在裡面。

初禮抓著手機想了想，已經反射性地在想「那晚上炒什麼菜啊，不早說在家裡吃，晚飯都沒買，冰箱裡還有什麼菜」，正努力回憶還有幾顆馬鈴薯這件事——忽然又猛地想起這會兒死死被她抱在懷中的帆布包裡，裝著等著江與誠簽字的《消失的動物園》出版合同！

……於是初禮停頓了下，做出了入職以來大概算得上是最狗膽包天的一句話——

她抬起頭，對著晝川揮揮手：「老師再見，路上小心。」

晝川往外掏鑰匙的動作一頓，他抬起頭，深深地看了初禮一眼——

就好像他的心真的碎了。

……並沒有。

因為三分鐘後初禮接到了兩條新的簡訊——

「一、抱著妳的破合同今晚自己選個橋洞底下和要飯的去擠擠，因為我不會幫妳開門的。」

「二、別想翻牆而入，內有惡犬，我會報警。」

送走了鬧著要回家守金磚的小學生，初禮和江與誠隨便找了間餐廳坐下。江與誠要了杯咖啡，初禮拿出了《消失的遊樂園》合同交給江與誠；後者接過翻開的時候，初禮其實是有些緊張的——裡面的首印量和晝川的《洛河神書》是一樣的，但是聽L君那天偶然提起的說法，新盾社曾經開給江與誠十幾萬的首印量。

果不其然，在飛快地掃過合同內容的某幾個重要數字後，江與誠合上了合同，端起面前的咖啡喝了一口，脣角輕揚，嗓音溫和：「我覺得我想要說什麼妳已經猜到了。」

初禮動了動脣，江與誠卻打斷了她的話：「我覺得妳想說什麼，我也猜到了——元月社家大業大，首印不高不重要，關鍵是你們能賣，只要能賣就總能繼續印然後給我應有的版稅，對嗎？晝川也是因此被說服的。」

初禮：「……」

看來戲子沒少跟別人抱怨，這合同他簽得有多不情願。

「這話說給晝川那種人聽，再合適不過了，他啊，文人傲骨結合中二病，自信心爆棚。」江與誠嗤嗤笑著，「妳要是問他能賣多少，他可能會告訴妳，妳開給他三十萬首印，他也能賣光——《洛河神書》能簽給妳，與其說他是對妳這個新人編輯有信心，不如說是對自己有信心。」

「但是我不一樣，從第一本《消失的動物園》創造一個出版界新人奇蹟銷售量開始，第二本、第三本，每本都是人們眼中的大紅文，被放到書店的暢銷書位置……但是真實情況是，每一本都在走下坡路。」

江與誠看著初禮的眼睛：「直到上一次出書是兩年前了，首印量二十萬，現在好像都沒賣完，壓倉庫呢，出版社年年雙十一跳樓價清倉，看得我都心疼……」

想了想江與誠確實每年雙十一都在幫忙轉發書商的促銷廣告之類的，初禮一個字都說不出來。

「每次他們求我幫忙轉發宣傳，減少庫存壓力，我都笑著說好，就好像……有人要打你的臉，你不情不願卻還是必須要把臉伸出去一樣——沒辦法啊，拿人手軟嘛。出本書，也不過是手拿錢辦事而已，比工地裡搬磚的高貴多少？」

江與誠聲音平靜，脣角始終帶著笑，說到「雙十一跳樓清倉」時甚至嗤嗤地笑了起來，他抬起手，一隻手撐著抹了把臉——

那樣的笑意卻未達眼底。

臉上的表情，就像是雙十一跳樓清倉的是他而不是他的書。

彷彿這些年背著「暢銷書作家」的名譽，他經歷了什麼、背負了什麼、承受了什麼，大概只有他自己才知道。

「但是我說過給妳一個機會，初禮。」成熟英俊的男人放下了手，他看著坐在自己對面的小姑娘，「被逼至死角的生物總會被陽光下的生物吸引，晝川是，我也是——」

他微微彎下腰，將面前那份合同推回給初禮：「所以雖然這份合同現在我不會簽，但是我願意給妳一個機會——十五天後，晝川的《洛河神書》上市，用一個令人滿意的數字給我一個能夠被說服的理由。」

初禮低下頭，盯著推至自己面前的那份合同——合同之上，輕搭的手骨節分明，手指修長。

「半個小時前妳發誓，不要讓作者再淪為本身人氣之下的犧牲品……」江與誠淡淡道，「那麼，做給我看，讓我看到妳做為一個編輯存在的價值。如果妳連晝川這樣的當紅作者都駕馭不了，也不可能把快爛在棺材裡的我拯救出來。」

江與誠用實際行動證明了兩點——

一、生活並不是只是下定決心，喊喊口號就可以，妳還必須要付出行動，拿出證明。

二、第一個站出來宣布信任妳的人不一定是在欣賞妳的熱血，只是因為他迫切地需要拯救——說難聽點兒是「病急亂投醫」也行。

晝川是站在金字塔尖端底層的生物，他抬著頭，意氣風發，正要向著最尖端發起攻勢。

江與誠是站在晝川肩膀上的生物，看似更高的高度，實際上岌岌可危，隨時都背負要被人超過、被人嘲笑的恐懼。畢竟就是有些小透明作者，拿著四、五千的首印量，明明還在為下一頓吃哪個CP值更高的牌子的鹹菜發愁，偏偏非要盯著你：哇，你看那個大大，才二十萬首印的書賣了兩年還沒賣完，撲街了撲街了，嘖嘖嘖！

這種生物初禮不是沒見過。

就連當初L君在論壇寫文，偶爾寫一篇回覆不過百的文都會有不明生物出來發帖：模仿沒有出路，L君終於還是迎來了自己的窮途末路。

對於這種生物，初禮理解他們的存在，也清楚正是這些人會替大神作者帶來無形壓力，但對於這種人，她只想說……馬的智障，關你屁事！

大概是此時此刻被無情拒絕的打擊略大，初禮的思想飄得有點遠，所以在接過了江與誠退回的合同後，一下子沒來得及做出反應。

江與誠看著初禮動作機械地收起合同，笑道：「要和粉絲親口承認這些真是令人難堪，是不是很幻滅？」

初禮拉起帆布包的拉鍊，有些茫然地抬起頭：「啊？」

……要說幻滅，其實也沒什麼好幻滅的，畢竟就連小學生都知道成績下滑要挨揍前必須老實讀書；畢業之後，生活教會我們，賺錢能力下滑會餓肚子，有像讀書一樣簡單就能解決辦法的方式，那還等什麼，還不快上？

初禮：「倒是不幻滅。」

江與誠：「我和晝川不一樣。」

初禮點點頭：「是不一樣。」

聞言，江與誠笑容稍稍收斂了些，這時候初禮彷彿沒有察覺一般，低著頭，喝了口冰水自顧自道：「不過各有各的不同有什麼好稀奇的，晝川老師憋著一股氣跑來出書，一門心思想著要拿成績打他老爸的臉；老師您倒是一開始就跟著市場走，是天之驕子、暢銷書作家——說到底大家就奔著紅去的，最後大家也都紅了，分什麼高低貴賤，有什麼不好啊？」

江與誠一愣。

初禮放下水杯，一臉莫名表情地看著江與誠：「書能賣說明寫得好啊，書賣不動了多加改進就行——商業作者沒那麼不堪，心裡真沒有一點點想寫東西的欲望，硬憋也憋不出大賣的作品。」

江與誠：「……」

初禮擺擺手，一臉過來人表情的模樣：「您就是被晝川老師套路了，還真以為他比您高貴啊？嘖嘖，這人最擅長把死的說成活的，您沒事少跟他談人生談理想，有毒的。」

江與誠盯著初禮幾秒，有那麼一會兒彷彿在看什麼神奇生物，良久，那雙原本深不見底的眼中突然有了光，他眼角柔軟下來，大笑——

恨不得錄個音發給晝川聽。

他笑夠了之後拿過菜單塞給初禮，告訴她隨便點，他請客。初禮也沒瞎客氣，抓過菜單點了一堆的肉——畢竟吃飽了才好戰鬥。

十幾天後，《洛河神書》開始向各大書商宣傳預售上市，這是一場不能打輸的硬仗。

第八章

晚上。

七點。

當初禮吃飽喝足，掏出小本本，認認真真地跟江與誠討教實體書銷售與宣傳經驗，準備到時候摁著晝川的腦袋也要讓他配合自己的時候——G市市中心某高級社區某屋子裡，晝川正蹲在飯盆旁邊，手拿一盒挖空的狗罐頭，看著二狗嗷嗷吃著狗糧拌昨晚的剩飯。

可能是晝川的目光過於灼熱，二狗吃了一半抬起頭看著他，那雙杏仁似的狗眼閃爍了下，大爪子把飯盆往自己懷裡推了推。

晝川伸出手擦掉狗鼻子上的飯粒：「老子是餓了，但是沒墮落到要跟你搶剩飯。」

他說著低頭看了眼大塊肉拌剩飯，停頓了下：「雖然說是有點羨慕你，好歹還有罐頭，家裡連人吃的泡麵都沒有。」

以前總有的……

只是自從某人搬來後定時定點餵飯，不吃也得吃，泡麵這玩意好像就再也沒有買過了？啊，這種不知不覺中就發生的變化，真可怕。

晝川想著，掏出手機，先在某寶訂了三箱泡麵，然後想要順便點個外賣，結果進了外賣APP選了半天吃什麼最後又一個手抖退出來——感覺叫了外賣，自己就輸了。

但是手機都掏出來了總得幹點兒啥，於是又找到某人的號碼，發了條簡訊：狗我餵了，要妳何用。

七點十分。

之後晝川打字一個多小時，吭吭哧哧搞出四千多個字，扔微博更新，看了一波「沙發」、「我是沙發」、「啊啊啊更新了」、「先坐個地板再看更新」之類的評論後，抬起頭看了看鐘，晚上八點半。

二狗叼著牽繩推開門，眼巴巴地在他身邊蹲下：散步時間。

晝川嘆了口氣，總覺得這「單身大老爺與狗」的熟悉過日子節奏又回來了，站起來替狗套了牽繩，牽著狗出門。

帥哥與大型狗的搭配永遠是散步場所上的超級巨星，在接受了馬路上無數小姑娘的「可以摸摸頭嗎？順便問這是什麼狗」的提問後，晝川站在每次散步必經的橋上，掏出手機，打字：狗我溜了，要妳何用。

依然沒有反應。

手機沒電了？

還是已經被江與誠殺害了——用那個腳趾頭猜都知道首印量不超過十萬的合同撕碎了紙片割喉致死？

又或者是粉絲與大大金風玉露一相逢，餐桌之上二人眉目傳情、惺惺相惜……

晝川的眉毛跳了跳。

他幾乎是沒有猶豫，下一秒再次將原本已經放回口袋裡的手機掏出來，進入微信，找到那個名叫「江與誠」的傢伙。

晝川：搞完沒？

晝川：搞個合同要那麼久？

晝川：能不能好了，人都快餓死了，寫完稿子還沒吃飯呢！還我煮飯婆！

晝川：……不對，是還我編輯！

晝川：不把稿子給她過一遍我吃不下飯！

晝川：你是不是想餓死我!?

以上，咆哮六連發，完美體現一個餓到精神恍惚的人該有的混亂精神狀態。

晝川收起手機，心想要不還是別死撐了去點外賣吧偶爾輸一次也總比餓死好，吃完了才有力氣打個電話讓她找個地方挖個坑把自己埋起來……正琢磨著，突然聽見身後有個熟悉的聲音叫「老師」，然後是「噠噠」如小鴨子走在青磚路上的聲音。

牽著二狗，晝川面對河水，內心沒有一絲波動，甚至沒有回頭，他面無表情地想：這都餓出幻覺了。

直到腳邊的二狗從原本的趴著立刻蹦了起來，豎起耳朵、搖著尾巴衝著他身後「嗷嗚嗷嗷嗷」地一通瞎叫——

晝川：「……」

這要不是住他家閣樓的小姑娘真的來了，就是真的見鬼了。

晝川面無表情地轉過身，一眼就看見背著帆布包的小姑娘一邊揮手一邊往這邊跑——跑得確實像是小鴨子似的，路燈之下，她的影子被拉得很長很長很長。

一蹦一跳的，很活潑。

儘管現在初中生大概都不樂意這麼蹦躂著走路了。

晝川放開狗繩，看著巨型阿拉斯加雪橇犬撲出去給了初禮一個大大的擁抱。

他勾起脣角。

站在原地，看著矮自己大半個腦袋的小姑娘牽著二狗走到自己面前，當熟悉的那種混合著陽光、淡淡汗味和幾乎要捕捉不到的沐浴乳混合氣息隱約鑽入鼻中，他看著她在自己面前站定，氣喘不勻地說。

「我生怕趕不上地鐵，急急忙忙地吃完飯，跟江與誠老師討要了些賣書宣傳的經驗還有怎麼和實體書商打交道的祕訣，這就回來了，結果正好看見你在這散步……老師你吃飯了嗎？不會還沒吃吧？我看你微博都更新了，不會餓著肚子打字吧——」

一大堆的碎碎唸，伴著晚風傳入男人耳朵裡，於是上翹的脣角弧度變得更加清晰。

低著頭，明明發現自己的心情其實還不錯，嘴上卻還是要得理不饒人：「正準備叫外賣，等妳餓都餓死了……和心儀已久的大大聊天那麼開心，誰知道妳今晚幾點回來？」

「我不現在回來還能幾點回來，地鐵沒了坐計程車得多少錢啊！」初禮停下碎碎唸，抬起頭瞪了他一眼，「江與誠老師不肯簽這合同啊，所以吃了飯就回來了……」

初禮停頓了下，突然想到某人早上的黑歷史，臉色變了下，扯住身邊男人的衣袖：「你沒發簡訊跟江與誠老師說些有的沒的吧？」

晝川：「……」

還是有說一點點的。

他側過身子掏出手機，進入微信，想要將之前發的咆哮六連擊撤回，然而卻不幸地發現「撤回」選項已經消失。

晝川：「……」

沉默地將手機塞回褲子口袋裡，看了眼身邊一臉警惕看著自己的小姑娘，他一臉正經：「能說什麼？老子這麼大的大神還稀罕和江與誠那過氣佬搶編輯啊？妳也真看得起自己……」

初禮鼓起臉。

晝川看了眼，忍住伸手去戳的衝動，轉開臉、皺起眉，加快了步伐不耐煩道：「快點回家，點外賣，餓死了。」

初禮只能小跑步跟上：「我都回來了你還點什麼外賣，冰箱裡還有牛肉、胡蘿蔔、馬鈴薯，我替你做湯飯……」

「外賣，我想吃外賣，黃燜雞米飯。」

「那東西重油重口味，有什麼好吃的，天天作息顛倒黑白還愛吃外賣，你能不能活過三十歲，你死了誰寫稿給我……」

「……」

來的時候是一男一條狗。

離開的時候是一男一女一條狗。

當三人並行逐漸遠去，小姑娘的碎碎唸最終結束於男人的粗暴動作之中——耳邊嗡嗡嗡的嘈雜聲中，他一句也沒聽進去，只是抬起大手，爬上她的後腦杓，指尖插入她柔軟的短髮裡，然後扣住她的腦袋使勁往下摁了摁！

初禮往前踉蹌了下，憤怒地抬起頭，與此同時，她聽見身邊男人懶洋洋道：「閉上嘴，讓回家不回的人還敢那麼多廢話。」

「……我這是為了夢——」

「再胡說八道一句電影臺詞今晚妳睡院子外面，靠近我家一步我就報警。」

「……」

「晝川老師，還有十五天就到《洛河神書》送印了，你緊張嗎？」

初禮端坐在桌子前，看著坐在桌子另外一邊的晝川——此時男人正低頭吃她做的牛肉胡蘿蔔馬鈴薯湯飯。

肉很多，多到每天十點要準時睡覺的養生型二狗繞著晝川走了無數圈，直到十點半都還捨不得去睡，就眼巴巴瞅著。

晝川遞到嘴邊的湯匙稍一停頓，抬起頭看了一眼初禮：「我緊張什麼，沒賣好也就是我看走眼把一本書做爛了而已，最多在我那無數不堪回首的撲街歷史裡多出一筆——妳覺得對於一個處女作都被撕毀燒掉的作者來說，還有什麼是不能承受的？」

初禮：「……」

她不知道此時此刻自己應該擺出一個怎樣的表情。

同情他？還是同情自己？

「倒是妳，應該緊張的是妳才對。」晝川用瓷湯匙輕敲碗的邊緣，扔開湯匙打開一瓶冰可樂咕嚕咕嚕喝了兩大口，「這本書賣不好，首先妳就違背了當初承諾我一定盡全力去賣好的諾言，妳就是個騙子……」

晝川：「其次我當然不會再給妳第二次機會，《洛河神書》也許會成為我和元月社合作的最後一本書，也許不會，但是毫無疑問的，妳將再也不會有機會成為我個人的責編——我們也許還可以是房東和房客的關係，但不會再是編輯與作者關係……」

晝川：「最後妳知道這意味著什麼嗎？意味著至少對我來說，今天妳在電影院說的那番話都變成了毫無意義的廢話，以後妳怎麼樣將與我無關，真心祝福，願妳前程似錦。」

初禮：「……」

從頭到尾的「首先、其次、最後」，初禮甚至沒有插嘴大大的機會，她只能微微蹙眉，下意識地覺得自己非常不喜歡聽到男人親口否認「責編與編輯」這件事——

哪怕是假設的也不行。

他是她進入這一行來，第一個親手將簽好字的合同遞給她的人……

她絕對、絕對不能將他弄丟。

而不遠處，男人聲音冷靜而冷酷：「是時候為命運孤注一擲了，小姑娘，妳我都是。」

那毫無情緒起伏的嗓音讓初禮心中突然一緊，下意識地挺直了腰桿，表情也變得嚴肅，放在桌面上的拳頭握緊。

這時候她又看見晝川拿起湯匙，用湯匙如劍一般，隔著桌子比劃指向她的鼻尖：「這樣說完是不是覺得我是一個很有原則、具有男子氣概的人？」

初禮：「……」

神經病啊！

初禮：「老師，我在認真跟您討論您的作品上市計畫，能請您也認真一些嗎？」

晝川放下湯匙：「我很認真。」

初禮翻了個白眼站起來，開始學著二狗在屋中轉圈。

以《洛河神書》為例，一本書的實際發售過程是這樣的——

發售前在雜誌上和各個官博、官方貼吧之類的地方提前三個月左右開始上廣告，這個流程初禮一直在做，並且從封面定稿、周邊合同和繭簽下後，就一直每隔兩、三天上微博發一點兒進度。期間她還會要求繭幫忙轉發宣傳，繭非常不樂意，但是也沒辦法——因為在那次大戰之後，初禮張口閉口都是以「合同上規定」這五個字做為開頭和結尾，別的廢話一句懶得多說。

再不然就是跟別的雜誌交換廣告，互相拉動宣傳力。但是國內的雜誌比較少這樣做，因為國內的生意人就是這樣的狹隘，就算是互相幫助也見不得別人好。原本初禮在認真地看過其他暢銷書的行銷路線後，也曾經想找新盾社看看能不能交換廣告位，但是這樣的提議剛剛提出，甚至沒來得及往上送，在于姚那就被一巴掌拍了回來。

最後，就是上市之後的行銷了——行銷佬聯繫全國書商給宣傳資源，比如在各大書店的顯眼位置貼店頭海報，還有在各大實體書店最顯眼的平臺展示，還有網路店比如天貓、當當、亞馬遜的各種宣傳版頭……

以上，這是傳統紙媒的行銷路線，再古老一些的年代沒有微博，就直接連第一步都可以省略。在那個年代，每當有新的書上市，行銷佬們恨不得蹬個小三輪車拿個喇叭沿街吼一波：XXX作者新書上市快踏馬來看巨好看！快踏馬來買巨划算！

而在這些過程中，可以看得出，做為責編，初禮能夠實際涉及到的部分並不算多——因為與圖書上市真正有關係並落實到的，是行銷部。

元月社做為傳統紙媒龍頭老大，行銷部還是很給力的——聽說那些行銷佬已經為《洛河神書》爭取到了全國各大書店長達半個月至兩個月時間不等的實體書堆疊展示宣傳形式。

初禮為此感激涕零，此時突然想到此事，停住了繞圈圈的步伐，轉身跟桌邊吃完飯正在刮碗的男人提出：「對了老師，行銷部已經替《洛河神書》爭取到了全國各大主要城市新華書店的展示宣傳位置，半個月耶！」

晝川：「喔，那他們很棒棒了。」

初禮：「聽說他們也是三顧茅廬很辛苦的，所以你要不要掏下腰包請人吃頓好的或者送點兒小禮物，以表感謝？」

晝川想了想，回答：「去吧，必要的公關禮儀還是要做的，給妳兩百夠不夠？」

兩百塊還不夠那些行銷佬三顧茅廬路上的交通費。

初禮：「……算了，不公關了，那是他們應該做的。」

晝川聽出了她話語裡的嫌棄：「二百塊妳嫌少啊。」

初禮：「沒有。」

晝川：「窮得要死要活，只能依靠住在別人家裡蹭吃蹭喝才能生存下去的人有什麼資格嫌棄二百塊？」

初禮：「沒嫌棄。」

晝川：「……不僅蹭吃蹭喝，水電費也不給的。」

初禮：「我沒嫌棄！」

晝川揉揉耳朵，嘟囔著「不心虛妳吼什麼吼」，又問：「那看來這次《洛河神書》的實體鋪貨流程已經走得差不多了，行銷那邊有沒有告訴妳大概的訂購量啊？超過四萬五了沒？」

初禮動了動脣，還沒來得及回答，這時候又聽見男人自言自語道：「我覺得訂購量肯定已經超過四萬五了——那些實體書商聽見我晝川的名字，應該就像是狗熊嗅到了蜂蜜一樣撲上來才對。」

初禮：「……」

大概是從不遠處投來的無語目光過於不加掩飾，蜂蜜先生看著他的責編，挑起眉：「我說的有毛病嗎？」

初禮：「……有啊，比如我新書資料表都還沒寫。」

現在，《洛河神書》的進度就進行到等待將新書資料表發給各大經銷商的步驟。「新書資料表」，如其名，就是出版社發給經銷商的提案內容——包括作者資料、封面繪者資料還有書本身的內容以及資料、資料等……書在送印之前要先預定下單，這些下單量加起來將會成為書本第一批印刷量的重要估算資料。

而寫一篇稍微好看一些的新書資料表，就是在書本上市銷售的整個過程中，責編為數不多能主動為這本書做的幾件事情之一。

所以這會兒，聽見初禮居然還沒動工，晝川頓時怒了：「還有十幾天送印妳新書資料表都還沒寫，那玩意有什麼難度嗎？朋友，妳到底想不想幫我賣書？」

「經銷商是真正的商人，他們才不會管你內容多精采，他們只想要知道這玩意到底能不能賣。」初禮掰著手指一臉為難，「我正在努力學習如何排除個人情緒，放棄去吹噓這本書多好看，在新書資料表裡跟這些經銷商講些能夠打動商人的心的道理。」

晝川點點頭，「很有想法，就差付出實際行動，麻煩妳快點。」

初禮：「現在寫？今天週六耶，你讓我加班？」

晝川：「怎麼了？」

初禮：「天天鬧著讓我不許加班畢竟于姚又不給加班費的人不是你？」

「那不一樣，妳這次賣的是《洛河神書》，而妳現在正站在這本書的作者的房子裡大言不慚，一會兒妳要是準備睡覺，枕頭都是老子掏腰包買的。」晝川問，「又要給住的還要給吃的，還得忍住妳無視『房客守則三十條』被催稿時不能和妳打架，比養了個閨女還操心，妳憑什麼不替我加班？」

初禮被說服了，一邊唸叨著「是我這就去」，一邊準備上樓把筆記型電腦抱下來——畢竟這個世界上沒有人比晝川本人更瞭解他的書，新書資料表和他一起做當然是再好不過的選擇。

初禮轉過身往樓上走了兩步，晝川的手機震動了，初禮眼角餘光看見他拿起手機，隨意看了眼螢幕、戳了一下，然後，江與誠的聲音就清清楚楚地在客廳中央響起——

「你為什麼管小猴猴叫煮飯婆？你讓她煮飯給你？你說的煮飯、寫稿、遛狗的人就是她？朋友，你把你責編當……」

後面的話沒聽到，因為晝川「滴」地一下子把後面的話按掉了。

晝川：「……」

初禮：「……」

初禮縮回了已經踏上閣樓樓梯的腳，轉過身看著晝川：「煮飯婆？」

晝川：「咦。」

「咦什麼咦！」初禮脫下拖鞋，對著晝川的臉方向比劃了下，提高了嗓門，「我問你有沒有和江與誠老師說奇奇怪怪的話，你說沒有！」

「煮飯婆算什麼奇怪的話，妳不是煮飯給我嗎！」晝川掏了掏耳朵，然而臉上的表情看上去並不是那麼理直氣壯。

想想江與誠這會兒如果夠閒的話，搞不好已經腦補了一部關於新人編輯和大神作者的狗血劇，頓時只覺得氣血上頭，她抬起手，狠狠地扔出自己的拖鞋——

原本蹲在晝川身邊的二狗蹦躂起來、嗷嗚一下、高空接物接住那只拖鞋，然後興沖沖走到晝川身邊，將拖鞋往他懷裡一放，滿臉「求表揚」地飛機耳狀蹭蹭牠主子。

晝川一臉嫌棄加心虛地將初禮的拖鞋扒拉到地上。

初禮響亮地「哼」了一聲，只穿著一只拖鞋，一瘸一拐地衝上樓。

一人樓上、一人樓下分開時，家裡終於清靜了下來。

晝川洗完碗洗完澡，換好睡衣回房，打字。

半個小時後，初禮赤著腳下來了。

直接穿過客廳走到晝川房間推開門，晝川正在打字，劈哩啪啦的打字聲伴隨著初禮推開門戛然而止。晝川回過頭，看著身穿白色睡衣、披著一件外套、赤腳站在自己房間白色地毯上的小姑娘，停頓了下。

他露出了個想教訓人的表情。

然而沒等他開口，初禮說：「你把我那只拖鞋藏哪了？」

「……鞋櫃裡。」因為突然被提起了關鍵字，那好不容易消失的心虛再次湧上心頭，晝川猶豫了半晌——

妳踏馬給老子穿拖鞋！

女孩子家家的，赤著腳到處亂跑像什麼話！

放了古代老子就因為多看了妳這一眼就要娶妳了！多可怕！有妳這麼強買強賣套路金龜婿的嗎！

上面三句話憋在心裡，千言萬語化作一句——

「這都十一月了，赤腳到處跑，當心著涼。」

初禮假裝沒聽見他的話，只是捏著一張紙衝進了晝川的房間，將那張剛剛列印出來、還帶著溫度的紙張往男人面前一拍！

晝川微微瞇起眼，伸脖子去看——

發現眼前擺著的正是新書資料表。

《洛河神書》新書資料表：

（千年覺醒，幻化為人，只為與吾主共守河山！）

超人氣東方幻想作家晝川自我突破之作！

出道作《東方旖聞錄》後再戰顛峰！

火爆微博連載最紅文，單章微博轉發量最高紀錄十八萬以上！

勢頭直逼老牌大神江與誠，發誓再也不做「隔壁家的小孩」！

作者簡介：晝川，國內首屆一指東方幻想文學大神，S省作協成員，微博粉絲百萬，文風華麗，天馬行空的想像力。少年出道至今，共出版八部作品，累積銷量突破三百萬大關！

畫師簡介：繭，國內一線古風繪者，微博粉絲百萬，粉絲號召力強。

內容簡介：海邊採珠白衣少年，無意間撿到了一本神奇的書，書的名字就叫《洛河神書》。原來在人類誕生之前，世間便存在支配過這片黃土地的飛禽走獸——少年無意間用自己的血從書中召喚出一隻奇形怪狀的野獸，與書裡其他小妖怪一塊為少年所用，參軍報效祖國、平定外敵。當一日孩子終成大英雄白衣將軍，野獸也化作一名英俊武將……

編輯推薦：承襲了作者晝川一貫華麗文風與天馬行空想像力又一東方幻想文學巨作，整篇文章行雲流水，伴隨著白衣少年成長，視野從海邊至沙場至天下——猶如一幅塵封古卷，徐徐展開……古卷之中，有兒女私情，有心懷天下，有精忠報國，有山河秀麗。那是一個只存在於本書之中的大千世界。

名家推薦：圈裡圈外都是人脈，隨便選。

定價：五十五元／套（上下冊）（暫定）

晝川：「……」

他抬起頭，看著站在自己身邊正用星星眼看向自己的傢伙，踩在厚實地毯之上的腳趾頭因為緊張和不安在不自覺地翹動。

晝川：「勢頭直逼老牌大神江與誠，發誓再也不做『隔壁家的小孩』！是什麼？」

初禮唇瓣蠕動，手捏了捏睡衣裙角：「……老苗說，這個新書資料表就是要往死裡吹，聽說市場上那些羞恥的書腰宣傳語一半都是新書資料表吹牛內容直接copy的……而且關鍵時刻不惜拉別的作者當墊背——」

初禮腳後跟磨擦了下腳下的地毯。

「而我思來想去，要在大眾眼中看似比你紅，還要被你拉走做墊背也不會記恨你的作者，放眼文壇就兩個：江與誠老師和晝顧宣老師。」

晝川的眉毛抖了抖，沒來得及說話，初禮已經「啊」地尖叫一聲。他只來得及看見眼前白色的裙襬飛舞，伴隨著一陣洗髮精和沐浴乳的味道撲鼻而來……下一秒，原本站在他面前的傢伙，已經一溜煙站在門外。

她扶著門框，探著半邊身子，瞪著眼小心翼翼地看著房裡捏著那張紙的男人——

如同看什麼下一秒會把她生吞活剝的豺狼虎豹。

那副一邊幹著找罵的事，一邊頂著張人畜無害「我也不想，你也別無理取鬧，都是為了賣書」的臉瞅著他的模樣，晝川幾乎要被她氣死。

他冷笑，將手中的紙「啪」地拍到桌面上。

門外扒著門框的人也跟著這聲巨響蹦了下。

晝川：「妳還知道說出這話是欠揍？」

初禮縮了縮脖子：「只是說出你我共同的夢想。」

「我想它大賣。」初禮指指自己。

「你想從『隔壁家的孩子』陰影中走出來。」初禮指指晝川。

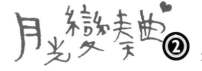

「皆大歡喜啊！」初禮雙手合十，鼓掌狀。

「我現在只有一個夢想。」晝川咬著後槽牙說，「那就是——妳過來，妳不過來我過去，看老子打死妳！」

話語剛落，不等晝川真的站起來，站在門外的小姑娘已經像隻受驚的倉鼠似地跳起來，一溜煙連蹦帶跳地轉身逃竄回房，「匡」的一聲關上門，還迅速上了鎖！

兩秒後，晝川QQ「滴滴」響起，回頭一看，某人頭像震動。

猴子請來的水軍：……大不了這句刪掉QAQ！凶什麼凶QAQ！

男人盯著這行字看了半天，腦補了下某人蹲在閣樓門後，抱著手機瑟瑟發抖、滿臉委屈打出這行字的模樣……

「嗤」的一聲，他低低笑出了聲。

將新書資料表影本留給晝川慢慢欣賞，初禮自己將文檔分別發了一份給老苗和于姚之後，順便留言江與誠不肯簽合同的噩耗，搞定一切，她跳上床準備睡覺。臨睡前，手機接到消息說于姚已經接收了她的檔，片刻後，于姚回覆——

于姚：新書資料表還不行，對繭的描述太冷靜不夠浮誇，改，改到把她吹得天上有地下無。

猴子請來的水軍：……光是新書資料表上這樣寫我都快吐了。

于姚：那就吐，吐完繼續給我吹。

于姚：以及《消失的遊樂園》合同的事，妳不用慌，江與誠不肯簽這合同我早猜到了，如果沒猜錯的話，他應該是在觀望晝川的《洛河神書》上市後才會做出決定——畢竟是江與誠，他比晝川實際多了——說來妳可能不信，按照分類，晝川這種放古代還算典型浪漫主義詩人，李白那種。

初禮抓著手機，幾秒時間內整個人是放空了，不小心想起了十分鐘前某人把自己和實體書商比作「狗熊與蜂蜜」這樣的比喻……實體書商是小熊維尼？可以，這很浪漫主義。

猴子請來的水軍：李白的棺材板都壓不住了，大週末晚上的老大妳為啥要這樣故意雷得我睡不著覺？

于姚：哈哈哈哈哈哈！

于姚：對了，我看見了江與誠發了晒電影票根的微博，三張……是晝川也一起去了嗎？妳怎麼不轉發？看了電影就白看了啊——這麼好的一次耀武揚威的機會怎麼能錯過？

初禮：「……」

耀武揚威？跟誰耀武揚威？

新盾社？

揮著手絹大肆得意：看吶，你們出了十幾萬首印都沒簽下來的作者被我們用一張價值十八塊的電影兌換券就騙了啊哈哈哈氣不氣？

初禮一頭霧水，又不好拿這種弱智的問題問于姚，只好登上《月光》雜誌官方微博號，轉發江與誠的微博順便配字：很高興和老師一起觀賞完這部電影，受益良多，感慨也很多，一起加油吧（笑）！

樣的配字可以說是非常沉著冷靜了。

可是這不妨礙還是有讀者在下面留言——

「天啊和江與誠大大去看電影！超羨慕！」

「這已經算是一種福利了吧……聽說江與誠大大也很帥的，當編輯還有這種好事？畢竟大大向來不辦簽名會，一般粉絲見他一次都難——三張電影票，另外一張不會是晝川的吧，呵呵。」

「QAQ我都想去元月社當編輯了，我的江與誠大大啊啊啊！」

「看說法風格官博君應該是女的吧……一次跟江與誠大大還有晝川大大一起看電影嗎？」

「不知道為什麼有點不爽……」

「還特地轉發，看了就看了唄，也不能低調點兒？這炫耀的語氣。」

以上。

初禮看了一些評論——大概七、八個評論裡會夾雜著一個陰影怪氣的——將這些評論截圖發到《月光》編輯部眾人的微信群裡，于姚第一個跳出來打了一連串的「……」，阿象緊隨其後。

會飛的象：還能這麼玩，厲害了。

于姚：……我也是有點驚訝，不好意思啊初禮，我以前也沒怎麼帶過這種實力派裡面摻雜一點兒偶像派意思的男作者，沒想到看個電影居然還有粉絲不高興。

啾啾肥啾：不會是新盾那邊請來帶節奏的水軍吧2333333！

初禮心想：「妳『23333』個毛啊，笑點在哪，老子一肚子火好嗎？」

初禮這邊正蛋疼著，那邊門又被敲響了，她反射性地回了句「門沒鎖」，下一秒門被人推開——

晝川背著光站在門外，沉默地看著房間裡的人。月光之中，她坐在閣樓床鋪正中間，白色的睡衣、白色蓬鬆的被褥，她像是整個人幾乎要被埋進雪堆裡。

晝川目光閃爍，莫名覺得閣樓裡、初禮屁股底下那張床好像挺舒服，強忍住過去試試看的衝動，他換了個站姿：「看見微博了。」

用的是陳述句。

「妳沒事幹轉發江與誠的微博幹什麼，這個呼吸一口空氣恨不得都發個微博刷一下存在感的人？」

這次是疑問句，需要一個回答的那種語氣。

「……我還以為你上來找我打架呢，原來你也看見了啊。」初禮抬起手撓撓臉，半開玩笑似地說，「于姚讓我轉發微博，以前她帶的都是女作者，估計也沒想到你們這些偶像派作者的女粉絲那麼瘋狂——」

晝川撐著門框，高大的身影似乎要把門堵得結結實實。背著光，初禮看不清楚他臉上的表情，晝川只是沉默了下，居然破天荒沒有跟她就「偶像派」這三個字發揮八百字跑題辯論，而是略微沉穩道：「我去說下讓她們閉上嘴？」

初禮都震驚了：「你別啊，只會起反效果。」

「那妳就讓她們罵？」

「反正她們罵的是《月光》雜誌官博又不是點名道姓說我。」初禮想了想說，「也不是很生氣。」

「我看妳是少根筋吧？」

初禮：「……」

男人說完，在初禮的瞪視中轉身離開，走的時候沒忘記替她帶上門。初禮聽著閣樓樓梯在他腳下發出「嘎吱」、「嘎吱」的聲音，直到那聲音消失，初禮確定他走遠了，重新拿起手機刷了刷微博。

此時官方微博下的評論達到了四百多條，陰陽怪氣的評論大概有三、四十條吧……還在增多。

這增長趨勢過一會兒就停了下來，初禮有些好奇，直到微信收到于姚的一個截圖——

在晝川下樓前後不到五分鐘，他微博居然更新了一章新章節，一個突如其來的「今日二更」將他那些閒著在雜誌官方微博下找事的粉絲一波全部帶走。

而在江與誠的微博下，有一個粉絲留言：是大大的編輯妹子和大大還有晝川大大一起去的嗎？好羨慕啊。

江與誠則專門挑了這個回覆，假裝雲淡風輕地回答：不是，元月社發了很多電影票，讓作者和整個編輯部一起去看的呢。

與此同時，就像是要證明江與誠的話所言不假，索恆也在《月光》雜誌官方微博下發了留言：很值得一看的電影：）……

一群人用模稜兩可的話，一個恰到時候的更新，輕易帶走了粉絲們的奇怪注意力，也造成了這次看電影是大家一起去的假象。

初禮上QQ謝過江與誠，又謝過索恆——索恆的出現初禮倒是滿驚訝的，怎麼想都覺得不會是老苗讓她來的，那麼是誰讓她來的……初禮用腳趾頭都能猜得到了。

初禮去謝晝川的時候，這傢伙的反應比較特殊。男人反手回她一個「？」，然後生怕尷尬不死人似地說：我二更妳謝我幹麼，粉絲再高興愛的也是我，這本書又不一定簽給妳。

初禮扔了手機，睡覺睡覺。

這睡前因為轉發微博而引發的一個小風波就這樣被她拋至腦後。

接下來的三天時間內，初禮陷入了前所未有的腦洞風暴中心。

說來人家可能都不信，那一張破新書資料表，初禮來來回回改了無數遍——

週一。

在老苗那先是被痛批一頓「封面題字的書法家那麼重要的身分妳居然提都不提」，初禮一想「哎呀臥槽還真是」，趕緊屁滾尿流地將老書法家的名字加在晝川和繭中間，搜尋一下這位老書法家的各種名號，選擇洋氣的、特別能唬住人的幾個複製黏貼……

這是老苗唯一詳細告訴初禮哪個地方該怎麼改的一項，接下來在老苗「這裡不行」、「那裡不能這麼說」這種含糊的指令中，初禮又把書的簡介內容、編輯推薦內容陸續改了十遍八遍的，到週二上午上班時間結束，手裡第九個版本的新書資料表才勉強過了老苗的法眼。

然後送給于姚。

于姚瞥了一眼，上來一句話就把初禮打回去：「我週六晚上不是告訴妳這個對繭娘娘的吹捧力度不夠，妳怎麼還沒改啊？」

這意味著這張新書資料表將會有第十個甚至第十一個版本。

初禮心都碎了。

將新書資料表轉回來一看，發現于姚也不是為難她，關於繭的描述她還真是沒改——想了想應該是那天晚上突發狀況，她因為被滿臉寫著「妳居然動我家的白菜」的江與誠老師粉絲萬豬拱塔，拱得頭暈眼花居然忘記了這茬……

她連忙拿著新書資料表回去弄第十版。

把繭吹噓成國內古風商業插圖第一大手，坐擁粉絲百萬，呼風喚雨，與晝川雙強聯手，殺遍天下無敵手，只要長眼睛愛看古風題材的讀者一定會買，不買就是只能聽朗讀版的瞎子。

到這種程度，她這才忍著噁心，過了于姚那關，送給夏老師過目。

然後在夏老師那，因為某些「用詞俗套低級」、「像小學生寫作文」之類的評價，又被迫把這一張破紙的幾百字，反反覆覆又修改了十遍八遍。

在週三下午下班前，QQ上接到了夏老師發來的新書資料表過稿通知，初禮坐在電腦前差點喜極而泣，懷揣著一顆感恩世界的心，將新書資料表發給了行銷部。

週五，第一批書商的訂購量殺到——

行銷部發來資料表格，存檔下來打開之前，初禮整個人緊張得跟當年站在電話前打電話查詢高考成績那會兒一模一樣。滑鼠指標放到那個表格檔案上時，她清清楚楚地聽見心臟在胸腔之中有力地鼓動。

電腦螢幕都能反射出她因為過於緊張專注而發光的雙眼。

作賊似地看了看四周，發現每個人都在忙自己的沒人注意到自己，初禮這才深呼吸一口氣飛快地將那個表格打開——

今天行銷部一共接到了八十七家書商的訂單，訂單數字前後加起來，正好四萬五千兩百套。

初禮：「……」

這才是預定下單的第一天！根據元月社以往合作的書商數字，接下來應該還有四百多家大小書商會陸續趕來……這意味著，今天訂走的這四萬五，可能只是五分之一不到的數字！而在今日，訂單數已經達到了元月社開給晝川的首印量——這意味著最終合同上的首印量肯定會做出改變。在第一天就被訂走四萬五千套《洛河神書》的情況下，元月社老大看見，心裡就踏實了。書印得越多成本越低，在賣得動的情況下當然盡量多印，所以，今日之後，這一套書的最終首印量有可能直接飆高到十五萬甚至是二十萬以上！

十五萬，這基本達到了晝川最初想要的及格線。

內心的喜悅就像是炸出了一朵花，滑鼠無意識地戳著表格發出「喀嚓喀嚓」的聲音，根本捨不得關掉打開的表格，初禮將書商的進貨數字看了一遍又一遍——然後盯著那個總數「四萬五千兩百」的數字樂開了花。

咧開的嘴根本合不上，這樣的喜悅心情必須和所有人分享。

她興高采烈地將今日訂購總額這一小塊截圖，發給《月光》雜誌編輯部QQ群、夏老師也在的元月社編輯部大群，以及晝川——

在每個群都像是過年似的發「鼓掌表情包」中，發現唯獨晝川那邊沒有反應，初禮就瘋狂抖動視窗，直到晝川出現，飛快地回給她一個「。」，初禮原本咧開的嘴幾乎快要咧到了耳朵根成了裂嘴女。

猴子請來的水軍：啊啊啊啊啊啊老師看到沒！四萬五！第一天就四萬五！接下來還有四百多家書商會陸續趕到戰場！

猴子請來的水軍：六位數首印量穩了。

猴子請來的水軍：我就說了你可以的！一個破低首印合同怎麼能阻止你發光發熱！

晝川：。

晝川：可以可以，那恭喜我自己。

晝川：果然是狗熊們的蜂蜜，請給我二十萬首印，知道元月社有錢，我都證明自己了你們憑什麼還不掏腰包。

猴子請來的水軍：「瘋狂點頭表情包」

猴子請來的水軍：夏老師說，這裡面也有我這幾個月持續不斷地在替書宣傳造勢，新書資料表寫得好的功勞在裡面啊！

猴子請來的水軍：天啊要感動得哭了，真的要哭了，在編輯部哭出聲來不會被老苗嘲笑吧？

晝川：……知道了知道了，妳做得好。

猴子請來的水軍：且不說天天和蘭娘娘鬥智鬥勇，我一個文科生幾乎想去把合同法翻個底朝天，做完這筆合作我能去考司法！

晝川：……知道了知道了，妳辛苦了。

猴子請來的水軍：天天微博劇透，貼吧劇透，摁著蘭娘娘的頭讓她配合宣傳啊！她肯定在心裡扎我無數小人！

晝川：……知道了知道了，妳受委屈了。

猴子請來的水軍：新書資料表我前後加起來改了二十多遍！我這都有每一版的紀錄！你不信，我截圖給你看，你看你看我截圖給你看啊——

晝川：……………………馬的都說知道了！妳有完沒完！還要老子說什麼誇什麼，老子都詞窮得要去百度了！

猴子請來的水軍：……

猴子請來的水軍：我就高興下。

那晝風突變的句號反而讓電腦這邊真的點開百度輸入「如何誇獎小學生」的男

人停了下來，他盯著那個秒變性冷淡風的句號沉默了下，關掉百度頁面。
晝川：……我又沒說不讓妳高興。
晝川：獎勵妳的二十幾版新書資料表，今晚去餐廳吧。
晝川：龍蝦燕窩龍王肉，想吃什麼？
這邊，編輯部裡，坐在電腦前面的初禮笑成了瞇瞇眼。
將那些私聊恭喜她首戰告捷的同事們的視窗關掉，抬起手正想要回答晝川，這個時候，突然聽見在她隔壁間的老苗感慨了句。
「自帶粉絲的作者真好啊，隨隨便便就能達到這種不得了的銷量……順便在社裡內部還可以宣傳一波：是新人編輯的新書資料表寫得好的緣故啊！真是個天才編輯！」
初禮放下手，轉過頭看著老苗。
她又看了看元月社大群，果不其然是有人標註了老苗，半開玩笑說什麼「要被新人超過了哦」這種話……而此時，老苗也轉過頭看著初禮。
「其實不知道多少人新書資料表內容恐怕看都沒看，聽見是晝川的名字就閉著眼往進貨訂單上數字後面添零了，添多添少都是緣那種隨意……」
老苗的話如十一月天的一盆冰水迎頭澆下——
是哈，老苗酸是酸，但是說的好像也沒問題。整個過程似乎都是熊和蜂蜜的熱情主演，一直在背後嗡嗡嗡製造蜂蜜的蜜蜂反而並沒有人在乎……狗熊當然也不是衝著蜜蜂來的，他們眼中，只有蜂蜜。

……也就是說，這四萬五千兩百的銷量，最多有兩百和她不眠不休地改那張破新書資料表有關囉？初禮笑不出來了，倒是于姚抬起頭及時說一句「老苗你能不能不這麼ＫＹ（白目）」。

老苗注意力直接轉到于姚身上：「她那麼厲害，那妳把索恆交給她帶吧，正好索恆的下一本書準備開始選題材連載了——妳讓初禮從頭帶，帶紅了算我輸。」

老苗「啪啪」在鍵盤上打字，一邊大著嗓門說：「漂亮工作誰不會做，晝川以前哪本書不是十幾、二十萬首印這麼賣的？站在聖母峰山巔上一覽眾山小算什麼本事，有本事自己造山！」

初禮霍地站起來：「怎麼樣？」

老苗：「不是天才新人嗎？妳試試看妳能不能以編輯之力把這本書造到三十五萬首印，不靠晝川，就靠妳自己——做到了副主編讓妳當。」

初禮微微瞇起眼，想了想，忽然笑了，她點點頭：「可以啊。」

其實她自己都不知道可以什麼……只知道，晝川以前最紅的書也就二十三萬左右首印，三十五萬首印這是連晝川本人也沒達到過的顛峰成績，她做得到讓老苗把副主編的寶座讓給她；做不到最多被奚落兩句，怎麼想都不虧。

而且這會兒被激得火氣上頭——

她甚至在來不及反應的情況下替自己挖了另外一個坑：「索恆也給我好了，新連載我負責，你不願意帶拉倒，我帶！」

老苗大概也沒想到初禮答應得那麼快，不僅答應了晝川的三十五萬首印，連索恆這事一起答應了。他愣了愣後反而笑了起來，在QQ上把索恆的聯繫方式發給了初禮：「給妳給妳給妳，叫那麼大聲幹麼，還怕我反悔啊……這作者妳想要妳就拿去，有什麼好稀罕的，賣又賣不動，這些年越發連年年都不如了。」

「……老苗，把索恆也交給初禮不好吧，本來自從江與誠來了多了個連載以後，河馬的短篇經常被退稿，接著兩、三期沒上了，現在除了索恆和年年，你手上也沒太多別的作者可以上稿子了——」小鳥適當地插了句話，但是後面沒說完，就被老苗瞪回去。

老苗椅子一轉回到自己的辦公桌前：「早就不想帶這些不能賣的東西了，最近和社裡在商討別的項目呢……人吶，不能死心眼地一條路走到黑，什麼年代了，誰還為了看小說一期期的買雜誌啊！」

他一邊說著一邊瞅了眼初禮。

初禮面無表情碎碎唸：「不聽不聽，王八唸經。」

她一邊碎碎唸一邊跟索恆在QQ上打了招呼——出乎意料是個溫和的姑娘，在被通知責編換了後也沒說什麼，只是發了個意味深長的「啊」之後就閉上了嘴。在走著下坡路時突然被換責編，理所當然地會覺得自己是被拋棄的吧？

初禮只能盡量讓索恆降低這種不適感，而她唯一能想到的辦法就是盡快與索恆開始討論新文，讓索恆盡快忘記去惦記自己時不時被拋棄的事，進入適應的節奏裡。然而初禮沒想到的是，她剛開口提到新連載，索恆反應很快——

索恆：啊，老苗上次讓我寫的一個關於神仙下凡的小萌文，我寫了開頭。

她說著就把稿子發過來了，只有一個開頭，初禮看了眼，看得出來她是想要努力地萌起來，但是……索恆當年是寫古代言情紅起來的作者，讀者讚揚她也是誇她文筆大氣之中有細膩，喜歡她筆下金戈鐵馬有巾幗的故事……

這樣的作者寫小萌文幹麼啊？

初禮將稿子壓下，委婉地跟索恆表達了自己的這個想法，誰知道剛說完，索恆就反應很快地問——

索恆：那現在有什麼比較流行的題材啊？讀者都喜歡看什麼？星際機甲？古風？古穿今？啊，還是主角雙方有一方是小動物的賣萌文，我倒是都可以試試……

猴子請來的水軍：…………別管現在流行什麼，妳自己有沒有想寫的題材啊？

索恆：倒是有一些，23333，然而老苗說我想寫的題材肯定不會紅的，不讓我寫……因為古代言情現在很少人看了。

索恆：老苗說，我這樣老沉寂著起不來的作者，最好還是寫有爆點的保底題材——新人都能寫紅的紅題材，加上我是老作者，也許才能更好地幫助我重新回到大家的視線中……我覺得還滿有道理的。

猴子請來的水軍：……

猴子請來的水軍：現在他又不是妳責編了，如果妳不願意接受這種方式，可以不必勉強自己。

猴子請來的水軍：想想元月社當初為什麼把妳找來——我們找妳，是因為我們想看到的是只有妳才有的，而不是找妳來寫一篇「不是索恆也可以」的東西……

猴子請來的水軍：不知道我這樣的說法妳能明白不？

索恆沉默了一會兒。

大概是過於震驚初禮和老苗完全不同的徵稿要求。

沉默了很久後，她告訴初禮她會去準備幾個想寫的題材，整理好了發給初禮選，初禮欣然同意，並和她約定了一個準確的交稿時間。

這個約定導致了索恆在這一天和初禮說的最後幾句話是這樣的——

索恆：啊，所有的編輯跟我說大綱或者選題時，都是說：沒關係不急，妳慢慢來，隨時交都可以。

索恆：只有妳是用「不許拖稿」的語氣和我約定好交稿時間。

索恆：2333333333好像已經很多年沒有編輯在我屁股後面催稿過了，我啊，都到了有時候就連看著別人抱怨被催稿都覺得對方是在炫耀的程度。

索恆：好神奇。

索恆：感覺自己被需要了。

索恆：謝謝！

初禮：「……」

這妹子。

真的都快被這些只知道判斷「這作者能不能賣」的人欺負到塵埃裡去了。

第九章

聯絡完索恆，初禮抬起頭看了眼于姚，這才發現元老于姚一改平日裡坐在位置上專心做自己的事很少抬頭的專注模樣，今天居然也有點走神——並且還很尷尬地與初禮視線在空氣裡碰撞。

于姚對著初禮笑了笑，那簡直是有些託孤的意思，就好像在說：我家的小孩就拜託妳了。

下午又是一陣雞飛狗跳。

行銷部發來消息，說原本聯繫好的舊華書店那邊給了消息，原定十二月下旬《洛河神書》上市的同一時間，有一本國際級別導演兼作家赫爾曼的新作《別枝驚鵲》要上，書店最佳平臺展示位給了這個級別的大咖，如果撞檔期，《洛河神書》肯定拿不到書店最佳平臺展示位。

初禮看到這消息的時候感覺自己的胃都在翻滾。本來說好的事說變卦就變卦，半路殺出一個赫爾曼的《別枝驚鵲》……

就好像全世界都知道她和老苗在打賭，然後紛紛跑出來搞她一波一樣！

且不說晝川自己的咖位肯定比不上這位國際導演兼作家，舊華書店是全國性質的大書店，元月社最大的合作方，別說是行銷部，就連夏老師都得罪不起。事到如今，似乎只有讓檔期，《洛河神書》提前送印、提前上市這一條路可以走！

這時候別說是三十五萬首印了，今天才是經銷商回應預訂的第一天就要匆忙準備送印，往後拖也拖不了幾天；加上舊華書店平臺展示需求量，首印量最多撐死了訂個二十萬……

行銷部的接頭小弟和初禮一樣是年初時面試進來剛轉正的，這會兒在QQ上也是可憐巴巴地問——

行銷部小弟：姊，怎麼辦啊T_T看樣子要嘛放棄最佳平臺展示位，要嘛提前送印一批趕下個月月初的最佳平臺展示位了？提前送印一批的話，從目前的預訂量來看最多印四萬五，加舊華書店要的數字一起，一共十幾萬吧！成本估計挺高的……

行銷部小弟：這麼大的事，我們老大讓我們看著辦，那語氣就是搞砸了我們就可以滾蛋了。

猴子請來的水軍：……

平臺展示數量一般需要二百本左右的書去做。

舊華書店雖然家大業大，全國有一萬多家書店，但是會做平臺展示的只有學校附近和超大型的市中心書店，所以有平臺展示位的，全國大概也只有幾百家。

就按四百家最大型的書店算好了，光是展示就需要八萬本。

但是也只是八萬本，加上前幾天大概也是十萬左右的經銷商進貨，這個數字會被元月社扣得很死——主要問題還是舊華書店那八萬本，因為展示之後賣不完的部分是有退貨權的。

最佳平臺展示位這麼好的事書店也不可能白給，是要拿點兒優惠和退貨權換的。意思就是，比如平時的書是按照書本原定價的五五折給舊華書店，但如果上舊華書店平臺展示位，就只能按定價的四五折給他們了；再加上普通的經銷商的可退貨比例只有百分之三十，而舊華書店給平臺展示位的話，可退貨比例可能會上升到百分之七十，也就是說為了這樣的廣告，要承擔大量退貨風險！

綜上所述，元月社裡會把這八萬首印扣得非常死，導致別的經銷商如果進貨五萬，原本可能會直接印個七萬，多印二萬冊；但是有了舊華書店這件事後就會只多印五千冊，剩下的等舊華書店賣完一波退書。

初禮扳著手指算了半天的數字，又把尋常合作進貨商的名單拉出來看一遍，邊邊角角都數了下，打發行銷部小弟主動聯繫他們，看看能不能提前把一部分的訂單先吃下來。

但是無論她怎麼算，加起來的首印量都會比和老苗約好的「三十五萬」差了一大截。

而此時，老苗不知道從哪裡也聽到了這個消息，整個人樂得像小黃狗似的，擺著一張「doge」臉在那刷淘寶：「嗨呀，想不到啊，前腳剛打賭，這後腳過了幾個小時就分出了勝負來……前後加起來最多還有一個星期給妳衝銷量，初禮，妳說這可怎麼辦才好？」

初禮沒理他，站起來看了眼他的電腦螢幕，這會兒老苗正刷刷往購物車裡塞東西。

這個動作倒是讓她想起一些事。

初禮擊掌：「對啊！我們還有電子書商的進貨量沒算呢！」

「那個就別算了吧。」老苗笑道，「新盾社上個月寇維的書上市時候，網上加起來也沒賣超過一萬本——全國線上線下同步上市的，趕著第一批買的都去書店買了啊，誰還要等你電商發貨。快遞慢悠悠地給你翻山越嶺寄過來，等你拿到書，人家在舊華書店先買的都踏馬的看完，鋪天蓋地劇透了啊！」

寇維是和晝川屬於同一級別的作者。

甚至因為有新盾社的王牌編輯在帶，作者的名氣和作品成熟、成型得比晝川還早。

初禮覺得很頭疼。

確實在網路時代，電商購物非常方便，但是那種買東西付了錢就能立刻摸到、看到且享用的優勢，是依靠快遞人工出貨的電商追趕不上的，也是實體店鋪能苟延殘喘至今的唯一理由。

在老苗的幸災樂禍之中，初禮感覺自己整個人沉寂了一個下午。

晚上回到家。

她推開院子門，一眼就看見某個穿著睡衣的傢伙正蹲在院子裡一個火盆前，抱著膝蓋撅著屁股，正抖著什麼紙製品往火盆裡塞。火苗吞噬他手中物，直到燒透了東西他才放開手，將那些紙製品扔進去。

初禮走過去，把包放到男人的背上，問：「幹麼呢？BBQ趴體？」

晝川頭也不抬，任由她把自己當作包架或者桌子之類的東西：「燒手稿。」

初禮一愣，定眼一看發現晝川手裡的確實是她之前在他書桌上看到的那些紙張，上面還有他潦草的筆記，問：「燒手稿幹麼？」

丟了不就完了？

「手稿上都是零碎的大綱和突然想到的劇情，這麼重要的東西直接扔進垃圾桶裡，被哪個流浪漢撿到剽竊去，用他小學文憑寫了一本文筆極差、劇情極佳的書從此一炮而紅怎麼辦？」晝川又抓起一疊稿紙，「所以，燒掉。」

初禮：「腦洞太大。」

將包從晝川背上拿起來，初禮正準備轉身回屋，這時候她看見晝川從廢紙堆裡拿起來一本絕對不是手稿的東西——她腳下一頓，轉過身去，結果發現是幾個月前她在晝川家門口看見的繭娘娘畫集的下半冊。

初禮三兩步衝回來，將畫集一把從晝川手裡抽走：「這好好的畫集你燒了幹麼——」

「妳管我，妳不是粉轉黑了嗎！」

「就算粉轉黑了，這畫集也踏馬的是網上有人千元在求的簽名限量版，想當年我和我基友大半夜不睡摩拳擦掌蹲等預售，從一群豺狼虎豹之中搶到了這限量的前五十簽名！你知道那天晚上這畫集賣了幾千份——」

初禮的聲音突然消失了。

抱著膝蓋蹲在火盆前的晝川愣了下，挪著屁股轉過身：「怎麼了？」

晝川甚至沒明白過來發生了什麼事，原本站在他面前教訓他的人突然扔了畫集，猛地蹲下來狠狠地給了他一個大擁抱。

他猝不及防跌入柔軟的懷抱中。

高挺的鼻尖從她頸脖細膩的皮膚上滑過。

下一秒他便被放開來。

初禮扔下一句「當上副主編請你吃飯，龍蝦鮑魚龍王肉」後，轉身一改之前那副要死不活的模樣，哼著歌撲騰著翅膀衝回屋子裡。

于姚：網路預售形式？這個國內好像很少有這種方式的銷售模式啊？靠譜嗎……

猴子請來的水軍：同人圈的同人本因為作者自己承擔印刷量，根據讀者訂購數量去印刷，所以都是網路預售形式——其實和傳統紙媒鋪貨管道先發出新書資料表，然後等書商下訂單再送印是一個道理……只不過這個「發出新書資料表」變成「網路宣發」，然後進貨的實體書商變成讀者個人而已。

猴子請來的水軍：「截圖」「截圖」

「截圖」內容是某次發表於官方微博的《洛河神書》宣傳，劇透了一部分繭畫的、已經被做成周邊明信片系列的局部圖。

下面讀者反應倒是熱烈，只是其中有不少人感慨——

「啊啊啊在學校閉關住宿狗不能去書店買，好氣。」
「大學城附近沒有書店QAQ」
「又到了一年一度去書店排隊搶書的時候了，真的，現在要不是為了買喜歡的大的書，我都很久才去一次書店的。」
「去晚了排隊沒得買這才是最慘的……上次排隊搶寇維的書就沒買到，四、五百個人排隊，我們這書店就進了三百多套！沒買到真的氣死了還浪費時間！在網上倒是可以隨便買，但是又不甘心自己比別人晚幾天拿到書。」
以上，諸如此類的評論，比比皆是。
學生黨抱怨學校住宿沒辦法第一時間去書店。
上班族抱怨書店排隊浪費時間。
去晚了排了隊沒買到的那種更是怨氣沖天……
猴子請來的水軍：以上這種情況，全部都能用網路預售形式解決——因為是預售，到時候印刷廠統計好數字寄給電商的時間和寄給實體書商是一致的，所以不會耽誤到讀者收到書的時間。
于姚：現在才做出這個計畫會不會倉促了些？
會飛的象：現在各種資料都齊全，做網路預售確實只需要一些作者資訊、封面資訊就可以直接發了，最快明天、最慢後天資料就都可以收集齊全。
會飛的象：只是初次嘗試，建議收集同人圈案例，看看別人怎麼做宣傳。
猴子請來的水軍：一會兒我吃完晚飯地鐵還開，我回公司加班吧，趕一趕做出來。

會飛的象：我還在公司附近，一會兒回去幫妳。

猴子請來的水軍：啊啊啊真的嗎？好好好妳怎麼這麼好啊？

會飛的象：沒美編配合妳自己撲騰也是瞎撲騰吧？

喵喵：有樣學樣，同人圈的網路預售規則和形式妳熟悉嗎？@猴子請來的水軍。要是搞出什麼問題妳是要背鍋的。

喵喵：要加班妳們自己加，反正這個企劃是妳們負責。

猴子請來的水軍：嗯，也沒叫你來。

于姚：既然妳們那麼堅定，那就試試好了。成敗總要嘗試過才知道，加油！

初禮放下手機，一頭鑽進廚房裡做飯了，簡單煮了個肉粥，再從冰箱裡取一點兒之前在超市買的泡菜，便招呼蹲門外燒手稿以免自己的驚天創意被流浪漢剽竊的作者進來吃飯。

晝川進屋洗了手，伸腦袋看了眼餐桌，瞬間露出一張嫌棄臉：「沒有肉。」

初禮拿過湯匙，舀起粥裡的一大塊肉：「這是什麼？」

「我餓了一天，妳就讓我吃粥……當我要飯的啊。」他一邊抱怨著卻還是老老實實在桌邊坐下來，正拿筷子要去夾配菜，一抬頭卻看見坐在桌邊的小姑娘埋頭吃飯，如風捲殘雲。

粥剛煮好很燙，於是她每飛快地扒一大口粥，都會像是狗一樣伸出舌頭散熱，發出「呼哧哈哈哈」的聲音輔佐用手搧風。

晝川：「……」

他放下筷子：「吃那麼快，趕著去投胎啊？」

「再不趕緊，不說投胎至少屍體是要涼了。」初禮捧著碗喝掉最後一口粥，抓過餐桌上的紙巾擦擦嘴，「老苗說《洛河神書》首印超過三十五萬把副主編讓給我做，到時候還不是我一人得道你們雞犬升天……」

雞犬升天？

就妳這不知道哪個山頭的小道士，要帶吾等狐仙升九重天？

晝川似笑非笑地看著她離開餐桌邊，飛快衝上樓，因為跑得太快腳下打滑差點從樓梯上滾下來。當小姑娘笨拙地伸出雙手抓住樓梯邊緣，他笑道：「所以呢？」

「試試網路預售，同人圈那種，以前繭娘娘也……算了跟你說你也不懂，L君倒是知道，你又不是L君。」初禮爬起來站穩，從樓梯上探出個腦袋，「總之接下來讓你做什麼你要配合，三十五萬首印呢，足夠打敗隔壁家的江與誠小哥哥了……」

「妳少拿他來激我。」

「你要聽話。」

「我不。」

「都是為了你好。」

「妳走。」

樓上又傳來「登登登」跑來跑去的聲音，閣樓門被人關上了，某人開始在上面翻箱倒櫃。

不一會兒那聲音消失，在晝川的粥喝了一半時，初禮抱著換洗的衣服下來鑽進浴室；晝川的粥喝完一碗，浴室裡的人出來了，坐在沙發上穿襪子，短髮髮尾還有些溼漉漉的。

「今晚二狗你遛一下。」初禮一邊穿襪子一邊說，「我馬上要回編輯部，可能會通宵，不回來了……」

晝川站起來準備盛第二碗粥的姿勢一頓，回頭掃了一眼，只覺得沙發上某人的一條腿白花花的晃眼睛：「還通宵？那麼拚，又不給加班費。」

沙發上，高高抬著腿穿襪子的小姑娘手一頓，整條腿「啪」地一下子落回沙發上：「都是為了誰啊！」

「難道不是為了妳的副主編位？」

初禮面無表情地站起來，站在沙發上，以終於比男人高出半個頭的姿勢扠腰，居高臨下，用手隔空指著男人所在方向戳戳戳：「為了某個不知道好歹、別人為了他通宵加班還在那說風涼話的王八蛋！」

「妳罵誰王八蛋？」

「哼。」

初禮響亮地「哼」了聲跳下沙發，抓起包衝到玄關穿鞋。二狗搖搖晃晃甩著尾巴跟在她屁股後面，一路將她送出院子。直到初禮人走遠了，二狗才回來，用鼻子拱開門，發現牠主子還保持著方才的姿勢站在桌邊。

一人一狗對視幾秒。

晝川：「看什麼看？難道還讓我去陪她加班？通宵啊，會猝死的！」

二狗挪開了狗眼。

晝川：「哼！」

初禮回到公司是晚上九點半，阿象已經在開始著手做網路預售的資料了。整個編輯部只有初禮和她兩個人，初禮走到自己的位置上放下包，不好意思地對阿象表示感謝。

「沒什麼。」阿象「喀嚓喀嚓」地點著滑鼠，頭也不抬，「來元月社之前，做家裡蹲的十好幾，我經常通宵熬夜看劇的。」

只有她們兩個人的時候，阿象說的話會和她在網上打字一樣長。

初禮笑了笑，在位置上坐下，搓搓手開始準備工作。

首先收集最近一段時間同人圈網路預售案例，微博一搜一大把，大多數都是配合一張長圖，內容包含作品實物示意圖、贈品資訊、內外封設計、作品字數、作者、封面工藝、內頁用紙、定價等基本資訊——這是讓讀者知道他們掏錢買的都有啥。

其次，網路預售一般會有特典，所謂特典，就是特殊額外贈品，有可能是不隨書附贈、只在特殊條件下——如前五十名預售、前十分鐘預售——才會獲得的指定限量物品，物品種類不限。正所謂物以稀為貴，這是為了提高讀者的購買競爭欲。

最後是宣傳方式，微博這樣聚集了大部分粉絲以及路人讀者的社群平臺，運用起來會有出乎預料的效果。這時候，轉發抽獎無疑是擴散宣傳微博的最好方式。

特典是什麼待定。

轉發抽獎抽什麼也待定。

初禮在看了十幾個案例後，林林總總列出了包括特殊番外、作者簽名照、作者手稿等一大堆選項。

最厲害的莫過於某宅圈妹子賣影集送內褲的。

初禮囧著臉，一邊嘟囔「晝川內褲有人要嗎」一邊關掉頁面，並順手點了個「色情資訊」舉報，維護網路環境，人人有責。

這一夜真的是個不眠夜。

好在初禮以前混過同人圈，也對這些事略知一二，所以只需要收集好資料後做個大概的企劃書給于姚看一眼就行。麻煩的是阿象這邊，她得學著同人圈那些人做長宣傳圖，其中，最麻煩的莫過於實體書示意圖。

就是一個大概能讓讀者知道，實體書是什麼模樣的圖。

就這玩意。

他們搗鼓了一個晚上。

初禮：「《洛河神書》工藝是書衣，特殊紙上水光，4C，打凸加UV，封底純UV不印刷；書腰是特殊紙，特色金，跟書衣用同種紙，拼版印刷；內封是單銅T上水光，4C。內頁用紙是八十磅蒙肯紙。」

阿象：「……臥槽，妳在說哪國語言！直接告訴我它什麼樣！」

初禮：「……厲害不？我自己也背了很久，所以就想秀一下——其實就是鏤空透字，妳做的封面設計妳問我幹啥？」

阿象：「我知道了，妳走走走，別在這擋著光……有這時間妳去問問晝川願不願意送自己的內褲，人家幾百粉的小博主送內褲能轉發上萬，晝川的搞不好就突破十幾萬轉發了。」

初禮：「……好好好我走，送內褲就算了。」

阿象：「妳怕妳忍不住私下黑箱自己啊？」

初禮：「提出這個建議的下一秒，他就會毫不猶豫地問：我覺得送編輯的項上狗頭更合適，妳覺得呢？」

阿象「嘎嘎」笑了起來——

這是她入職以來頭一次在編輯部笑得那麼大聲。

這是初禮在元月社的第一次通宵加班。

將書本示意圖、網路預售方案交到于姚桌子上時，外面的天剛矇矇亮。

初禮到隔壁經常加班的行銷部借了兩把拋棄式牙刷和阿象收拾了下，趴在桌子上將就地睡了三個小時……等到迷迷糊糊地在耳邊滑鼠聲中醒來時，這才發現原來已經到上班時間。

于姚他們都來了，只是沒人叫醒她。這會兒，于姚正靠在自己的位置上看她昨晚整理出來的網路預售案例和企劃書。

初禮打了個呵欠，掏出手機，發現QQ上，某位瘟神大大發來了連續幾條未讀訊息——

十一點。

晝川：地鐵停了。

十二點。

晝川：今晚妳可能要坐計程車回來了，元月社到我家一百來塊。

一點半。

晝川：還在公司啊？為了副主編位置真的拚了……

二點半。

晝川：粥不頂飽，本大大又餓了，以後晚餐再做粥把妳捶進土裡！

晝川：我點外賣了！

晝川：妳要不？

三點四十分。

晝川：外賣真好吃。

三點五十五分。

晝川：一大波猝死正在向妳襲來。

四點十五分。

晝川：怎麼沒反應？已經猝死了？

畫川：不是睡著了吧？
畫川：艸，家裡有床妳不睡，半夜去公司睡，妳有病吧！
四點半。
畫川：妳明天不會還繼續上班到下午才回來吧？
畫川：搞完沒？
畫川：突然想午夜飆車，我飆到元月社接妳啊？
五點半。
畫川：搞完沒啊。
畫川：打字。
五點四十五分。
畫川：卡文。
六點。
畫川：持續卡文。
畫川：天快亮了。
六點二十分。
畫川：真的要天亮了，不是冬天嗎？天亮得真早。
初禮放下手機。
寫熬夜日記呢？
就差爬起來去尿個尿都打個報告了。

有覺不睡在那蹦躂，一晚上老子在為你的三十五萬首印奮鬥，你踏馬倒是打了幾個字啊！

她一邊看著手機，卻不自知笑出聲來。

此時阿象掛著黑眼圈捧著一碗泡麵走過：「痴笑什麼，熬夜熬傻了吧……馬的趴了幾小時桌子，我脖子都快斷了。」

下午初禮得到消息，說第一批訂單已經送到印刷廠緊急開機，行銷部和社裡討論過後決定避開赫爾曼的《別枝驚鵲》，爭取十二月上半月的最佳平臺展示位。初禮高懸的心落地，撐起最後的精神和阿象討論了下宣傳長圖該怎麼弄。

撐到下班的時間，宣傳長圖基本弄好，只剩下決定網路預售獨家特典是什麼就可以直接開預售了，初禮終於長出一口氣。

這時候，周圍的人包括阿象在說什麼初禮都不知道了，整個人睏到精神恍惚。

回程的地鐵上，人們只能看到一個抱著白色帆布包、面色蒼白、黑眼圈重得像是鬼上身一樣的小姑娘靠著扶手搖搖晃晃，腦袋一點一點地像是隨時要睡著……

當地鐵來到熟悉的站，在周圍人好奇的目光中，她像是反射性地醒了過來，動作慢一拍地隨著人群下車。

正是上下班高峰期。

地鐵站也很多人。

初禮跟著人群，肩膀不知道被撞了多少回，說不清楚是她主動去撞別人還是別人去主動撞她，她只知道每一次她都會主動說「抱歉」。

有幾次對方似乎還得理不饒人地想發飆，但是低頭一看身邊的小姑娘雙眼無神、精神恍惚的模樣，到了嘴邊的話就憋了，只能暗自罵聲「倒楣」轉身離開。

初禮低頭走路，什麼都不想地只想快點回家睡覺，然而今天好像事事要跟她作對，走出地鐵站的時候，她又被社區附近新開的健身房的推銷員纏上；在她明確地說了「不要」之後，對方還不依不撓地纏上來。

「小妹我可以給妳打折啊！

「看妳身材雖然不胖但是可以強身健體啊，我們的教練都是得過獎的！

「我們的設備很好啊，全新，早用早享受，一個月只要四百九十八……」

初禮不想理他，埋頭走路，對方追著過來甚至還伸手拽，拽得她整個人向後踉蹌了下。初禮被這麼一弄整個人都火了，反手推了對方一把：「你別拽我成不成，五百塊我踏馬吃一個月的便當了，我說了我不——」

對方手裡的宣傳單「嘩」地散落一地，原本那張笑得死皮賴臉的臉瞬間變得凶神惡煞，趁著初禮短暫愣神的瞬間，提高了嗓門，吵著說她對自己使用暴力，必須賠償損失！

這時候，初禮其實已經彎下腰替他收拾那些傳單了，這附近高級社區多，街道地面都很乾淨，傳單撿起來也能用。

聽了推銷員的話，她頭也不抬地一邊撿傳單一邊說：「賠什麼賠，幾張破紙，給你二十塊夠不夠讓你再印幾百張搭個窩？」

「我這是彩色列印，一塊五一張，這麼多張妳必須賠償我三百塊錢！否則我就報警了！」

「三百塊！」初禮捏著一疊傳單，「你還是報警吧，我順便可以告你詐欺什麼的。」

對方一聽更火了，直接將手裡剩下的傳單劈頭蓋臉往她臉上扔。初禮躲了下，對方又伸手想要拽她，推搡之間，一下子將她推倒在地，膝蓋上一陣火辣的疼痛，紅色的血一下子透過白色的褲子，染紅了膝蓋附近那一小片……

這時候，周圍看熱鬧的人一下子圍了上來。

「哎喲，我說你這個小夥子怎麼推人啊！」

「我們看見你先拉扯這小姑娘的，這年頭推銷東西都不要臉了？」

「還鬧著叫人賠喔？幾張破紙，我看你賠醫藥費還差不多好不好？」

周圍人指指點點之中，初禮抱著自己的帆布包坐在地上，心裡想的是：我踏馬的怎麼這麼倒楣？我就想回家睡個覺。

她正低頭琢磨這事怎麼才算完，一隻手撐著地想要忍著劇痛爬起來，這時候她感覺到身後的人群讓開了些，後方突然陷入沉默；緊跟著，一隻大手突然從後拽住她的胳膊肘，像是拎小雞似的將她從地上拎起來。

手裡的帆布包順手被拿走，初禮愣了下，後退了步想要轉身，結果後背先一步撞到一副結實的胸膛，熟悉的低沉聲音在耳邊響起。

「怎麼回事？」

初禮愣了下。

還以為自己睏炸了，出現幻覺。

她抬起頭，一眼就看見男人弧線緊繃的下巴，她眨眨眼：「晝川？你怎麼來——」

「妳別說話。」

男人抬手摁了下她的腦袋——每次他想讓她閉嘴的時候都會這麼做，就好像她是個鬧鐘似的，摁一下頭頂的按鍵就能安靜下來。

這會兒在初禮詫異的瞪視中，他面色平靜如水，看著不遠處那個被人們圍著的推銷員。

後者這會兒見半路突然殺出一個身材高大、從頭到腳黑衣黑鞋、穿得像閻王爺的男人，一下子沒了剛才的囂張氣焰。

圍觀群眾更加開心了，七嘴八舌。

「剛才不是還叫得很大聲，讓人家小姑娘賠償的嗎？」

「喔，看人家男朋友來了就不敢說話啦，你這就是詐欺！欺負人！」

「真的不要臉。」

「還好人家小姑娘的男朋友來地鐵站接了，不然指不定被人欺負成什麼樣呢！」

這些說法飄進初禮的耳朵裡，她大腦艱難地運作了下，唇瓣動了動，抬起頭看了眼晝川。後者卻沒有說什麼，只是一雙深色瞳眸盯著那個推銷員，良久做出個出乎意料的動作。

他掃了眼周圍散落的傳單，從口袋裡掏出錢包：「大老遠就聽見你在那嚷嚷三百塊，不就是三百塊嗎？你想要就說，為什麼要弄傷她？」

晝川鬆開抓在初禮胳膊上的手。

初禮腰一軟，整個人靠他身上了。

晝川關鍵時刻像座小山似的任由她這個瘸子靠著，一改在家裡十指不沾陽春水、弱柳迎風公主病的模樣。

他掏出三張紅色鈔票，眾目睽睽之下遞到那個推銷員跟前，面色平靜，臉上也看不出什麼情緒。

然而卻成功地讓那人臉色漲紅，看看晝川、看看那三張紅色鈔票，接也不是，不接也不是。

「接啊接啊！」

「你不是要錢嗎？人家給你錢了，你有沒有臉接！」

「這土匪樣，誰敢去你們健身房啊？」

「我就看他沒臉接。」

周圍的人們又開始起鬨。而此時此刻，初禮扶著晝川的衣服下襬站在那裡，她那在地上滾上了灰塵的帆布包還在對方手上，她抬起頭看了眼他那冷漠的刻薄臉，覺得這不是三百塊的事。

可能是她睏出了幻覺之類的。

她覺得今天的戲子老師形象高大得像是價值三百萬的等身金雕像。

閃閃發光那種。

那個推銷員最後也沒接三百塊錢，擠開人群轉身就走了，人群看夠熱鬧也就散開了。初禮的手還抓著晝川衣服的下襬，表情放空。

晝川感覺一個軟綿綿、帶著他還挺喜歡的氣息的東西靠在他懷裡，他低下頭看了她一眼，破天荒地沒有問「妳還準備靠多久」，而是抓起她的手，推開她緊握的指尖，看了眼她黏上一些灰塵的手掌心——還有破皮的刮痕，隱隱約約透出的血珠已經乾了，也有可能是蹭在他的衣服上。

傷口已經不流血了。

只是晝川的指尖不小心觸碰到時，她發出小聲的「嘶」聲，輕微掙扎了下想把手縮回去。晝川沒阻止她，輕易放開她的手。

隨後他聽見初禮小聲的詢問：「老師，你怎麼在這？」

這問題，對於晝川來說其實有點不好回答。

早上，晝川在QQ上問于姚，昨晚某個編輯告訴他自己在編輯部加班趕《洛河神書》網路預售的事，結果一晚上沒反應，早上到上班時間也沒反應，這傢伙還活著嗎？

于姚發了一個微笑的表情，告訴他：老師您放心，您的責編還活著，網路預售的進度也很順利，這會兒您的責編正趴在桌子上打呼呢，誰叫都叫不醒。

他不想承認這時候一顆心好像才落地，總覺得好像整個人都變得踏實了。順手回給于姚一個「她那麼胖肯定打呼」的奚落後，他才扔了手機，開電腦把一晚上寫好的新章節往網上一扔，來不及看一眼評論裡怎麼誇他「今天更得早，字數也很多，天要下紅雨」……睡覺去了。
晝川再睜開眼是下午四點。
精神抖擻地爬起來，臉都沒來得及擦一把，就摸索著抓過手機打開QQ，滿意的看見某個頭像後有了四條未讀消息提示——某人是在上午十點半他睡了之後才回他。
猴子請來的水軍：啊，老師你也通宵了？
猴子請來的水軍：剛才睡了一會兒，昨晚忙了一晚上，沒看QQ……大部分的事基本能確定下來了，具體效果怎麼樣，我也不確定，我也很緊張。
猴子請來的水軍：……我和你說這個幹麼，算了，總之網路預售非常依賴你的人氣，你要好好配合我，不許犯公主病。
猴子請來的水軍：還有，大半夜的叫外賣了？下次別吃外賣了，週末替你包點兒餃子放冰箱吧？
這樣長篇大論的碎碎唸，最後看到「餃子」兩個字時，他翹起脣角，心裡想的是她居然還會包餃子？
然後他突然就很想吃餃子。
他記得社區旁邊有家麵館，就挨著二狗愛吃的燒雞旁邊，裡面有賣包好的手工水餃。琢磨著「今晚要不就吃餃子吧」，晝川出了門，準備買了餃子以後再告訴初禮今晚不用做飯了。結果他剛走出社區，就看見外面正上演什麼鬧劇——

晝川向來是個不愛管閒事的，原本他就準備目不斜視直接飄過，這時候從人群裡突然飄出一句「你怎麼欺負人家小姑娘」的指責，他腳下一頓，反射性的想：小姑娘？好巧，我家也有個小姑娘。

藉著身高優勢，站在人群外的晝川掀了掀眼皮，一眼看見人群中間凶神惡煞的推銷員，散落一地的傳單，中間坐著的……

一點都不巧，還真是住他家閣樓裡蹭吃蹭喝的那個小姑娘。

當時晝川直接蹙眉，心裡想著「這他媽有點妙哉得莫名其妙」，然後等他反應過來時，他已經扒開面前層層疊疊的圍觀群眾，站到她身後。

上述整個過程就是針對「你怎麼在這」如此提問的標準回答，晝川統整了一下，發現這簡直沒法統整，於是冷著臉，直接用最言簡意賅的詞代替：「恰巧路過。」

話語落下，他感覺到原本靠在自己身上軟綿綿的東西讓開了些，他下意識低頭看了眼，發現面前的人也始終低著頭，不知道在想什麼。

這時候，路邊圍觀、賣烤雞的大媽說：「小夥子，看你女朋友站都站不穩了，你趕緊扶一下，這傷口流那麼多血，一會兒得好好消毒。」

晝川沒說話。

初禮抬起頭看了眼大媽，正想說「他不是我男朋友」，這時候眼角餘光瞥見晝川把剛才的三百塊往口袋裡一塞，順手把初禮的小帆布包掛脖子上，嘆了口氣，在她面前蹲下來。

初禮瞪著面前一言不發背對著她蹲下的男人，因為雙手稍稍往後撐在膝蓋上，他的肩胛骨有些突出……這是怎麼了？突然肚子疼？還是胃疼？她一晚上沒在家，吃外賣把肚子吃壞了？

正當初禮胡思亂想的時候，她聽見晝川淡淡道：「上來。」

初禮：「啊？」

晝川：「揹妳。」

初禮：「啊啊？」

晝川：「媽的，腦子也摔出血了妳？啊什麼啊，上來，我背妳——聽不懂嗎——那要怎麼說，騎馬嘟嘟？」

什麼鬼「騎馬嘟嘟」，初禮滿臉通紅，「老師這不行吧，你這手無縛雞之力的，哪揹得動——」

一個「我」字還沒落下，蹲在地上的男人已經面無表情地轉過頭看了她一眼。初禮硬生生將沒說完的話吞嚥回肚子裡，就踉蹌著走到男人背後，猶豫了下，伸手扶住他的肩膀。

手指尖在他的背上點了點。

休閒服的帽子柔軟地塌陷下去，黑色的布料，隱約帶著陽光和男人身上的溫度。初禮縮回手，盯著自己的指尖，總覺得有些神奇。

「又怎麼了？妳快點好不好，磨蹭什麼，大馬路上的蹲著好看啊？人家不知道的還以為我隨地大小便呢！」

直到晝川略殺風景的不耐煩催促傳入耳朵，初禮「啊啊」了兩聲，來不及猶豫，整個人爬到他的背上，雙手遲疑了下，手臂繞過他的肩膀，環上他的脖子，她把下巴擱置在他休閒服的帽子上，軟得很。

鑽入鼻息的是陽光與香皂混合的味道，迷迷糊糊地想到他是不是剛洗了澡，初禮微微側過臉，微微瞇起眼——仗著晝川看不見自己，像隻陽光下貪婪午睡的貓，將整張臉都貼在他的帽子上。

下一秒，整個人就騰空了。

「啊！」

初禮原本瞇起的眼忽然睜開，環在男人脖子上的手下意識地收緊。直到她感覺到晝川邁出的步伐輕鬆又沉穩，她這次稍稍鬆了口氣，看著周圍迅速倒退的人事物，她愣了愣。什麼啊，這不是力氣挺大的嗎？揹著她一個百十來斤的人，像披了塊破布似的健步如飛。

初禮動了動腦袋，伸頭好奇地看了看晝川——面色正常，並無一點兒強裝大力士的傾向。

「老師。」初禮叫道。

「幹什麼？」晝川看著前方，在路口停下來，等車過去，那雙眼全神貫注地盯著前面的路。

「你為什麼要給那個推銷員錢，這不是正中他下懷了嗎？」

「他不是想要錢嗎？那就給他，這麼多人看著，他敢拿嗎？就像妳當初對付藺一樣，她想要什麼，妳就順著她的意思，然後再摁著她的腦袋，逼著她把自己吐出來的都硬生生吞回去……一個道理，他想要錢，我就用錢狠狠羞辱他。」晝川背著初禮，「說起來，這都是妳教我的，妳這個邪惡的香蕉人。」

初禮愣了下，然後笑得瞇起眼。

她趴在晝川結實的背上，身子伴隨著他走路一顛一顛的。

「老師，昨晚通宵搞了一下網路預售的事，我覺得應該已經做得差不多了，剩下的就是網路預售需要配合的電商和某寶店，行銷部已經去聯繫了……」

「嗯。」

「還有獨家贈送的特典沒決定呢，你覺得送什麼好啊，簽名嗎？感覺簽名好像不夠吸引人。」

「妳說誰不吸引人？」

「還有轉發抽獎，這個很重要，獎品要什麼比較好？我看見網上有美少女送自己的小內褲的，雖然低級了些，但是那個轉發率厲害的喲……」初禮的下巴小心翼翼地放到他肩膀上，偏過頭看了眼男人的側臉，「你有沒有什麼私人物品——」

「私人物品？我編輯的項上狗頭？」

晝川眼角餘光看見蹭在自己肩膀上的小腦袋「嗖」地縮回去，彷彿他的肩膀就是斷頭臺。

晝川揹著背上的傢伙走了一段路，耳邊是下班的人群細碎的腳步聲、小轎車的喇叭聲、引擎轟鳴聲……

兩人有一搭沒一搭地閒聊，初禮在碎碎唸地說著網路預售的事，想到了又說一下老苗的壞話，等晝川走到家門口，背上的人沒聲音了。

站在家門前，晝川回頭看了眼，這才發現不知道什麼時候趴在他背上的人已經睡著了。夕陽下，她的下巴枕著他的肩膀，伴隨著每一次平穩的呼吸，長而纖細的睫毛輕輕顫抖，像是小心停在花瓣上搧動翅膀的蝴蝶。

兩人的距離太近了。

近到他能看見她面頰上的細細絨毛。

挪開眼，晝川將鑰匙掏出來，盡量不顛簸地塞進鑰匙孔裡用腳踹開門。屋子裡的二狗從沙發上跳起來，正欲撒歡的叫，就被主子一個眼神堵成了啞巴狗。

牠老老實實地跟在晝川身後，看著他揹著家裡的煮飯婆，一步步走上閣樓。

晝川在床沿邊坐下，手往搭在自己肩膀上的人身上一挑，那原本緊緊貼合在他背上的人就軟綿綿地滑落進床上，滾了一圈。

初禮抱住枕頭，把臉埋進去。

晝川站起來，從自己的脖子上取下那個白色的帆布包。

這時候床上的人翻了個身，手機從她口袋裡掉出來，螢幕是亮著的，正好有人發來新的微信訊息。

會飛的象：初禮，明天下午跟我去印刷廠看色喔！

晝川撿起手機，又看了眼床上睡熟的傢伙，牽過她的手用大拇指在功能鍵上摁了摁，順利解鎖，進入微信，「噠噠噠」打字——

猴子請來的水軍：那我上午不去編輯部了。

猴子請來的水軍：晝川的稿還沒交，我去他家拿稿子。

猴子請來的水軍：啊啊啊他又拖稿！

會飛的象：⋯⋯造孽啊，妳上輩子欠了他的，這輩子就光圍著他轉就行了！

晝川輕笑一聲，眼角沾染上笑意，扔了手機，又想了想，再次把手機撿回來，關機。

然後他彎下腰，湊近了床上滾來滾去的人，先是拎起她的手，用消毒溼紙巾替她擦了擦。她的手柔軟地任由他捏來揉去，消毒溼紙巾蹭掉她手上髒兮兮的灰塵，還有凝固的血痂，用了幾張溼紙巾後，終於回復原本的白淨。

只是手掌心還有些紅腫。

晝川扔開溼紙巾，試圖將她弄醒：「起來，膝蓋上的傷口清理了再睡，不然會感染。」

初禮沒反應。

「再不起來直接脫妳褲子了。」

初禮還是沒反應。

晝川的臉剛湊近，便感覺到一隻柔軟的小手掙扎著捂住他的臉：「別吵，就讓我感染致死好了，比起被活生生睏死的話。」

半睡半醒之間，她迷迷糊糊地一邊說著，一邊推搡他的臉。

指尖甚至掙扎著像是八爪魚一樣塞進他的脣瓣裡。晝川停頓了下，鬼使神差地啟脣，讓那柔軟的指尖落入他的口中，再合上，含住。

睡夢之間，初禮隱約感覺到什麼。

有人在翻來覆去地折騰她的手，先是從枕頭底下拽出來，強行舒展開來；再有溼潤的、冰涼的東西細細蹭過她的指甲和掌心……是溼紙巾吧，可能是消毒溼紙巾。只是對方的動作並不太溫柔，哪怕是柔軟的溼紙巾蹭過手掌心的傷口，那也會疼的。

但是很快的，那樣的疼痛就消失了，取而代之的是溼紙巾拿開後留下涼颼颼的觸犯，她掙扎著想把手縮回來，塞回枕頭底下。

「讓我睡覺，別吵。」

然而男人卻不依不撓地蹭了過來。

他真的是要了人的命，她為他的破書熬夜一整晚外加一個白天，他為什麼就不能稍微好心一次放她睡一會兒！

「別吵、別吵……你走……」

她整個人陷入柔軟床鋪的那一刻，不要說睜開眼抗議什麼，腦袋一碰到枕頭她就如同魂歸故里一般，上下眼皮親密緊貼、死也不能分開。她渾渾噩噩的，彷彿整個人快被深埋進被褥裡。

而男人卻還在她耳邊不停地嗡嗡嗡。

說什麼，她也聽不見。

因為在連續高速運轉超過負荷之後，她的腦子都不好使了。

睡夢之中彷彿有一個囉嗦怪一直追在她身後，她只能氣喘吁吁地逃，她在前面奔跑著，那囉嗦怪就一直跟在她的耳朵邊。它的低語，似乎帶著無奈和威脅，它說話的時候，溫熱的氣息就噴灑在她的耳垂上，耳邊的碎髮被吹得撓在臉上，癢得很。

初禮被騷擾得惱了，便伸手去推它，像是驅趕蒼蠅似的想要將它弄走……胡亂揮舞手臂之間，只感覺到自己好像摁到什麼柔軟的東西，那玩意有些彈性，並且在她摁到它的同一時間，耳邊的嗡嗡嗡終於像是精準地被摁下開關一樣，停下了。

睡夢之中的初禮一陣狂喜。

但是這份喜悅沒有持續很久。

因為很快的，那追趕在她身後的怪物改變策略，它張開大嘴，嗷嗚一下將她的手吞進肚子裡——絕對是這樣的，因為她甚至能感覺到怪物口腔之中的溫暖和溼熱，它的舌尖甚至滑過她的指尖。

教人頭皮都開始發麻。

她向後退縮，下一秒卻發現自己的手臂被一把摁住，對方將她的手指吐出來了，下一秒卻又有更加溫熱、細碎的東西，順著她的手背一路向下。

就像是第一次見面時，二狗抱著她聞個不停，像是確認什麼。那溼潤溫熱的感覺伴隨著時間的推移變得越發清晰、灼熱，對方的動作之中似乎染上了別的意味……

救命！

要被怪物吃掉了！

夢中被這樣的恐懼支配，就像是在高樓間跳躍然後一腳踩空，初禮整個人抖了下，瞬間驚醒過來。她睜開眼就看見面前一團黑，巨大的陰影籠罩在自己上方——男人一只膝蓋壓在她的床上，另外一條長腿在床外側；一隻手撐在她的腦袋邊，另外一手拎著她的胳膊。

兩人猝不及防地對上眼。

然後雙雙愣住。

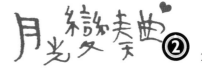

第十章

「老師……」初禮的嗓音還帶著濃重的睡意，「並不是你長得好看又會寫稿給我，就代表你可以趁我睡著時在我身上翻山越嶺我也不會報警……」

晝川保持著撐在她上方的姿勢沒有動，良久，這才像是回過神似的，稍稍拉開了兩個人的距離：「我只是想叫妳起來，把褲子脫了。」

初禮：「啊？」

晝川垂下眼：「膝蓋，消毒，在外面大街上滾過一圈直接上床？」

初禮「喔」了聲，甚至來不及害羞，只是用商量的語氣道：「那您能先從我身上下去嗎？您這樣，我怎麼脫？」

晝川後退了些，在初禮剛剛鬆了一口氣的時候，伸手將她拉起來。初禮這會兒徹底死了「把他騙走我繼續睡」的心思，坐起來，打開檯燈，開始研究自己被晝川放開的胳膊。

晝川抱著胳膊坐在床邊，一臉坦然：「研究什麼呢，熬了個通宵又和健身房發傳單的打了一架，妳還能長出羽毛飛上天？」

「我剛才作了個有點奇怪的夢，夢裡有個囉嗦怪追著我說話，不讓它說話了它就……」初禮話一頓，突然像是明白過來什麼似的微微瞪大眼，她放下自己的胳膊，「老師，你剛才是不是親我了？」

晝川大概也沒想到她提問這麼直奔主題，一下子沒反應過來，反射性地問了句，「什麼？」

初禮摸了摸一胳膊的雞皮疙瘩，反應慢了很多拍的大腦這會兒終於轉過彎來，她一把抓過枕頭抱住，將自己的臉埋進去：「你對一個為你熬夜通宵趕工作、現在陷入昏睡的少女做了什麼！你的良心不會痛嗎？」

悶悶的聲音從枕頭底下傳來。

光著的小腳從被子裡伸出來踩在晝川的胳膊上，踹了兩踹。

晝川伸手一把接住，將她的腳握在手心。

枕頭後面的人氣血衝上頭，從臉紅到了脖子根，她掙扎兩下，沒能從晝川的手裡掙扎出來，反而是對方異常的沉默讓她又不安起來。她從枕頭上方冒出半個腦袋、眼巴巴地看著坐在床邊的晝川。

晝川一隻手捏著她的腳，目光坦然地看著她，定定道：「鬧夠沒？

「妳自己把手伸過來，塞進我嘴裡——我沒嫌自己吃了滿嘴細菌不錯了，什麼叫親？親是這樣的？沒談過戀愛總看過人家談戀愛吧？自己把手送上門來的事，能叫親嗎？」

晝川抓著她的腳，提手拎了下，初禮「哎呀」一聲整個人向後躺倒，重新跌入床鋪裡。懷中抱著的枕頭被拿走，晝川握在她腳踝的大手下滑，隔著長褲布料，指尖在她的小腿上劃出一道軌跡。

引起她一陣顫慄。

初禮發出一聲短暫窒息的聲音，身子骨都軟了，脊梁碎了，手握成了拳。

就在這時，原本放在她腿上的手拿下來了，晝川扔開她的腿，直接站起來，面若寒霜：「看見沒？我要想做什麼，妳現在還能剩下一點兒渣？」

初禮愣神之間，晝川抓起那個枕頭扔向她的臉，丟下一句「起床換衣服、傷口消毒」，而後轉身，大步流星、彷彿受到萬般委屈地離開。

初禮將枕頭從臉上拿下來，抱著枕頭，盯著男人離開的方向。他狠狠摔門時，坐在床上的她也跟著跳了跳。

冤枉好人啦？

生氣啦？

然而如果這時候初禮能夠及時站起來、追出去，她就會驚訝地發現，其實晝川在摔上門後並沒有走遠，那高大挺拔的背影在房門被關上的下一秒轟然倒塌。

扶著閣樓樓梯扶手，晝川直接在樓梯最上方坐下來。

良久，他拿出手機。

晝川：兄弟。

江與誠：？

晝川：我覺得我青春期到了。

江與誠：……什麼玩意？

晝川：突然意識到了人類區分性別有深刻的生理意義，男人，和女人。

江與誠：…………你他娘說啥呢，神祕兮兮的。

江與誠：雖然沒聽懂，但是還是好心提醒一句，當你終於像是你家二狗一樣意識到公狗必須抬著腿撒尿，這叫青春期；當你像你家二狗一樣看見別的姑娘想上去搭訕了，那叫發情期。

江與誠：兩者區別挺大的，建議去翻翻實用的教科書，比如《小學生健康教育常識》。

江與誠：去吧，去吧。

十分鐘後，初禮換上一條短褲開門走出來，一眼就看見晝川正背對著她坐在樓梯口，這會兒正拿著手機摁摁摁，不知道在和誰說話說得歡快。

她開門出來也沒回頭。

初禮突然想到那天男人也是靠在沙發上，認認真真地和誰說著話，頭也不抬，眼角餘光都不給她一個……初禮停頓了下，強忍下某一秒想抬腳把男人踹下樓梯的衝動，然後告訴自己：別酸。

又不是沒聽過某圈內男作者全國巡迴與讀者約炮的故事，正式認識晝川快半年了，這傢伙天天宅在家裡，要嘛遛狗要嘛和江與誠狼狽為奸，除了這兩件事，剩下的就是眼巴巴地看著她問「今晚吃啥」……

已經很優秀了。

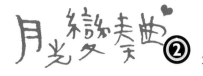

還不讓人家在網上聊個騷？

不耽誤交稿就行了，難道同一屋簷下蹭吃蹭喝，住在一起久了還下意識地畫地盤強行覺得人家男主人也是自己的了……哪有這麼好的事？

強忍下心中往上泛著的酸水，初禮整理了下臉上已經翻轉了八百回的表情，清了清嗓子，垂下眼便看見晝川飛快打字的手一頓，立刻收起手機，滿臉責備地轉過頭看著她：「偷看？」

初禮挑起眉：「什麼都沒看見，你那腦袋那麼大，擋得嚴嚴實實的。」

「說誰腦袋大。」

晝川護著崽兒似的護著手機，上下打量了一通初禮，認真地看了看她穿著的短褲，膝蓋上紅通通的一片，最終目光在她眼皮子底下遮都遮不住的青色上轉了一圈，停下來：「下樓，換藥，然後妳可以睡了……明天早上不用去了，下午直接去印刷廠看色。」

初禮黑人問號臉：「……你幹麼在這安排我工作？」

「不是我安排，妳同事說的。」

「跟你說的？在哪？」

「微信。」

「那你怎麼——你又看我手機！」

晝川不管身後那人的眉毛都快飛腦門上了，保持著坐在樓梯口的姿勢不變，反手拍拍自己的背：「上來，送佛送到西，本大頭背妳下樓……妳手機設置的消息自動彈出，我想看不到都難，既然看見了，就順手幫妳請個假怎麼了？」

這理直氣壯的語氣喔。初禮瞪了眼晝川，拿出自己的手機，進入微信，飛快地看了看和阿象的聊天紀錄，看見那句「啊啊啊他又拖稿」，初禮滿腦子五顏六色的「臥槽」飄過，開口時也不知該抱怨還是無語：「……學我語氣還學得挺像的，我還真的就是這個語氣。」

晝川冷笑一聲。

初禮爬上晝川的背，晝川扶著欄杆稍稍一撐就站起來，背著她，繼續像是披著一塊布似的簡單地將她扛下樓。

初禮趴在他背上，伴隨著他下樓腳步一顛顛的，她歪了歪腦袋：「老師，謝謝你喔。」

「通宵不是幫我賣三十五萬嗎？」晝川面不改色，「賣不到，妳就背著我在社區裡走一圈還債好了。」

初禮：「……」

晝川雖然語氣冷硬，但是將她放在沙發上的動作倒是輕柔，伸手趕走了想湊過來嗅初禮膝蓋傷口的二狗，他轉身去拿醫藥箱，在初禮身邊坐下，兩人排排坐了一會兒，誰也沒說話。

一分鐘後，晝川看了眼醫藥箱：「再這麼坐下去天都要亮了。」

初禮：「……」

晝川：「腿。」

初禮動了動，最終回復了原本的坐姿。

晝川看她一眼，直接把她的腿拎起來，來了個sin30°，放到自己的腿上。初禮赤著腳，腳跟就踩在晝川另一邊的大腿上，溫度隔著褲子傳遞而來：「別別別……」

晝川彎腰拿過酒精時，她的腳下滑踩到了他的大腿內側。

初禮瞬間臉紅了，「哎呀」叫了一聲，晝川連忙直起身子：「碰到妳了？」

初禮搖頭。

晝川瞬間變臉：「那妳鬧什麼？」

初禮持續搖頭，默不作聲地想把腿挪走，結果被晝川一把摁住：「別動。」

男人溫暖乾燥的大手放在她的小腿上，初禮現在是連頭髮絲都不敢動了，乾瞪著眼，看著男人把一整塊棉花直接用酒精沾溼，酒精順著他的指尖滴落時，初禮默默地抓過沙發上的靠枕。

當膝蓋上一起傳來涼颼颼、火辣辣、溼漉漉三種感覺，初禮的臉深深地埋進靠枕裡，只覺得自己下一秒就要死去！

「嗚嗚嗚唔唔……」

抓在抱枕上的小爪子鬆了又緊，指尖繃緊得毫無血色，當那令人暈眩的刺痛稍微緩解，初禮喘著粗氣拿開靠枕，看了眼已經因為這邊的動靜一步步退到門口玄關那麼遠的位置的二狗，嘆息：「老師，我提議，如果你不會正確的處理外傷方式，不如你就不要在家裡放著一個裝模作樣的醫藥箱，反正你也不會——」

一個「用」字還沒落地，硬生生被男人抬起頭的對視瞪回肚子裡。

晝川：「說句『謝謝』不比妳這些口是心非的騷話輕鬆得多？」

口是心非。

問題是，我沒有在口是心非啊，大佬。

初禮咬著後槽牙，看著順著膝蓋滴滴答答往下淌的酒精，對差點要了自己半條命的男人咧開嘴：「謝謝老師。」

晝川放開她，初禮連忙把自己的腿平行挪開，用兩根手指把溼漉漉的棉花拎起來。棉花還在溼噠噠地往下滴水，就猶如她現在正在滴著血的心臟。把棉花扔了，不敢再勞煩晝川，初禮自己用另一塊棉花擦了擦一腿的酒精，期間晝川就在旁邊看著。

他還要指手畫腳，不時地發表不符合常理的荒謬發言。

「妳繡花呢？這麼擦要什麼時候才能清理好傷口？」

「我看妳褲子都破了，妳真的不要弄開看看有沒有碎沙石粒？當心傷口癒合，石頭長肉裡。」

「妳到底會不會，這麼小心翼翼的，手還在抖——不會我來，我這有酒精燈和鑷子……」

酒精燈和鑷子！

要這些幹麼！

上化學課呢！

初禮都快哭了，低頭不理他，隨便他在旁邊吵、一副隨時準備接手繼續做的模樣。自己的腿，自己最珍惜。

為了分散晝川的注意力，不讓他再打酒精燈和鑷子的主意，初禮沒話找話：「老師，那天幫你找身分證時，在你桌面上找到一個東方幻想的新書手稿，好像是個言情呢，你還會寫言情？」

旁邊的聲音一下子安靜下來，初禮有些好奇地抬起頭，發現晝川一臉古怪地看著她。他停頓了下，淡淡道：「寫著好玩的。」

初禮不疑有他，低下頭繼續替自己清理傷口：「言情也不是隨便哪個大男人能寫好的，要我看，世界觀、大設定這方面，總是男作者擅長；但是戀愛那種細膩的東西，還是得姑娘們來，大男人一寫就容易撲面而來的直男味……呃，除非談過戀愛，老師你以前和人談過驚天動地的戀愛嗎？」

初禮也就隨口一問。

沒想到晝川想了想，用雲淡風輕的語氣說：「有啊。」

初禮埋頭清理傷口的動作一頓，原本微微翹起的脣角也僵硬了下——下意識地覺得她乎挖了個坑給自己跳——方才站在樓梯上，看著男人專心傳簡訊給誰時的那種酸溜溜感，又來了。

初禮調整了下臉上的僵硬，將頭髮挽至耳後，看了眼晝川，笑了：「誰啊，看你天天神祕兮兮地傳簡訊，難道就是在傳給女朋友？」

晝川面無表情：「讀書時候的事。」

接下來，晝川跟初禮講了一下他中學時代的戀愛故事。

簡單來說，就是好學生與差學生嘛。那姑娘是個藝術特長生，學芭蕾舞的，只是因為經常出國演出啊、排練啊，所以功課不好，尤其是理科奇差，於是順理成章地就被安排到與晝川同桌了。

原本兩人見面時間也不太多，高三集中衝刺時，她天天來上課，有不懂的問題就跑來問晝川，那些問題經常是相當弱智的。

但是晝川看在她長得好看的分上，就沒嘲笑她，大發慈悲地教了。

那姑娘簡直是全校一半男生心中的女神；她還有個閨密，那個閨密是全校另外一半男生心中的女神……這兩個姑娘，一文一武，一個是學舞蹈的學渣，一個是學舞劍的學霸，就這麼都喜歡上了晝川大大。

初禮：「……」

真狗血。

初禮：「繼續，繼續。」

上課傳紙條，課桌裡放零食那都是小事。

有一次夏天，體育課，突然下起了傾盆大雨，當時晝川的芭蕾舞女神同學穿得少，回到教室吹了冷氣就感冒了，晝川就把自己的校服借給她，她接過校服後，紅著臉，在班裡其他人的起鬨中穿上了。

接下來就是惡俗的表白，在一起。然後某一天上課，芭蕾舞女神的閨密傳紙條給晝川，上書：我也喜歡你，怎麼辦？

晝川回過頭看了眼那女生，她低著頭，不知道在想什麼，手上還纏著繃帶，聽說是舞劍時候走神不小心砸壞了。

初禮：「你怎麼辦？」

晝川：「我能怎麼辦？」

晝川繼續把自己的「初戀那些小事」往下說，說他和芭蕾舞妹子去逛街，買甜食給她，因為她愛吃甜的還吃不胖；去看她的表演，就坐在第一排，看著她表演柴可夫斯基的《天鵝湖》中的奧吉莉亞，以三十二個「揮鞭轉」震撼全場，她踮起腳尖，裙襬飛舞；看她在寂寞的燈光下獨自練習，那修長的頸脖揚成驕傲的弧度。

「……然後呢？」

初禮抬起手摸了摸自己的脖子，又低下頭看著自己摔得青一塊、紫一塊的腿，吞嚥了口唾液，想死。

她轉過頭，目光飄忽地看著晝川那張面無表情英俊的臉，繼續向自己砸來一個個的狗糧。

在高三即將結束，晝川在第三次模擬考中以超過一本線無數分的分數準備衝擊一波高考狀元時，芭蕾舞女神也開始著手準備用華麗的履歷去申請心儀的國外藝術大學。

直到有一天，在放學回家的路上遭遇車禍，她就再也沒站起來過。

同一天，她的閨密舞劍女神被發現暈倒在表演臺上，送去醫院確證白血病。初禮那酸溜溜的心彷彿一下子被泡進了燒鹼溶液裡，瞬間酸鹼中和，恢復一片平靜。

初禮：「還差個墮胎情節，可以去拍《梔子花開》第三部了。」

晝川瞥了她一眼，沒說話。

「芭蕾舞女神現在在哪？」

「還沒想好……幼稚園老師怎麼樣？非常符合可欣柔軟、獨立、堅強的女性角色人設。」

「還『可欣』，故事掰扯到結局人家進醫院了才取好名字是吧！」初禮將手中的棉花扔向晝川人的臉，「你可拉倒吧！還幼稚園老師！」

晝川反手穩穩接住：「看妳那一臉感動的，還說男人不會寫言情小說……騙騙妳這麼個小姑娘還不是一二三的事！」

我這是感動嗎！

睜大你的狗眼看清楚，我這是——

……媽的。

算了。

「滾滾滾！」初禮呸了聲，「滾！」

替膝蓋上好藥，初禮在膝蓋上包了一堆保鮮膜，一瘸一拐地洗澡去了。晝川用目送身殘志堅的同情目光一路目送她走到浴室門口，突然看見她停下來，轉過身，沒頭沒尾地問：「老師，你是不是長這麼大沒戀愛過？」

「這種浪費時間的東西，有什麼必要？」

非常標準的晝川式回答，理直氣壯且莫名其妙——這次是真的了。

初禮沒來由地鬆了一口氣，雖然就連她自己都有些莫名其妙。目的達到後，她開始顧左右而言他：「那學生時代的話……」

「學生時代最重要的難道不是學習？」晝川理所當然地反問，「反正考上大學後百分之九十五都要分手，談戀愛除了浪費時間，還有什麼用啊？」

「你要是覺得浪費時間還幻想什麼芭蕾舞女神……」

「我是看著妳這雙走路走不好、站著都能摔的笨腿反射性想到的極端反例啊。」晝川一臉「我很聰明」的模樣，「特別是我提到奧吉莉亞三十二連轉時，我看見妳用看豬蹄的眼神看了眼自己的腿。」

初禮覺得自己大概是站得久了，所以受傷的膝蓋有點疼，於是將重心換到另外一邊腿，「戀愛，這是一種體驗。」

她見過，她的同學趴在書桌上偷偷看著喜歡的男生；在下課時上廁所假裝從他的位置路過；在排座位的時候總是第一個衝上去，抱著開獎的心情看看自己和喜歡的人坐的位置離得遠不遠，並將接下來四周內例行換位置後產生的變動距離都計算得清清楚楚；在夏天晚自習停電時，周圍一片混亂中，藉著黑暗，光明正大地面朝他所在的方向……

許多年後，也許初禮的同學幾乎忘記了暗戀過的男生是什麼模樣，忘記了他說話的聲音，甚至只記得一個模糊的名字——但是那些年充滿了年輕氣息的悸動，大概是一輩子都不會忘記的吧？

抱著乾淨的換洗衣服，初禮靠在浴室門，反而稍稍認真了起來：「而冷酷無情如老師您，想要寫言情，只能搞出女主角不是得白血病就是車禍斷腿這種戲碼，這就是區別。」

「妳想說什麼？這麼神祕兮兮的，妳暗戀過誰啊，經驗豐富的……」

「我整個青春的少女心奉獻給江與誠老師。」

晝川：「……」

還江與誠呢，騙鬼啊？想氣誰？

「哦，江與誠，那和被豬拱了整個青春有什麼區別。」晝川挑起眉，「還有，且不說我那手稿是不是寫著好玩的，寫個言情還得好好戀愛一次？那我寫修真、修仙時怎沒見妳天天逼著我在房頂打坐吸收日月精華……」

初禮義正辭嚴、胡說八道，「你不懂，這是來自責編的專業建議。」

晝川點點頭：「妳要不要送佛送到西，順便專業地告訴我，一個整天待在家裡，大門不出、二門不邁，面對的生物只有二狗與妳的我，去哪找人來談一場驚天動地的戀愛？」

初禮動了動唇。

晝川蹺起二郎腿：「和誰？和妳？」

初禮抱著衣服的手臂稍稍縮緊。

晝川翹起唇角：「看妳一副秋名山車神（註7）的模樣，老司機帶帶我，給妳做情

註7　網路流行語，出自動漫《頭文字D》，指藤原拓海的父親，原意是代指賽車特別棒的人，現為「老司機」的代名詞。

人？」

初禮脣角抽搐：「老朽不是那種人，這種事情不可能……」

「怎麼不可能啊？」

「我我我我……」初禮面部微微升溫，「我有男朋友了啊。」

「誰啊。」

「L君。」

「妳上次還問我是不是L君，現在又說他是妳男朋友了，妳找一個山寨晝川當男朋友？」晝川無情地揭穿她，並用半認真的語氣說，「天哪，妳是不是真的在幻想我啊？是的話，那我晚上睡覺得鎖門啊……」

晝川的話剛落地，伴隨著一聲驚天動地的摔門聲，原本站在浴室門口的人已經滿臉通紅、慌慌張張地消失在他的視野範圍內。

坐在沙發上，晝川沉默片刻，隨後嗤笑一聲，懶洋洋地倒回沙發上。

此時晚上接近八點，他點的外賣正在送來的路上，正好是浴室裡的人洗好了出來那時送到，不早不晚，剛剛好。

初禮洗完澡，出來吃了兩口外賣，就回房睡去了。

初禮這一覺睡得很踏實，沒有什麼後顧之憂，難得的工作日懶覺。醒了之後替家裡的一位房東與一條狗做了午餐，初禮這才刷牙洗臉出門——編輯部不用去了，這次直接去《洛河神書》合作的印刷廠。

初禮走到半路，晝川的訊息就來了。

剛起床的房東花時間打開QQ，點開她的頭像框，再敲擊鍵盤打字，不是為了問她去哪兒了，也不是為了問她吃飽了沒，而是說：今天的海帶湯有點鹹，妳是不是鹽放多了啊？

猴子請來的水軍：可能吧。

晝川：海帶本來就是鹹的吧，妳還放那麼多鹽。

猴子請來的水軍：那你自己加點兒水再煮煮。

晝川：我不，我要是願意自己動手還浪費時間在這和妳打字？

猴子請來的水軍：那你想怎樣？

晝川：餓著肚子，然後看妳懷著愧疚的心情工作一下午回來時懺悔的樣子。

初禮：「……」

也不知道是從什麼時候開始的，兩個人從話說一句嫌多、有事說事、說完互相發「。」立刻結束這種冰冷的惡人編輯與拖稿作者關係，變成了今天這樣——

初禮查看一下聊天紀錄，除了談工作之外，「今晚吃什麼」、「我要吃肉啊」、「二狗鬧著要出門妳今晚多溜下別讓牠留著精力來折騰我」，以及「妳是智障吧」、「你才是」這種廢話比比皆是……

就著「海帶湯鹹了」這種甚至算不上是話題的話題，兩人各種胡扯瞎扯，居然讓初禮從家裡到印刷廠愣是與他聊了一路，抵達的時候，阿象已經在等了。

遠遠地看著初禮一瘸一拐還要往這邊小跑，阿象上下打量她：「幹麼去了，春光滿面的？」

初禮抬起手摸摸自己的臉：「哪有？」

阿象：「妳看妳臉紅的，找個鏡子，脣角還不受控制上揚——啊，咋回事啊妳？」

初禮放下手，推著阿象往印刷廠裡走：「沒有的事，快進去吧……」

這不是初禮第一次來印刷廠，上一次做《華禮》時她也跟著來踩過點，但是這次確實是她第一次到印刷廠來看色——所謂的看色，就是編輯和美編，有時候也可能是印務部的戰友一塊來到印刷廠，核對封面印刷的顏色、工藝、用紙等事項。看在印刷機上校準的顏色是不是想要的最終效果，是的話就在她們確認是正確顏色的那張封面印刷紙上簽名。

這樣的話，如果以後貨出了問題，顏色不對之類的，印刷廠會出示這張紙，表示這鍋他們不背。

而此時，看著印刷機周圍鋪天蓋地散落的全是《洛河神書》的打樣範本，初禮有一種腎上腺素狂飆的感覺。

天啊，這就是我做的書。

多少個日日夜夜的校對、確定工藝、模擬圖和吵架，在腦海中幻想了多少次書會是什麼樣……

眼下終於看到了。

彎下腰，撿起一個印刷色彩嚴重偏差的報廢打樣品，初禮也是摸了又摸，嘴裡念念有詞：「做得真好啊！」

阿象黑人問號臉。

看著初禮像鄉巴佬進城似的，掏出手機劈哩啪啦一頓照，然後飛快的將照片發給某個人，又登錄微博，用《月光》雜誌官方微博發了一條配很多印刷機、核對色卡、滿地《洛河神書》報廢封面的圖，並配字——

【《月光》雜誌：馬上就要與大家見面，開心！先來一波按捺不住地劇透吧——大家說說想要什麼樣的網路獨家特典呢？】

她發完微博，退出。

阿象看她又很忙地打開QQ，繼續不知道發印刷廠照片給誰並配上語音解說。

「這裡是不用的封面，你看看這光報廢都報廢了多少次，大廠就是大廠，絕不糊弄人。

「這個是切割工藝沒做好，然後把這裡的小花瓣改成了傳統印刷工藝，免得封面出錯……

「這裡是顏色出了問題，你沒看出來哪有問題？月亮都泛綠光了你沒看出來啊？

「你看出來了個屁，那你再看看這個是哪有問題？

「我現在站在印刷機旁邊。

「這是印刷機，這是國內最好的印刷機，海德堡四號，一臺四百萬，一年維護費不敢問，每臺機器都有值班機長，機長負責機上出來的印刷品品質——你可以從照片中看見，每個機長都會用那種機甲文主角看自己機甲的慈愛目光看印刷機……

「喔，這印刷機就叫海德堡，四號是因為有四臺。

「吧啦吧啦，吧啦吧啦……」

阿象默默地跟在興奮得上竄下跳的責編屁股後面，眼睜睜地看著她興奮得像是來郊遊的小學生。

最後，阿象終於忍無可忍地一把摁住《洛河神書》責編的肩膀：「妳到底在跟誰直播呢，導遊似的——」

趁著初禮愣怔，阿象伸腦袋去看她的手機，正好看到晝川截圖初禮關於「海德堡」以及「海德堡四號」的截圖，發來一個爆笑的表情包，然後打字。

晝川：哈哈哈哈哈哈哈哈哈哈弱智吧妳！

晝川：土包子。

晝川：繼續，繼續啊。

阿象：「……」

這倆原本甘霖戰烈焰的，什麼時候就變成寵溺無比的天雷勾地火了？Interesting。

「初禮，我問妳一個問題，妳不是討厭晝川嗎？」

「啊？」站在四百萬一臺的海德堡四號旁邊，初禮抬起手挽了下耳邊的碎髮，眼睛還盯著色卡——盯了一下午她都快得顏色認知障礙症了。她心不在焉地點點頭，「是啊，我討厭他。」

她一邊說著，手裡還拽著手機，手機螢幕亮起，上面的對話是這樣的——

猴子請來的水軍：老師你看封面的桃花是這個色比較好看還是那個色比較好看？

晝川：手機也是有色差的，我選得出來個屁啊。

猴子請來的水軍：……那你來印刷廠？

晝川：我在家和我的狗在沙發上躺得好好的，去印刷廠？妳是不是有病？

猴子請來的水軍：愛來不來，呸！

晝川：。

此時此刻，阿象也很想「。」。看看伸長脖子、哼著歌、對比色卡的初禮，阿象想了半天也只能擠出一句：「我怎麼沒看出來妳討厭他？這不是，相聊甚歡嗎？」

阿象指指初禮手中的手機。

初禮笑了下：「我討厭做為人類的他，但是欣賞他做為作家的才華。」

阿象「哦」了聲，面無表情地盯著初禮看了一會兒，良久才反應過來她說了什麼似的：「我怎麼這麼想吐呢？」

「妳吐，走遠點兒，別飛濺到四百萬上。把妳壓在這都賠不起。」

「……妳看看妳現在這模樣。」阿象說，「少和晝川老師『玩近朱者赤難、近墨者黑易』。」

初禮不理她，繼續看色卡。阿象覺得無趣，也拿起一張色卡坐一旁看去了。美編對於色彩方面總是比責編來得更加敏銳和準確，在初禮看了幾遍都沒看出毛病來的幾個顏色下面迅速地圈圈點點一波，阿象突然發現耳邊哼歌的聲音又不見了。

「嗯？」

她好奇地抬起頭，發現初禮忽然換了個姿勢——這會兒她不再是趴在那裡拿著色卡對比，而是靠在一旁，手裡拿著手機，面無表情地擺弄著。手機白色的光映照在她的臉上，她面無表情，和之前的愉快形成了鮮明的對比。

……所以讓妳少和晝川玩，川劇變臉也學了個十成十。

放下手中的色卡，阿象站起來湊近初禮：「又怎麼啦？」

初禮抬起頭，用目光死的眼神看了她一眼，而後反手將手機秀給她看。阿象這才發現初禮在看《月光》的官方微博，就在剛剛她發的那條劇透印刷廠進度微博、徵求網路特典需要什麼的微博下，評論半小時內已經上升二千多。

有的說要晝川的簽名。

有的說要晝川的正臉照。

有的說要獨家番外。

有的說要晝川大大的內褲。

還有的說要晝川大人本尊。

而這些都是正常的。

是的，沒錯，在對比之下，就連要晝川的內褲都顯得正常了。因為在一片「期待期待」、「想要晝川大大」的愉快氣氛中，有一小股不明生物異軍突起——

「這官方微博到底是誰在負責，怎麼說話的語氣那麼不討喜呢？」

「我還以為我是一個人。」

「不討喜＋1。」

「不討喜＋2。」

「不討喜＋3，總覺得好像做為負責出版的編輯多麼了不起似的，天天發進度也沒見你把書開始賣，就一直在repo進度吊著人玩有意思嗎？就你能耐就能知道的多還不行？我們只想買書而已『冷漠微笑臉』……」

「排樓上全部，上次江與誠大大的事也是，明明是一群人一起去，非要搞得好像只有他們三個人一樣……公私分明很難做到嗎？」

初禮將手機轉回來，看了眼，揚揚下巴：「看見沒，還有這種操作——天天在微博裡催催催《洛河神書》，我真repo進度，真誠表示我天天在做新的進度沒偷懶，還是有人不樂意了，非說我炫耀。」

阿象把初禮的手機搶走，關掉：「別理他們。」

初禮：「江與誠和晝川的粉怎麼回事啊！天天追著我罵？我說什麼他們都不高興……」

阿象：「上次已經得到的結論——因為是年輕的男作者，本身人氣也很旺，所以有時候難免會有讀者不自覺地把自己帶入了女朋友的角色……」

初禮：「我不信有人這麼瘋。」

阿象：「別信，罵妳的這些都是妳的幻覺。」

初禮：「……」

本著「既然同一屋簷下那勉強讓你摸摸看」的心態，初禮下午回家時，帶了個勉強能看的封面打樣回家，交給晝川讓他自己舔著玩之後，繫了圍裙進廚房做菜。

晝川盤腿坐在外面的沙發上，打遊戲。

兩人之間也沒說什麼特殊的話題，只是初禮總覺得其實晝川已經看見官方微博下面的評論，只是這會兒沉默著什麼也沒說而已。

不說也好。

免得尷尬。

巴不得他裝死到底。

初禮的鍋鏟「匡匡」地砸著鍋，做出了有史以來最飽含怨氣的一頓飯。她做好了飯、脫了圍裙，正準備叫晝川吃飯，突然發現晝川又坐在電腦前面，刷微博。他一隻手撐著下巴，垂著眼，神情慵懶地看著電腦螢幕裡的微博圖片。

臉上沒有什麼情緒。

初禮抓著圍裙站在他身後他也不知道。

初禮微微瞇起眼，忍不住想看看他老人家在看什麼看得那麼仔細，好像是QQ聊天紀錄什麼的，結果一看，就爆炸了。

那居然是繭和她親友的聊天紀錄。

親友A：阿繭，妳上次說的那個坑爹編輯是不是就是《月光》編輯？害妳的圖做不成《洛河神書》封面的……

破繭：咦，怎麼了？

親友A：呵呵，她在官方微博被爆破啦。『截圖』、『截圖』

截圖內容一看就是下午初禮發的那條跟進印刷廠進度微博的內容。

親友A：被懟得好慘233333333

破繭：……這編輯是有些問題，我總覺得她把晝川大大當自己的私人物品了——妳知道吧，我當時跟晝川多說了兩句話她就受不了了，可是繪者和作者溝通不是很正常的嘛？不知道吃哪門子醋……然後我就遭到了刁難。

破繭：先是催我交稿，稿子交了又說不合格，讓我重畫……我哪來那麼多時間重新畫啊，她又說她不管，是我不給她看草稿在先——

破繭：以前我也經常不給文編看草稿，有毛病嗎？只是一個文編而已！美編沒說話呢，就鬧著我的圖做不了封面……

親友A：臥槽！怎麼這麼樣！公報私仇啊！

破繭：2333333333對啊，最後強行扣了我的稿費尾款，兩張封面圖給我弄成了周邊……只給周邊價格，還摁著我的腦袋讓我配合宣傳。

破繭：不然就拿合同壓我。

親友A：……這種把作者當私人物品的編輯超級噁心啊，妳怎麼受得了？

破繭：沒辦法沒辦法，我能說什麼啊？

破繭：估計和從小教育有關，看見好男人就覺得是自己的了……哈哈哈。

親友A：嗯嗯，家教問題。

以上。

一大堆聊天紀錄，直指初禮把晝川當私人物品，夾雜個人情緒，刻薄繪者。

長條微博就是那個親友A發出來的，還標注了晝川，剛發出來半個小時就轉發一千多了，全是幫繭在喊冤、心疼繭、心疼晝川的。

初禮看了真的是氣血一瞬間都湧上頭頂，扔掉手中的圍裙，踹了一腳晝川的椅子——男人這才反應過來身後有人，被嚇了一跳跳起來，甚至沒來得及做出反應，就看見眼前一道人影飛快地在他的電腦前坐下。

打開QQ！

點擊「再也不合作繪者」分組，點擊繭！

「家教？妳這種人懂什麼是家教？誰天天跟豬尾巴似地跟在晝川屁股後面『大大、大大』地叫誰清楚！誰請晝川單獨吃飯？這麼愛掛聊天紀錄這個怎麼不掛一下？」

「跟我說家教，我去你媽的，妳媽在——」

一段字還沒打完。下一秒，突然感覺到整個人連帶椅子被一股極大的力道往後拖拽，初禮尖叫一聲，雙手不得不離開鍵盤。

她反應過來後，從椅子上跳起來。

然而為時已晚，晝川已經直接將整個椅子一百八十度轉過來，將從椅子上跳起來的她一把抱住，鐵臂似的手臂攔在她的腰間。

「放開我！放開我！」初禮被晝川固定在腰間，「跟老子談家教！她媽在天上飛她怎麼不趕緊跟著去！一家人最重要的就是整整齊齊！」

晝川：「行了行了，妳現在去不就是火上澆油……先吃飯，先吃飯。」

初禮：「吃個屁！」

晝川不理她，直接將她拖到飯桌前坐好，筷子和碗塞進她的手裡，像是門板似地橫在她面前，黑著臉拿起手機。

打完字，他把手機往桌子上一拍，言簡意賅：「吃飯！」

初禮伸腦袋去看。

這才發現，一秒前男人新發了條微博。

【晝川：約稿流程和規矩一切按照合同上來，用稿或者不用，編輯只是協調者，她說得不算。

整個約稿過程我都在跟，草稿看沒看，重要不重要，是否影響了後續的作品品質，我都看在眼裡。

我和我的編輯也只是正常的作者、編輯交流——至今為止，我不認為我有被當作是任何人的私人物品那樣小心翼翼珍藏對待過。

如果有，我很期待。

但是目前為止，有問題，請正面問我，別搞那麼多挑撥的事，以上，關了。】

晝川這微博一發，那就不一樣了，微博原本向著繭一邊倒的畫風瞬間發生了改變。本來繭的黑粉也夠多的，這會兒看見她鬧事正伺機而動呢，現在終於讓他們盼來了晝川的微博。

一大批黑粉瞬間湧入，原本留言支持繭的那些粉絲一個個被人抓住吊起來打。

「打臉疼不疼？」

「晝川說沒這回事——再說了，妳畫的稿子不合格還不讓人退啦！沒見過商業稿不讓責編看草稿這麼厲害的，妳以為妳徐悲鴻還是齊白石……」（註8）

「樓上的，這是徐悲鴻被黑得最慘的一次——思維方式這麼抽象，怕是蒙德里安喔！」（註9）

「美術狗表示，蒙德里安也很無辜啊！你們這些人能不能好了！」

「你家繭娘娘真的笑死我了，當年自己在QQ跟親友抱怨被爆了聊天紀錄，今天自己又跑來掛一波聊天紀錄自黑……」

「要是圖真的合格，責編難道還有一票否決權嗎？」

「心疼責編。」

「還帶著我家晝川，有病吧！」

在那個年代，微博的評論順序是按照評論時間來的，於是在晝川微博發出的短時間內，就連繭最新發的一條完全無關的微博下面也突然湧入大批粉絲，嘲笑她戲多。

註8　前者擅油畫與水墨畫，擅長動物；後者為國畫畫家，專長花鳥，極為細膩。

註9　荷蘭畫家，提倡「新造型主義」，影響了抽象表現主義者。

藺的粉絲這時候自然要護主，就也跑到晝川的微博下留言。

「以前還挺喜歡你的，現在粉轉路人黑……好歹是個公眾人物，說話之前要負責吧，有什麼事不能和藺私下解決，非要跑到微博上來公開鬧大？當藺沒粉絲啊？」

此留言一出，晝川粉絲瞬間暴怒，群起而叉之。

「哪來的賤婢，跑來我家大大微博下撒野！」

「我快笑死了，說這話也不知道臉疼不疼、心虛不虛！你家藺發微博之前跟晝川打過招呼嗎？還不是直接就發了？」

「不要臉就服藺和她的粉絲！」

「藺親友發微博她能不知道啊？把人家當槍使還慫後面裝死——看不起她！」

一時間，兩家粉絲鬧成一團。

十分鐘後，藺出現了，發了一條微博，表示自己對於親友的發微博行為「並不知情」，只是「私下吐槽」，如果對《洛河神書》的責編和晝川本人造成什麼困擾，她很抱歉。

這波認慫和甩鍋，反手插了她親友一刀，並直接讓晝川這邊吹響了反攻的號角。

眾人奔相走告：藺娘娘認慫啦！藺娘娘又插刀！藺娘娘又雙插刀！這個繪者怎麼這麼喜歡插刀！繪者圈的大大們你們還敢跟她玩嗎？

主戰場是《月光》官方微博，分戰場是晝川微博、藺掛聊天紀錄的親友微博、友情參與演出藺本尊微博——短時間內，微博評論該上萬的上萬、該轉發上千的上錢，晝川本人則……直接上了微博熱搜榜。

微博熱搜榜第三位左右，上面是楊冪、劉愷威，下面是劉詩詩、吳奇隆。

晝川像個亂入的不明生物橫在中間。

並且連帶著《洛河神書》的搜索量也跟著上升了不少。

「微博熱搜榜！」初禮抓著晝川的手機，「天啊，老師！你成為了僅次於楊冪的大大！這個熱搜要買超貴的，我當初還問過老苗要不要幫你買呢，老苗說買不起……他們要掐為什麼不能帶上《洛河神書》話題一起啊，你微博說什麼了，最近有體現你在賣書嗎？」

坐在餐桌另一邊，晝川低頭看了眼面前的白米飯，有種想把它整碗扣在這抓著他手機一驚一乍的香蕉人頭上的衝動。

「我這次可是為妳正面出頭了，妳想到的只有賣書？」

「……賣的難道不是你的書？而且我已經在替你做牛做馬了。」初禮指指男人面前那碗飯，「在繭娘娘因為要跟我爭風吃醋，吃的還是你的醋，鬧著在我頭上拉屎的時候，我在幹什麼——圍著圍裙在廚房替你做飯。」

不幸的是，晝川破天荒頭一次覺得自己好像要被她說服了，然而臉上的表情依然僵硬，也只能伸手敲了敲碗邊緣：「別廢話，吃飯。」

「但是我還是要說『謝謝老師』，感謝又不要錢。」

晝川：「……」

初禮美滋滋地捧起碗，這回終於肯乖乖吃飯了，只是一邊吃還是一邊碎碎唸：

「我當初發印刷廠進度的時候就該幫打上微博話題的 tag……可惜了、可惜了，繭娘娘這齣戲白唱了，怎麼不能等等我明天發預售再——」

「妳別得寸進尺。」

初禮不再囉嗦，老老實實地將手中的手機交還給坐在自己對面的男人。在對方伸手接手機的那一刻，她又忍不住道：「要不今晚開宣開轉發抽獎吧，反正啥時候開都一樣……網路特典就附贈個『將軍行軍日記』小冊子好了，我想了很久，站在讀者的角度想了又想，讀者最想要的東西還是番外吧？」

「但是直接寫番外又太隆重了，怕進貨的實體書商不高興，那就寫主角日記最合適了，不痛不癢的——以主角的口吻記載文中同一場景發生的瑣碎事那種，日記體，寫著也不費勁，你隨便把你中學時候的軍訓日記拿來摘抄下……」

在晝川平靜的注視中，初禮說著就閉上了嘴。

她低下頭，默默扒飯。

一大碗飯扒了三分之二，直到初禮吃飯的速度慢下來，眼角餘光瞥見坐在她對面的男人放下碗，優雅地擦了擦嘴：「主角日記好像還不錯。」

初禮叼著一根青菜，猛地抬起頭。

她瞪大眼看著晝川。

晝川：「我還以為妳會想出網路預賣多少，妳就讓我簽名簽多少這種餿主意……」

初禮「呲溜」地將青菜吸進嘴裡，拒絕吞嚥，然後只管捧著碗、低著頭嘿嘿笑：「原本是這麼想的，但是想到這個的第一時間就自我否決了，甚至不想浪費口水詢問你，我就知道你會給我一個什麼樣的答案。」

晝川抱臂，後靠，挑眉：「什麼樣的答案？」

初禮不假思索：「『我不』。」

晝川笑了。

「簽越多，以後簽名就越不值錢。」晝川笑著道，「初來乍到，還知道不能殺雞取卵，我很欣慰。」

「下本也要簽給我嗎？」

月光變奏曲 ❷

作　　者／青浼
書名設計／朱胤嘉
榮譽發行人／黃鎮隆
總 經 理／陳君平
協　　理／洪琇菁
總 編 輯／呂尚燁
執行編輯／許晶翎
美術監製／沙雲佩
美術編輯／李政儀
國際版權／黃令歡、梁名儀
企劃宣傳／楊玉如、洪國瑋
內文排版／謝青秀

國家圖書館出版品預行編目資料

月光變奏曲 2 / 青浼作. -- 1 版. -- [臺北市]:
尖端出版, 2022. 1-
冊； 公分
ISBN 978-957-10-8449-7 (第 2 冊：平裝)
857.7 107020403

出版／城邦文化事業股份有限公司　尖端出版
台北市 104 中山區民生東路二段 141 號 10 樓
電話：(02) 2500-7600　傳真：(02) 2500-2683
讀者服務信箱：7novels@mail2.spp.com.tw
發行／英屬蓋曼群島商家庭傳媒股份有限公司城邦分公司　尖端出版
台北市 104 中山區民生東路二段 141 號 10 樓
電話：(02) 2500-7600　傳真：(02) 2500-1979
劃撥專線：(03) 312-4212
戶名：英屬蓋曼群島商家庭傳媒(股)公司城邦分公司
劃撥帳號：50003021
※ 劃撥金額未滿 500 元，請加付掛號郵資 50 元
法律顧問／王子文律師　元禾法律事務所　台北市羅斯福路三段三十七號十五樓

台灣地區總經銷／中彰投以北(含宜花東)　楨彥有限公司
電話：(02) 8919-3369　　傳真：(02) 8914-5524
雲嘉以南　威信圖書有限公司
(嘉義公司) 電話：0800-028-028　　傳真：(05) 233-3863
(高雄公司) 電話：0800-028-028　　傳真：(07) 373-0087
馬新地區總經銷／城邦(馬新)出版集團 Cite (M) Sdn Bhd
電話：603-9057-8822　　傳真：603-9057-6622
E-mail：cite@cite.com.my
香港地區總經銷／城邦(香港)出版集團 Cite (H.K.) Publishing Group Limited
電話：852-2508-6231　　傳真：852-2578-9337
E-mail：hkcite@biznetvigator.com

版　次／ 2022 年 1 月 1 版 1 刷　Printed in Taiwan